btb

Buch
Der Held dieses Romans ist ein Schmuggler, ein Mann ohne Eigenschaften, der sich um nichts und niemanden kümmert, solange er seiner gefährlichen Arbeit im verminten Gebiet zwischen Iran, Irak und der Türkei nachgehen kann. Er ist ein angesehener Mann in seinem Städtchen. Es geht ihm gut. Als aber sein Sohn in Verdacht steht, sich iranischen Fundamentalisten angeschlossen zu haben, als er kurz darauf verschwindet, wird der Schmuggler erpressbar. Er kündigt seinen Pakt mit den Minen und macht sich auf die Suche nach dem verlorenen Sohn. Sein Leben ist in Gefahr. Er wird von türkischen Grenzbeamten aufgegriffen, wird zum Spielball des Geheimdienstes und verliert die Liebe seiner Frau. Der Schmuggler muss sich entscheiden, aber hat er wirklich eine Wahl? Dieses Buch erzählt vom entfremdeten Leben in Diktaturen, wo jede Entscheidung eine politische ist.

Autor
Sherko Fatah ist 1964 in Ost-Berlin als Sohn eines irakischen Kurden und einer Deutschen geboren. Er wuchs zunächst in der DDR auf. 1975 siedelte er mit seiner Familie nach West-Berlin über. Er studierte Philosophie und Kunstgeschichte. Für seinen Debütroman »Im Grenzland« erhielt Sherko Fatah 2001 den »aspekte«-Literaturpreis. Zuletzt erschien sein hochgelobter Roman »Das dunkle Schiff«.

Sherko Fatah bei btb
Onkelchen. Roman
Das dunkle Schiff. Roman
Ein weißes Land. Roman
Der letzte Ort. Roman

Sherko Fatah

Im Grenzland
Roman

btb

Der Verlag weist ausdrücklich darauf hin, dass im Text
enthaltene externe Links vom Verlag nur bis zum Zeitpunkt
der Buchveröffentlichung eingesehen werden konnten.
Auf spätere Veränderungen hat der Verlag keinerlei Einfluss.
Eine Haftung des Verlags ist daher ausgeschlossen.

Verlagsgruppe Random House FSC® N001967

4. Auflage
Genehmigte Taschenbuchausgabe Mai 2003,
btb Verlag in der Verlagsgruppe Random House GmbH,
Neumarkter Str. 28, 81673 München
Copyright © 2001 Jung und Jung Verlag, Salzburg,
für die deutschsprachige Ausgabe
Umschlaggestaltung: Design Team München
Umschlagfoto: Corbis
Satz: IBV Satz- und Datentechnik GmbH, Berlin
Druck und Einband: CPI books GmbH, Leck
KR · Herstellung: BB
Printed in Germany
ISBN 978-3-442-73059-9

www.btb-verlag.de
www.facebook.com/btbverlag
Besuchen Sie auch unseren LiteraturBlog www.transatlantik.de

1

Als der zugereiste Gast von dem Trauerfall hörte, war der Schmuggler schon seit Tagen unterwegs. Ohne vom nunmehr offiziell bestätigten Tod seines Sohnes zu wissen, hatte sich der Mann auf den Weg gemacht. Vorher jedoch verließ er den Rest seiner Familie, seine Frau und die beiden halbwüchsigen Kinder. Als ahnte er etwas vom Bevorstehenden, hatte der Schmuggler begonnen, die Brücken hinter sich abzubrechen.

Die letzten Tage vor seinem Aufbruch übernachtete er im Hause seiner älteren Schwester, einer stillen, kleinen, aber in allem, was sie tat, beharrlichen Frau, die mehrfach versuchte herauszufinden, was mit ihm geschehen war. Aber der Schmuggler schwieg, und wahrscheinlich tröstete sie sich damit, daß es sich nur um eine vorübergehende Krise handele. Mit der Nachricht vom lange zurückliegenden Tod des Jungen hatte sich nun alles in nicht abzuschätzender Weise verschlimmert.

Der Gast sah seine ihm bis dahin nur aus Erzählungen bekannte Tante, bei der er für die kurze Zeit seines Aufenthaltes wohnte, wie einen Geist durch das Haus huschen. Wie sie fragte er sich, was der Schmuggler tun würde, wenn er zurückkäme und das erführe, was er seit Jahren befürchtet hatte.

Er ging zum Haus des Schmugglers, um dessen Frau zu kondolieren. Es war ein offenes Haus, in das er kam; die Tür war angelehnt. Jeder konnte hineingehen, nicht nur um sein Beileid auszusprechen, sondern um eine Zeitlang mitzutrauern. Er schob die Tür auf und bahnte sich einen Weg durch Haufen von

Schuhen wie im Vorraum einer Moschee. Um sie leichter wiederzufinden, zog er seine Schuhe erst aus, als er schon zwischen den männlichen Trauergästen stand, denen das Untergeschoß vorbehalten war. Sie lehnten an den Wänden, hockten am Boden, und ihr gedämpftes Sprechen erfüllte die Zimmer. Er arbeitete sich gleich zur Treppe durch, ohne einen Blick in den Hauptraum zu werfen, da er von den Gästen hier ohnehin niemanden kannte.

Er stieg hinauf und wartete immer wieder, bis einzelne Männer sich von den Stufen erhoben, um den Weg freizugeben. Oben war es noch dunkler als im übrigen Teil der Wohnung. Die Vorhänge in den kleinen Zimmern waren zugezogen. Dort hatten sich die Frauen versammelt. Er schaute in jedes und strengte seine Augen an. Nur Blicke begegneten ihm, niemand sprach ihn an.

Der Singsang des Koranvortrags leitete ihn zum richtigen Raum. Den Kopf seitlich in die Hand gestützt, saß sie auf dem Fußboden. Ihr Rücken lehnte an der nackten Wand. Die anderen Frauen waren einfach da, sie kauerten um sie und verbrachten Zeit mit ihr. Eine Zeit, die nicht vergehen wollte. So herrschte eine Dauer, die ihre akustische Gestalt im gleichförmigen Vortrag aus dem Kassettenrecorder fand. Er setzte seine Schritte vorsichtig zwischen die Frauen und hockte sich vor ihr nieder. Sofort umarmte sie ihn, riß ihn an sich, als wäre auch er im Begriff zu verschwinden. Er hatte vorher erfragt, was er tun solle, und so gab er ihr jetzt den Kuß auf die Wange, ohne etwas zu sagen. Sie ließ ihn wieder los und nickte leicht, blickte ihn kurz an mit einer Traurigkeit, die ihn gerade darum so ergriff, weil sie gänzlich unpersönlich war. Sie bestand nur aus Nähe zu jenem Dunkel der märchenhaft blauen Vorhänge, das jede Farbe im Raum, selbst die der Haut in sich aufnahm. Er löste sich von ihr und stand auf. Sie blickte zu ihm hinauf, aber auch er war nur Teil des größeren Dunkels, auch er konnte gehen und kommen und änderte nichts damit. Das einzige, was er tun konnte, war einen Abschnitt der endlosen Zeit im Haus verbringen.

Er ging aus dem Zimmer, die rauhe Rezitationsstimme folgte ihm zur Treppe und bis hinunter. Da stand er nun und fühlte diese Zeit so deutlich, weil sie leer war, unerfüllt von Gesprächen oder Handlungen. Sie lastete auf ihm, während immer neue Trauergäste hereinschlichen. Sie kamen ohne nervöses Umsichblicken und ohne Grußbereitschaft. Hier gab es nicht einmal Öffentlichkeit; in diesen dunklen Räumen war man nicht Gast, sondern eigentlich, in einem trostlosen und erschreckenden Sinne, zu Hause.

Nach einer unbestimmbaren Zeit entschloß er sich zu gehen. Etwas abseits, überschattet vom Dunkel einer Nische, traf er auf Beno, den er öfter in Begleitung des Schmugglers gesehen hatte und der ebenfalls im Aufbruch war. Das Redebedürfnis dieses unruhigen Mannes war unübersehbar, die Finger der Rechten trommelten auf sein Kinn, und seine interessierten Seitenblicke trafen den Gast, während sie beide sich die Schuhe anzogen. Sie verließen das Haus und traten hinaus auf den Platz, den der Schmuggler, immer wenn er aufbrach oder zurückkam, überqueren mußte. Tauben flatterten auf und wurden über ihnen aufgesogen vom Licht.

Während Frauen, Kinder, junge und alte Männer an ihnen vorbeieilten, rang sich Beno durch, den Gast anzusprechen. Dieser verstand nicht oder tat jedenfalls so. Er wies mit dem Finger auf sein linkes Ohr und machte eine verneinende Geste. Dabei blickte er in das Gesicht Benos. Er sah die wachen Äuglein und die ruhelosen Lippen. Der Mann hatte die Hand noch immer am Kinn, als der andere ihn stehenließ.

Er verließ den Platz und bog in eine schattige Gasse. Ratten stoben davon, langgestreckt und dicht an den Boden gepreßt. Als er sich umwandte, erkannte er Beno hinter sich, der sofort stehenblieb, aber keinerlei Anstalten machte, sich zu verbergen. Er hob sogar den Kopf, und es schien, als blickte er angriffslustig. Wahrscheinlich folgt er einem ganz unbestimmten Antrieb, dachte der Gast, als er ihn dort stehen sah. Wahrscheinlich hat er überhaupt nichts im Sinn, es ist einfach die berufsbedingte Neugier, von der der Schmuggler einmal gesprochen hatte. Er ging weiter, ohne noch einmal zurückzusehen, er passierte die größeren Gärten der Wohlhabenden und die engen, an Mauern, Fenstern und Dächern ausgebesserten Hütten der anderen, deren Höfe dicht bevölkert waren.

Vor dem Haus erblickte er einen mageren Hund mit kahlen, hängenden Ohren. Es sah aus, als wartete er auf ihn. Als der Gast jedoch näher kam, wich das Tier Schritt um Schritt zurück. Er flüsterte ihm zu, wollte es, einer Laune folgend, zu sich locken. Aber was er auch tat, der Hund hielt den Abstand. Dem Gast blieb nichts übrig, als an ihm vorbei durch das Hoftor zu gehen und so zu tun, als gäbe es ihn nicht.

2

Tage vorher hatte der Gast mit dem Schmuggler zusammengesessen, den Onkel zu nennen ihm nicht in den Sinn gekommen wäre, obwohl das den Tatsachen entsprach.

»Man muß lange frühstücken, bevor man losgeht.« Der Schmuggler nahm seinen Strohhut vom Kopf und ähnelte nun nicht länger einem Abenteurer, sondern dem, was er war: ein sonderbarer Bewohner des Grenzlandes. »Es hat keinen Sinn, früh loszugehen, weil es den Minen egal ist, wann du kommst. Sie warten nicht. Auf niemand bestimmten, zu keiner Zeit. Es ist besser, wenn du im hellsten Licht zu ihnen kommst.«

Der Neffe war froh, daß der Schmuggler wieder zum Thema zurückgefunden hatte. Seine Erzählumwege schienen eine Bedeutung zu haben. Nach immer in etwa gleich langen Phasen war der Mann wieder beim Ausgangspunkt.

»Es ist schon ein Hohn: Was sie neulich von dem Bauern, der aufs Feld hinausgegangen war, zurückbrachten, war ein komplettes Bein. So sah es aus. Ein großes, geröstetes Bein. Ich dachte: Genau der Teil von ihm war übriggeblieben, mit dem er die Panzermine berührt hatte. So etwas hatte ich noch nie. Sprengfallen auch nicht. Aber wenn ich schon Pech habe, sollte es so eine sein. Die kleineren sind schlimmer. Was tue ich da oben, wenn es mich trifft und ich nicht mehr laufen kann?«

Der junge Mann nickte wie abwesend, aber er war es nicht. Während im Küchenfenster das Morgenlicht spielte, sah er einen Hirten seine Schafe die Straße entlangtreiben. Die Tiere huschten zwischen den Gittern des Hoftores vorbei wie ein einziges aus vielen Beinen, Köpfen und Augen zusammengesetztes Wesen.

Der Schmuggler schenkte ihnen noch Tee ein und tat rätselhafte Handgriffe am Samowar. Sofort war die alte Frau, die im Haus arbeitete und lebte, bei ihm und übernahm. Für den Schmuggler war noch in den frühen Morgenstunden gleich bei seiner Ankunft im Haus ein riesiges Deckenlager aufgeschichtet worden. Alle waren in Aufregung, als hätten sie die Wochen über nur auf ihn gewartet und ganz sicher gewußt, daß, nicht aber wann er kommen würde.

Der Neffe hatte mit dem Erscheinen dieses Mannes im Haus eine wirkliche Ankunft erlebt. Das lag zehn Tage zurück. In der Zwischenzeit hatte er ihn in die Stadt begleitet: Der Schmuggler schritt auf den Straßen weit aus im vollen Gefühl seiner Bedeutung. Ein Nimbus umgab seine Gestalt, etwas aus überstandenen Gefahren, Ferne und nur von ihm zu benennenden Schrecken. Die Leute, die ihm unterwegs begegneten, reagierten ängstlich auf seinen Gruß und stahlen sich aus seiner Bahn. Anscheinend widerwillig gingen sie auf ein Gespräch mit ihm ein. Der Neffe sah Händler, die verlegen in ihrem Kram herumstocherten, während der Schmuggler sie gelassen betrachtete. Er war ein Bote aus dem fast unbetretbar gewordenen Land um die Stadt, von dort, wo nur die Bauern, die keine Wahl hatten, lebten. Sie aber vegetierten am Rande des verminten Gebietes, während der Schmuggler hindurchging.

Der Neffe war immer wieder erstaunt über den Gang des anderen. Dieser flanierte, war dabei aber zielstrebig. Er setzte die Sohlen sicher und fest auf. Vielleicht, sagte sich der Neffe, war das eine Folge der Erfahrung mit den Minen. Jedenfalls gab es in der Stadt offensichtlich niemanden, dem das Besondere um diesen Mann nicht auffiel. Je länger man ihm folgte, desto klarer wurde allerdings auch, daß sich die unbestimmte Furcht der Leute nicht eigentlich auf den Boten bezog, sondern auf das, was sie für seine Botschaft hielten. Seit er in seiner Nähe war, hatte der Neffe den Schmuggler im Verdacht, diese Furcht zu genießen. Etwas später aber kam er auf einen anderen Gedanken: Dieser Mann war einfach nur identisch mit seiner Tätigkeit, deren Wert sich durch das bestimmte, was er mitbrachte. Er war die Verbindung dieser Stadt mit dem Land dort draußen. Er kannte den Weg, und kaum jemand ahnte, wie genau er den Weg kannte, daß es auf langen Strecken keinen einzigen Stein gab, den er nicht betrachtet, kein Grasbüschel, das er nicht untersucht hätte.

Der Schmuggler hatte ausgiebig gefrühstückt, und so war es ganz zwanglos zur ersten ihrer Begegnungen gekommen. Der junge Mann trat verschlafen in den Raum und erschrak, als er bemerkte, daß er aufmerksam betrachtet wurde. Er hatte die frühmorgendliche Aufregung zwar registriert, war sogar aufgestanden, hatte die Tür seines Zimmers geöffnet und seiner Tante dabei zugesehen, wie sie die Decken ins Erdgeschoß trug. Aber nachdem er ihr beruhigendes Lächeln aufgefangen hatte und wieder schlafen gegangen war, schienen die Ereignisse aus seinem Gedächtnis gelöscht. Jetzt, beim Anblick des Mannes, der allein im Halbdämmer saß und seine Hände wie zwei kostbare Instrumente genau nebeneinander auf die schrundige Tischplatte gelegt hatte, fragte er sich, was zur Schlafenszeit für eine solche Aufregung hatte sorgen können, daß selbst seine eigene Begrüßung, nach der Überwindung von ein paar tausend Kilometern per Flugzeug und mit geländegängigem Sammeltaxi durchs Gebirge, dagegen wie ein zerstreutes Willkommen wirkte.

Der Schmuggler war, anders als die meisten Leute hier, nicht sofort zugänglich, als er den Gast sah. Sein Gesichtsausdruck wirkte weder intelligent noch dumm, nicht feindselig, nicht neugierig, nicht einmal fragend. Ein einziger Zug in diesem Gesicht, das fiel dem jungen Mann gleich zu Anfang auf, neutralisierte alle anderen: eine tiefe, in sich abgeschlossene Ruhe, die jedoch nichts von Überlegenheit hatte. Es war die Gelassenheit, mit der der Schmuggler auch die Leute auf der Straße einschüchterte, so als würden sie spüren, daß sich in ihr eine Abwesenheit zeigte, die all ihr Treiben so umschloß wie das unbetretbare Land die Stadt. Der Schmuggler nickte dem Gast zu, wandte sich zum Samowar, nahm die Kanne und goß Tee in das für ihn bereitgestellte Glas. Das war Einladung genug, die Anspannung löste sich, und sein Neffe nahm lächelnd Platz. Die alte Frau hatte ihn ebenfalls bemerkt und war lautlos herangekommen. Sie nickte freundlich, tätschelte ihm kurz die Schulter und brachte das Brot.

Sie fanden eine Sprache, in die sie sich sprechend allmählich einüben konnten. Die Fragen des Gastes wurden zum Gerüst aller ihrer Gespräche. Der Schmuggler konnte freundlich sein, aber nur für Augenblicke, nie aus der Fülle des Gutgelauntseins. Daß der Neffe ihn auf seinen Wegen in die Stadt begleiten durfte, war in der Sicherheit des Schmugglers begründet, sich auf eigenem Terrain zu bewegen.

Die Sonne stand hoch, als sie am ersten Tag aus dem Haus traten. In flirrender Hitze wirkte die Stadt wie ein von Leben überlaufendes Nest zwischen den glatten Hügeln des Umlandes. Es ging vorbei an den kunstvoll vergitterten Fenstern der Häuser, an Wäldern von Holzpfählen und endlosen Wäscheleinen, behängt mit verblichener Kleidung. Der Neffe erfuhr, daß der Schmuggler eine neue Tour plante, und fragte erst sich, dann ihn, ob die paar Tage in der Stadt zur Erholung ausreichten.

»Jetzt ist die Zeit günstig. Ich muß den Sommer nutzen, wenn die Wege frei sind. – Nein, nicht so sehr wegen der Temperaturen. Die Einzelheiten sind wichtig; ich muß das Gras sehen.«

Sie kamen an ein großes neues Haus am Rande der Altstadt. Mannshohe Rosen schwankten über den unverputzten Gartenmauern. Der Schmuggler rief etwas über das Gartentor hinweg, und Sekunden später kam ein etwa zwanzigjähriger Mann heraus, der sie freundlich begrüßte. Im Gästezimmer voller Glas und teurer Teppiche nahmen sie am niedrigen Teetisch Platz. Der alte, rundliche Hausherr, der die aufmerksame Lebendigkeit eines Händlers ausstrahlte, setzte sich mit einem Ächzen ihnen gegenüber auf den golden lackierten Stuhl, dessen rokokoartig geschwungene Beine knackten. Es entwickelte sich ein Gespräch über den Neffen und den Grund seines Aufenthaltes in der Stadt; die beiden Älteren hatten auf diese Weise einen leichten Einstieg in ein ernsthaftes Geschäftsgespräch. Denn der Schmuggler war im Haus des Händlers, um das Geld abzuholen, mit dem er die Waren im Nachbarland bezahlen würde. Dabei ging es natürlich auch um seinen Anteil. Der Händler zog das Gespräch in die Länge, ließ von seinem Sohn Cola und Tee und Gebäck bringen. Diese Verzögerung hatte den Sinn, alle Möglichkeiten des Feilschens auszunutzen. Auch wenn der Schmuggler bis zum Schluß bei seiner Forderung blieb, gebot es der Geschäftssinn, die Zeit in Anspruch zu nehmen, um nicht das Gefühl zu haben, betrogen worden zu sein. Hier, dachte der Neffe, war Geld auf genau diese Weise Zeit.

Als sie gingen, hatte der Händler in bar aus einer eisernen Schatulle gezahlt. Er wirkte beim Abschied erleichtert, als hätte er eine Pflicht hinter sich gebracht. Jetzt war er noch viel aufgeräumter als beim Tee und schickte seinen Sohn, um ihnen zwei Schlüsselanhänger zu bringen, winzige silberne Plaketten, die mit einem Schriftzeichen verziert waren.

Auf der Straße begegneten sie immer wieder den »neuen« Uhrmachern. Während die wirklichen Uhrmacher wegen des internationalen Embargos ihre Läden längst geschlossen hatten, saßen Jungen auf den Gehsteigen, die keine Uhren verkaufen wollten, sondern sich auf Reparaturen spezialisiert hatten. Da kaum noch Güter ins Land kamen, genossen diese Jungen Zulauf, einige hatten ihr Betätigungsfeld auf Schmuck erweitert. Sie kauerten hinter Holzbänken und brauchten den Vorbeigehenden nichts zuzurufen.

Der Schmuggler blieb vor einer der Bänke stehen und holte aus der Tasche eine alte Quarzuhr, die nichts mehr anzeigte. Er hielt sie mit einem Seitenblick zum Neffen vor das Gesicht des Jungen. Der betrachtete sie kurz, nickte dann und nahm sie. Er legte sie auf die Bank, griff neben sich und holte drei Konservengläser herauf, in denen, dunkel wie tote Insekten, die Reste alter Uhren gesammelt waren. Zunächst nahm er die Quarzuhr Stück für Stück auseinander. Es wurden so viele kleine Teile, daß es unmöglich schien, sie je wieder zu einem Ganzen zusammenzusetzen. Einmal blickte der Junge fragend zu ihnen auf, wohl weil er sich darüber wunderte, daß seine Kunden nicht irgendwo im Schatten warteten, sondern ihm auf die Hände schauten. Der Schmuggler nickte nur kurz, und der Junge fuhr fort. Nachdem er die Uhr regelrecht aufgelöst hatte, schob er einen Bestandteil, der vom Hersteller sicherlich nur zur kompletten Auswechslung bestimmt war, mit dem Zeigefinger in die Mitte seiner Arbeitsfläche. Er öffnete das Ding und stocherte innen an fast unsichtbaren Kontakten herum. Das war der schwierigste Teil der Arbeit. Der Junge preßte die Lippen zusammen und zog mehrmals die Hand fort, wenn sie zu unruhig wurde. Er hielt den Kopf schräg, als wollte er mehr Sonnenlicht in dieses Minigehäuse fallen lassen, umsonst. Aus dem anfänglichen Stochern wurde schließlich ein präzises Hinabsenken des Schraubenziehers. Einmal hielt der Junge sogar die Luft an. Mit dem nächsten Atemzug sah er wieder den Schmuggler an, und jetzt war etwas wie Stolz in seinem Gesicht. Er begann die Uhr neu zusammenzusetzen. Es war rätselhaft, wie er dabei vorging. Es sah nicht so aus, als wüßte er, was er tat. Immer wieder probierte er die Zusammengehörigkeit von Teilen aus und verwarf das Ergebnis. Aber er mußte nur das Ende eines unsichtbaren Fadens finden, um an ihm entlang sein Werk zu beenden. Stück um Stück verschwand in dem Gebilde, das tatsächlich wieder eine Quarzuhr wurde. Kurz vor dem Ende – jetzt wußte er bereits genau, wo die restlichen Teile hingehörten – fehlte ihm eine winzige Schraube. Möglicherweise war sie von der Bank gefallen. Der Junge hielt nacheinander die Gläser in die Höhe, drehte sie und betrachtete den Inhalt. Dann öffnete er eines, goß es aber nicht aus, sondern fischte mit zwei Fingern ein mit Zahnrädern übersätes Trümmerstück heraus. Aus diesem löste er eine Schraube, die auch wirklich paßte. Mit feierlicher

Akribie schloß er die Quarzuhr und ließ sie noch eine Sekunde lang vor sich liegen, bevor er sie dem Schmuggler reichte, ohne sie getestet zu haben. Der Neffe starrte auf die Uhr in der Hand des anderen. Sie zeigte rote Ziffern, und alle Funktionen, die der Schmuggler ausprobierte, arbeiteten einwandfrei. Er lächelte, und zum erstenmal lächelte auch der Junge kurz, hob eines der Gläser an und schüttelte es wie ein Barkeeper.

Der Neffe fühlte sich jetzt wirklich fremd, er begriff, wie reduziert das Leben hier war, wie wichtig die schäbigen Haufen von Ersatzteilen in jeder Art von Reparaturwerkstatt waren, ob für Uhren oder Autos. Die Leute waren angewiesen auf das Vorhandene. Die Stadt gehörte den Händlern, die aber wiederum abhängig waren von den Schmugglern.

Sie machten ihren zweiten Besuch für diesen Tag am Spätnachmittag. Das Haus lag am Stadtrand, und der Schmuggler gab seinem Neffen zu verstehen, daß dies der zweite von drei wichtigen Männern war, zu denen er gehen mußte. Alle anderen würden zu ihm kommen. Hinter dem Haus öffnete sich die Sicht auf das Hügelland. Es war kahl, wie lehmbraun hingegossen und festgestampft. Raubvögel kreisten im milchigen, aber leuchtenden Himmel. Der Schmuggler bemerkte den schweifenden Blick des Neffen. Er blieb stehen und wies in eine bestimmte Richtung. Dort zeichneten sich Bergketten ab.

»Die Grenze verläuft vor den Bergen. Es ist kein Problem, die Ebene zu überqueren, nur weit ist es.«

»Das Land sieht leer aus.«

»Das scheint nur so. Hinter den Hügeln liegt der Fluß, und dort beginnen die Wiesen. Anfangs gibt es noch ein paar Äcker, die ohne weiteres zu passieren sind.«

»Aber was ist mit dem Bauern, der auf die Panzermine trat?«

Der Schmuggler grinste. »Man sollte natürlich nicht achtlos sein. Die Minenfelder beginnen genau mit den Äckern. Aber inzwischen sind so viele Minen von den Bauern oder ihren Kindern auf die eine oder andere Weise gefunden worden, daß die Gefahr nicht sehr groß ist. – Ich kann gehen.«

»Was heißt das?«

»Ich muß erst später kriechen.«

Es fiel dem Neffen nicht leicht, sich den Schmuggler vorzustellen, wie er sich auf allen vieren durch eine Wiese bewegte, zumal er ihn im Haus des zweiten Bestellers souverän und wortkarg erlebte. Er saß lässig zurückgelehnt in seinem Stuhl, die Beine übereinandergeschlagen. Auch diesem Händler ging es allem Anschein nach für hiesige Verhältnisse recht gut. In seinem geräumigen Haus standen Dutzende von elektronischen Geräten herum, und er bot frisches Obst an. Die Verhandlungen waren diesmal etwas weniger langwierig, so daß der Händler zum Ausklang von seinem Besuch in der südlich gelegenen Hauptstadt erzählen konnte. Dort war der letzte Sommer enorm heiß gewesen. Alle Leute wunderten sich darüber, daß die Meteorologen im Fernsehen jeden Tag von 40° Celsius sprachen, obwohl die Thermometer über 50° anzeigten. Das ging ein paar Wochen so, bis der Widerspruch derart offenkundig wurde, daß ein Reporter einen Meteorologen dazu befragte. Dieser räumte denn auch vor laufender Kamera ein, daß von oberster Stelle angeordnet worden sei, die Temperatur maximal 40° betragen zu lassen, weil andernfalls das Volk beunruhigt werden würde. Sie lachten alle drei über diese Geschichte. Die Stimmung wurde gelöster, so daß der Händler, klein und kichernd in seinem Sitzkissen, gleich nachlegte und von der letzten Volkszählung berichtete, man sei auf 16,2 Millionen Einwohner gekommen. Das habe aber aus irgendwelchen Gründen nicht genügt, und so sei von oben bestimmt worden: von heute an 18 Millionen.

»Das ist kaum zu glauben«, sagte der Schmuggler und wippte fröhlich im Stuhl. »Wenn man das im Ausland erzählen würde, müßte man sich dafür schämen.« Er blinzelte zu dem jungen Mann, als erwartete er eine Bestätigung.

Der hielt nun die Gelegenheit für günstig zu fragen, ob er auf das Dach des Hauses gehen könne, um noch einen Blick auf das Land zu werfen. Der Händler stimmte freudig zu. Nachdem er ihnen alle Räume seines Hauses gezeigt hatte, das er offensichtlich allein bewohnte, traten sie endlich auf das Dach hinaus und sahen den Grund für die Bereitwilligkeit des Mannes. Es war mit Liegestuhl und Pflanzen in Töpfen und Kästen der eigentliche Aufenthaltsort dieses Hauses, zumindest jetzt im Sommer. Ein riesiger roter Papagei saß auf seiner Stange.

»Er kann sprechen«, sagte der Händler aufgeregt.

Wahrscheinlich, dachte sich der Neffe, kam nicht oft jemand auf dieses Dach. Jedenfalls sah es trotz der Farbenpracht merkwürdig trostlos aus. Er warf einen Blick auf den Liegestuhl, der in Blättern und Blüten zu verschwinden drohte.

»Das glaube ich nicht«, sagte der Schmuggler, erleichtert über den erledigten Besuch.

»Doch, doch, ich unterhalte mich mit ihm!« Der Händler hatte sich vor den Vogel gestellt und starrte den Schmuggler ernst an. »Ich unterhalte mich mit ihm jeden Tag«, wiederholte er und senkte dabei bekräftigend den Kopf.

Der Schmuggler wandte sich ab. »Der sieht nicht so aus. Er hat ja Angst.«

Der Papagei hatte den Kopf schräg gelegt. Sie umstanden ihn erwartungsvoll, der Händler wiederholte ein paar Worte und geriet unter Druck, als müßte er das Tier verkaufen. Der Papagei schaukelte seitwärts hin und her, duckte sich, richtete sich wieder auf. Manchmal bewegte er die Schnabelhälften gegeneinander. Sie spitzten die Ohren. Aber er schwieg.

»Woher ist der?« sagte der Schmuggler, um die Situation zu entschärfen. »Du hast doch nicht etwa jemand über die Grenze geschickt, um ihn zu holen.« Er stellte sich vor, welchen Aufwand es für ihn bedeutet hätte, einen so großen Vogel zu transportieren.

»Nein«, sagte der Händler ungeduldig. »Ich habe ihn schon vor dem ersten Krieg gehabt. Er ist sehr alt.«

»Ja, und wahrscheinlich schon zu alt zum Sprechen.« Der Schmuggler hatte offensichtlich Spaß daran, den Mann zu ärgern, der jetzt sichtbar nervös wurde.

»Du mußt Geduld haben«, stieß er hervor.

Der Papagei senkte den Kopf bis unter die Stange. Was der Händler zu ihm sagte, schien er nicht zu hören. Auch der Neffe versuchte es, ohne Erfolg.

Der Schmuggler verlor allmählich das Interesse an dem Vogel. Der Neffe sah ihn an die Brüstung treten und sich aufstützen. Über dem Land schrien die Falken. Etwas an diesem Bild – der gebeugte Rücken des Mannes vor dem heißen, sich auflösenden Blau des Himmels – sagte ihm, daß es für ihn Zeit war, endlich die Stadt, das Nest zu verlassen.

Sie wandten sich um, als das heisere Sprechen des Papageis erklang. Was er sagte, war nicht zu verstehen, aber die Laute klangen so unnatürlich, daß sie nur Nachahmungen von Worten sein konnten. Der Vogel allerdings schien an ihrer Hervorbringung völlig unbeteiligt zu sein. Der Händler war glücklich wie ein Kind, mit den Händen schlug er sich zitternd gegen die Oberschenkel.

Der Schmuggler nickte nur anerkennend. In den Augen des Neffen gönnte er dem anderen seinen Triumph nur für eine unhöflich kurze Zeit, indem er das Dach allzu rasch verließ, während der Papagei immer undeutlicher sprach, ohne etwas zu sagen.

3

Obwohl es heiß war, zog sich der Schmuggler einen alten Militärmantel über, bevor er seine Reise antrat. Er brauchte die vielen Innentaschen, um das Geld und seine Habseligkeiten darin zu verstauen. Der Mantel war dunkelgrau wie Asphalt und nicht sehr lang. Der Schmuggler stand in der Küche und versuchte, sich auf das Kommende vorzubereiten. Er überprüfte noch einmal den Inhalt aller Taschen, knöpfte die zu, die noch Knöpfe hatten. Danach setzte er sich wieder an den Tisch und beendete sein Frühstück aus Fladenbrot und Schafkäse. Er warf noch drei Würfel Zucker in das halbleere Teeglas, rührte bedächtig um und trank den übersüßten Rest in einem Zug.

Er schnallte sich den großen, leeren Rucksack um. Dann griff er in der Manteltasche nach dem Tütchen Salz, dem Drahtstück und der kleinen Schaufel. Im Glas eines Küchenschranks warf er einen letzten Blick auf den Mantel, dessen dunkle Nähte seinen Körper segmentierten. Er dachte kurz an seine Frau, die diesen Mantel aufgetrieben hatte, als der Krieg zu Ende ging. Und er wußte, daß er nicht fortfahren durfte, an seine Familie zu denken, denn es öffnete den Boden unter ihm; eine Empfindung, die in dieser Stärke völlig neu für ihn war und die er sofort zu vergessen suchte.

Die Straßen hatten sich bereits stark aufgeheizt, Lastenträger und Teejungen drängten an dem Mann vorbei, der bedächtig das Haus verließ, ohne jemandem auf Wiedersehen zu sagen. Er ging die Straße entlang in genau dem Tempo, das er bis weit außerhalb der Stadt beizubehalten vorhatte. Als er die warmen Mauern erreichte, die sich zum Platz vor der Moschee öffneten, sah er kurz auf die Quarzuhr, die er ohne Armband, mehr zum Spaß in der Manteltasche trug. Er berechnete den Weg und stellte zufrieden fest, daß er gegen Spätnachmittag am Fluß sein würde.

Die Stadt um ihn bereitete sich auf die Mittagsruhe vor. Verschleierte Frauen machten einen deutlichen Bogen um den grauen Mann. Er schaute in den Himmel, wie um etwas daran abzulesen, doch außer dem undurchdringlich dichten Blau zeigte er nichts. Dieser Himmel war genau so wie der fast aller anderen Tage, und für den, der unter ihm lebte, lag der Gedanke nahe, daß er unabhängig von der Zeit und ihrem wechselnden Licht bestand.

Der Schmuggler nahm seinen Weg durch die Gassen, dorthin, wo die Stadt abrupt in einer Bauwüste endete. Die Häuser sahen roh und ungefügt aus, ihnen fehlte der Putz, ein paar hundert Meter weiter schon das Dach, und schließlich reckten sich nur noch Gerüste in die Höhe. Wo das Land begann, ging die Straße in trockenes Gras über, das anfangs noch von umherliegenden Gerüstteilen durchschnitten war, bis die ersten Steine auftauchten, unregelmäßig geformt, verstreut, wirkten sie doch ebenso sicher plaziert wie die Häuser, so vertraut, daß der Platz, an dem sie lagen, vorherbestimmt schien. Er sah die Ebene vor sich, den weichen Horizont in der Hitze und dachte unwillkürlich an den Fluß, tastete kurz nach der Wasserflasche unter dem Mantel.

Ungefähr auf halbem Wege über die Ebene traf er auf Soldaten, die er hier nicht erwartet hatte. Der Schweiß trat ihm aus allen Poren, und er schämte sich dafür. In den Augenblicken, die er brauchte, um ein akzeptables Lächeln zu formen, spielte er alle Möglichkeiten durch. Das Geld reichte für die Grenzsoldaten und alles, was mit den Einkäufen zu tun hatte.

Schon bei der letzten Tour waren ihm Veränderungen aufgefallen. Einmal gab es viel mehr Reifenspuren als früher, und zudem sah er auf dem Rückweg vom Berg, dem höchsten Punkt seiner Reise, Rauch aus einem engen, unbewohnten Tal aufsteigen. Die Reifenspuren stammten wohl von hierher versetzten Soldaten, der Rauch aber konnte völlig andere Besucher der Gegend anzeigen. Die Frage war, ob sie mit oder ohne Duldung der Armee hier waren. Der zweite Fall war der für ihn schlechtere. Als er sich dem Transporter näherte, war er froh, vor diesem Gang seinen Preis erhöht zu haben, denn so blieb ihm eine gewisse Summe für unerwartete Begegnungen.

Es waren drei Soldaten, die ihn erst beachteten, als er vor ihnen stand. Ihre durchgeschwitzten Hemden hatten die Farbe des Sandes und klebten ihnen an den Körpern. Sie waren durch den Mantel des Schmugglers offensichtlich verwirrt, wahrscheinlich hatten sie ihn von ferne für einen Angehörigen der Armee gehalten. Der Lastwagen war mit Motorschaden stehengeblieben, und die Soldaten warteten.

Der Schmuggler sprach einen an, der sich wie ein Tier unter den Wagen gelegt hatte. Der rollte sich auf den Bauch und stützte sein Kinn in die Hand. Nach den vagen Antworten auf die üblichen Fragen – woher, wohin – ließ der Schmuggler bewußt eine kurze Pause entstehen. Der Gesichtsausdruck des Mannes zwischen den Achsen veränderte sich kaum, doch genug, um die Ahnung aufleuchten zu lassen, was den Schmuggler in diese Gegend trieb. Aus dem Führerhaus sprang der zweite Soldat hinab in den Sand und teilte dem dritten hinter dem Laster mit, daß der Wagen abgeschleppt werden müsse. Der Schmuggler begriff, daß die Sache für ihn günstig stand, da die Soldaten zu sehr mit dem Laster beschäftigt waren, um sich auf ihn zu konzentrieren. Die beiden vorne strich er in Gedanken gleich, sie hatten offensichtlich niedere Ränge. Das Problem war der Mann unter dem Laster, der ihn nicht aus den Augen ließ: wenn er jemanden bezahlen mußte, dann ihn.

Er hockte sich nieder, wischte sich mit dem Handrücken den Schweiß von der Stirn und erzählte von dem Rauch oben im Tal. Der Soldat nickte andeutungsweise. Es gebe tatsächlich irgendwelche neuen Leute im Grenzland, sagte er, aber die hielten sich oben im verminten Gebiet auf, fern von den Patrouillen. Gesehen hätten sie sie noch nicht, aber gerochen. Der Soldat lachte kurz, und der Schmuggler nickte lächelnd. Plötzlich startete der Motor, und durch den Laster ging ein Ruck. Sand spritzte auf, der Soldat rollte sich rasch in die Richtung der Bewegung. Der Transporter hatte sich nur ein paar Zentimeter bewegt und stand längst wieder, als der Mann hervorkroch und mit einer Salve von Beschimpfungen auf die beiden anderen losging. Der Schmuggler richtete sich auf, lief um das Heck des Lasters herum und hörte noch, wie sich einer der Soldaten mit dem Hinweis rechtfertigte, daß der Motor wieder laufe, was dem Zornigen jedoch kaum Eindruck machte. Der Schmuggler schritt stur weiter, nicht langsam, nicht schnell. Er war bereit, jeden Moment auf einen Zuruf zu reagieren und umzukehren, ließ es aber darauf ankommen.

Am frühen Nachmittag hatte er die Ebene hinter sich gelassen. In der ansteigenden Hügellandschaft wandte er sich um und sah den Transporter noch immer. Diese neuen Leute, von denen der Soldat gesprochen hatte, machten ihm Sorgen. Aber immerhin, kurz hellte sich seine Stimmung auf, war die Begegnung mit den Dreien zu etwas nütze gewesen. Während seiner Touren durch das immergleiche Gebiet hatte er zu einer Art privatem Aberglauben gefunden. Da ihm sein Weg Schritt für Schritt bekannt war, mußte alles Unerwartete hier einen ihm dienlichen Sinn haben, wenn er sich auch erst hinterher als solcher zeigte. So war er einmal bei den Äckern einem kleinen Jungen begegnet. Das Kind saß wie aufgebaut mit dem Rücken zu ihm am äußersten Rand der Fläche. Er war sofort stehengeblieben, um das Bild ruhig vor sich zu haben; die Hitze, den braunen Boden, die zäh aufgereckten, halbtoten Pflanzen, den unbewegten Himmel und in all dem die kleine Gestalt, die ihn zunächst an die immer wieder am Wege aufgestellten Totems erinnerte. Aber das Kind war lebendig, seine Arme bewegten sich. Es spielte, schob etwas hin und her. Er trat zu ihm. Der Junge erschrak und wich aus. Mit dieser Bewegung war auf seltsame Weise das Auftauchen eines Mannes und einer Frau verbunden. Doch das beachtete der Schmuggler nicht weiter, denn seine Aufmerksamkeit galt dem, womit der Junge gespielt hatte. Es war ein Minensplitter mit scharfer Rißkante und dem Fetzen einer fremdsprachigen Aufschrift. Er hockte sich hin und nahm das Trümmerstück in die Hand. Was immer darauf geschrieben stand, es bedeutete etwas über den konkreten Sinn, gewiß eine Typenbezeichnung, hinaus, denn es konnte einfach kein Zufall sein, daß es ihm an diesem Tag und an diesem Ort durch jenen Jungen unter die Augen kam. Die Schriftzeichen sahen aus wie in schwärzlichen Schmauchspuren verschwindende Strichmuster. Er hielt das Ding ins Licht und versuchte, eine nur an ihn gerichtete Botschaft zu entziffern. Die Leute hinter ihm mußten ihn entweder für einen Spezialisten oder einen Verrückten halten, sie verhielten sich vollkommen still. Noch einmal blickte er auf, um sich ein Bild zu machen. Diese Menschen, Nomaden aus den Bergen, wie er später erfuhr, hielten sich immer am Rand der Felder, die aber bisher nicht vermint waren. Der Junge spielte mit dem Splitter, den er im Feld gefunden hatte. Der Schmuggler folgte mit den Augen seinem üblichen Pfad, der keine fünfzehn Schritte entfernt durch das Feld verlief, und starrte wieder auf die Schriftzeichen oder Nummern. Er erhob sich und ging auf den Jungen zu. Der versteckte sich hinter dem schmalen Mann, in dessen Nähe er sich geflüchtet hatte. Dabei rutschte ihm ein Ärmel der halbzerfetzten Lammfelljacke, die er auf der nackten Haut trug, von der Schulter und schob sich über die Hand. Der Schmuggler fragte in die Richtung des Jungen, wo genau er den Splitter gefunden habe. Der schmale Mann wandte sich halb nach hinten und wiederholte die Frage in einem Dialekt, der in den nördlich gelegenen Tälern gesprochen wurde. Plötzlich kam der Junge hervor, lief rasch an den Feldrand und zeigte auf die Stelle. Dort zeichnete sich tatsächlich die Vertiefung ab, in der der Splitter gelegen haben mußte. Der Schmuggler aber begriff, daß das Feld gepflügt worden war. Aller Wahrscheinlichkeit nach von jenem Bauern, dessen Überreste sie vor kurzem in die Stadt gebracht hatten. Somit konnte der Pfad, den er für den seinen gehalten hatte, unmöglich der richtige sein. Er fragte den Mann danach, aber der schüttelte den Kopf. Dem Schmuggler war klar, daß er seinen Pfad finden mußte, denn das eigentlich verminte Gebiet begann auf der anderen Seite, und es war entscheidend, wo er ankam. Er lief vor dem Acker auf und ab und versuchte, irgendeine Kennmarke zu finden. Er konstruierte sie schließlich, indem er seinen Weg aus den Hügeln mit der anderen Seite des Feldes in Beziehung setzte. Sein untergepflügter Pfad erschien ihm wieder deutlich, Meter entfernt von dem neuen. Wer immer diesen Weg gegangen war, wußte entweder besser Bescheid als er, oder er war ein Idiot.

Auf diese Weise war die Begegnung mit dem Nomadenjungen nützlich für ihn gewesen, denn wer konnte wissen, wann er bemerkt hätte, daß er dem falschen Pfad folgte. Der Soldat hatte ihm wie der Junge geholfen, indem er von diesen neuen Leuten erzählte, die sich bewußt abseits hielten, was einen Grund haben mußte. Der Gedanke, hier in der Einöde Fremden zu begegnen, war ihm nicht angenehm. Mit dem vielen Geld im Mantel, hätte er ihnen in jedem Fall ausweichen müssen, was aber unmöglich war, da er, von wenigen Spielräumen abgesehen, nur einen einzigen Pfad gehen konnte. Nur abwarten, wenn er sie entdeckte, war praktikabel. Es kam alles darauf an, noch genauer auf die Veränderungen der Umgebung zu achten; wenn nicht Rauch, dann würde möglicherweise aufgewirbelter Sand sie verraten. Er verlangsamte sein Tempo, blieb schließlich alle hundertundfünfzig Schritte stehen und hielt Ausschau.

Auf Höhe der Hügel war sein Pfad ein wirklich erkennbarer Weg. Nicht aber, weil er ihn in die Landschaft getrampelt hätte, sondern wie von selbst entstanden als die natürliche Formung eines Weges, den er zu dem seinen gemacht hatte. In dieser Formbarkeit sah er die Landschaft um sich; sie fügte sich ihm, und er fügte sich ihr ein, das gab ihm die Sicherheit seiner

Schritte. Die Hügel verstellten ihm den Blick, sowohl auf die Ebene hinter ihm als auch voraus. So verlangsamte er seinen Marsch nochmals. Er kniete sich in den lehmigen Grund und nahm einen Schluck Wasser aus der Feldflasche. Dabei behielt er die scharf gezeichneten Buckel der nahen Hügel im Auge, konnte aber keinerlei Veränderung bemerken. Mehr und mehr begann er, sich auf ein Gefühl der Sicherheit zu verlassen, das seine Bedenken zerstreute.

Nach weiteren fünfhundert Metern kam der schwärzlich-rote Kopf der Puppe in Sicht. Sie erst machte den Pfad zu einem Weg. Es war eine Vogelscheuche, die im Laufe des Krieges und der Zeit danach zu einem Wahrzeichen für diese Gegend geworden war. Wer ihren Kopf – mal ein aufgespießter Kürbis, mal eine Melone – immer wieder erneuerte, war unklar, wahrscheinlich jeder der Bauern und Nomaden, vielleicht auch Soldaten, die hier vorbeikamen. Wirklich bedrohlich allerdings war dem Schmuggler dieses Wahrzeichen erschienen in einer Zeit, als der Kopf fehlte und zwischen den Schultern der verrotteten Jacke nur der angespitzte Holzpfahl in die Höhe ragte. Er verstand das damals als ein Warnsignal, denn auch die Tatsache, daß lange Zeit niemand vorbeigekommen war, um sich darum zu kümmern, mußte einen Grund haben. So nahm er mit einer gewissen Erleichterung die nicht sehr alte, aber längst aufgeplatzte Wassermelone wahr, deren rotes Fruchtfleisch der leicht schräg stehenden Gestalt wie ein Bart vom Kinn hing. Irgendeine Art von Wildwechsel gehörte zu dieser Gegend, zu seiner Reise, vielleicht auch nur zu den Befürchtungen, die er mit dieser Reise verband. Wenn der Kopf diesmal gefehlt hätte, so dachte er, wäre er sicherlich umgekehrt.

Die Puppe wirkte in ihrer Größe monströs, als er vor ihr stand. Der Eindruck entstand durch die Decken, mit denen die Jacke ausgefüttert worden war und die wie ein schmutziger Vorhang unter ihr hervor bis zum Boden reichten. Das Besondere dieses Gebildes lag darin, daß seine Grundform ein Kreuz mit einem nicht waagerechten Querbalken bildete. So standen die Arme wie bei einem wirklichen Körper gebogen und zudem noch ziemlich kurz in den Raum ab. Sie endeten in den leeren Röhren der Jackenärmel. Der Schmuggler starrte sekundenlang auf den Kopf mit der Aureole eines Fliegenschwarms. Diesen Kopf zu erneuern, erforderte durchaus einen gewissen Aufwand. Wer es tat, mußte das Kreuz aus dem Boden ziehen und niederlegen. Dazu, so dachte er sich, gehörten zwei. Der Gedanke verband sich mit einer erneuten Verunsicherung. Der Schmuggler schritt rasch an der Puppe vorbei und durch eine Senke auf den nächsten Hügel. Wieder war nichts zu sehen als Lehmfarbe und der leere Raubvogelhimmel darüber.

Das Ende der Hügellandschaft war ein ganz besonderer Abschnitt der Reise. Es bedeutete in der Lesart des Schmugglers den Beginn des Nordens. Hier veränderte der Fluß die Landschaft, zu dem hin die Erdbuckel sich wie ermüdet senkten. Es war, als spülte er mit den Kieseln, die überall herumlagen, auch das Grün herbei, diese hier militärisch stumpfe, dennoch aber intensive Farbe der Gräser. Sie hatten wohl, dachte er, nahe dem Wasser einen Überschuß an Energie, der sich in diesem Grün entlud. Auch Lehmbraun schien dem beigemischt, aber nach unten, in Richtung der Wurzeln abgedrängt.

Der von Erlen gesäumte Fluß war etwa fünfzig Meter breit, aber, außer im Sommer, tiefer, als man erwartet hätte. Flache, graue Ufersteine ließen das Wasser meterweit begehbar erscheinen. An einer bestimmten Stelle blieb es knietief. Früher hatte es hier eine kleine Fähre vor allem für den Frühling und den Herbst gegeben. Sie war nicht mehr als ein Floß gewesen, das an einem gespannten Seil von einem Ufer zum anderen gezogen wurde. Doch brachte es immerhin Lasten trocken hinüber, und dem Schmuggler erschien es jedesmal an diesem Punkt seiner Reise als eine Erinnerung an friedliche Zeiten, in deren Ordnung es seinen Platz hatte und seine Bestimmung, so als wäre es immer da und hätte nie einen Aufwand erfordert, um hergestellt und in Betrieb gehalten zu werden. Nicht weit vom Seil hatte das Floß lange halb versenkt im Wasser gelegen, weil die Reifenschläuche, die es getragen hatten, zerstochen worden waren. Dann verschwand es mitsamt dem Seil, seiner Richtschnur auf dem Pfad. Ihm blieben die beiden Pfähle, die jemand in den Boden gerammt hatte, um das Seil daran zu befestigen, und irgendwann von diesen nur noch jener am gegenüberliegenden Ufer. Er wäre inzwischen verzichtbar gewesen. Längst hatte der Pfad eine Gestalt bekommen, die zufälliger Markierungen nicht mehr bedurfte und die wohl fest genug war, um auch jede zufällige Verrückung in sich aufzunehmen, ohne sich dabei zu verändern.

Jedenfalls war die Zeit gemeinnütziger, frei verfügbarer Einrichtungen, wie diese Fähre eine war, lange vorbei. Er erinnerte sich an die Geschichte, die aus der Hauptstadt berichtet und hundertfach kolportiert wurde, nach der ein Mann in einem von drei Aufzügen eines Bürohochhauses steckenblieb und erst durch den Verwesungsgeruch entdeckt wurde, weil einfach niemand mehr irgend etwas wartete oder überprüfte, zumal dann nicht, wenn zwei von drei Aufzügen weiterhin funktionierten.

Der Schmuggler durchschritt den Fluß, freute sich wie immer über die uralten, wasserfesten Stiefel, füllte die Feldflasche auf und setzte sich am anderen Ufer nieder. Als er in einem der vorigen Jahre hier entlanggekommen war, begann sich der letzte Ort vor der Grenze zu leeren. Dieser Flecken hatte sich zwei Kilometer westlich in der Nähe des Flusses befunden und war noch bewohnt, als er seine Touren begann. Er hatte ihn schon lange nicht mehr besucht. Er erinnerte sich daran, wie komfortabel diese ersten Märsche gewesen waren, verglichen mit heute. Er konnte dort essen und trinken, unter Menschen sein, und obwohl der schwere Teil der Reise noch vor ihm lag, schien sie ihm von hier aus wie ein Ausflug mit Hindernissen. Die Verschlimmerung der Lage wurde deutlich, als er bemerkte, daß es keine Hunde mehr gab und immer öfter verstümmelte Kinder und junge Männer an ihm vorbeiliefen oder im Dreck der einen größeren Straße kauerten.

Jetzt, am Fluß, den Blick nach Westen gerichtet, kam ihm der

Gedanke, daß die neuerdings registrierte Unruhe im Gebiet etwas mit dem verlassenen Ort zu tun haben könnte. Möglicherweise war unterdessen wieder Leben eingekehrt. Das war zwar unwahrscheinlich, aber eine seiner Unsicherheit der neuen Lage gegenüber entspringende Neigung zum Verzögern und Verweilen ließ ihn seinem Pfad den alten Schlenker wiedergeben.

Der Ort war nach wie vor tot, die wenigen Hütten, wenn sie überhaupt noch standen, waren verfallen. Der Schmuggler lief inmitten der Trümmer und zurückgelassenen Dinge auf und ab, mißmutig und unentschlossen. Er bereute, hierher gekommen zu sein, denn alles, was er sah, schien ihm ein Bild für seinen eigenen Zustand. Anstatt auf der imaginären Linie zu bleiben, unbeirrt geradeaus zu gehen, ließ er sich hinreißen, einen Ausflug zu machen. Als er die Tieraugen in einer der Hütten sah, zunächst aus dem Augenwinkel, dann konzentriert und ungläubig, kam ihm blitzschnell eine ganz andere Lesart seines Verhaltens in den Sinn. Etwas an dieser Tour war anders als bei jeder zuvor. Er fragte sich so vieles auf einmal: War es sein Alter, eine Reaktion auf die Vorhersehbarkeit und Routine oder die Wahrnehmung von etwas wirklich Neuem, was ihn von Anfang an beunruhigt hatte? Zum erstenmal fiel ihm auf, wie ungeheuer schwer es ist, Inneres und Äußeres klar zu unterscheiden. Im Grunde gehörte seine Unfähigkeit dazu schon zu seiner Beunruhigung. Wie, so fragte er sich, würde er dieses Neue beschreiben, wenn er müßte? Er trat von einem Bein auf das andere, ignorierte das immer noch zu ihm heraus glotzende Tier, sah in den Himmel und auf die in der Ferne bläulichen Bergzüge und ihren farblich schroffen und doch kaum auszumachenden Übergang in die grün bewachsene Erde davor. In der Hütte regte es sich, doch der Schmuggler wollte seinen Gedanken noch zu Ende denken, bevor er reagierte; er wandte sich zur Seite und schaute den Weg zurück, den er am Fluß entlang gekommen war. Es ist, dachte er, die Einsamkeit, die mich hier beunruhigt. Nicht einfach die Tatsache, daß er allein war – das war er jedesmal, im Grunde überall. Nein, mit dieser Einsamkeit war etwas geschehen; sie hatte sich verändert, wie sich Orte verändert haben, die man einmal gut kannte und nach langer Zeit wiedersieht. Alles ist vertraut, stärker als man erwartet hatte, aber alles ist aus genau diesem Grund anders, wie verschleiert von unzählbar vielen, winzig kleinen Kratzspuren. Es ist fremd, dachte er, und deshalb ist jede Veränderung darin möglich. Vielleicht hatte er deshalb seinen Pfad diesmal nicht halten können.

Erst als er auf die Hütte zuging, wurde ihm bewußt, wie stark das Tier darin lärmte. Er trat vor den Eingang, stutzte kurz und wich noch einmal zur Seite, um einen Stock aufzuheben und für alle Fälle in beide Hände zu nehmen. Das befremdete ihn, erschien ihm aber auch konsequent. Im Eingang stehend, sah er im Halbdunkel zunächst zwei Köpfe, einen großen und einen kleinen, die in entgegengesetzte Richtungen wiesen. Er streckte seinen Kopf vor in die Hütte und blickte in die geweiteten Augen einer Kuh, aus deren Hinterleib, feucht glänzend wie von einem Film überzogen, ein Kalb hing. Das Neugeborene zappelte schon, aber sein Kopf baumelte hinab wie tot. Der Schmuggler wich zurück, denn er sah die Angst in den Augen des Muttertieres. Vor der Hütte wartete er, ohne zu wissen, worauf. Er fragte sich, wer die Kuh dort untergestellt hatte, denn er glaubte keinen Moment an einen Zufall.

Er suchte auf der gesamten Fläche der einstigen Ortschaft nach Fußspuren, fand aber keine einzige. Nach einem Blick in den blaß gewordenen Himmel kam er wieder zu sich mit der Frage, was er hier tat. Eines schien ihm sicher: Wenn er auf diese Weise fortfuhr, sich abzulenken, konnte er eigentlich sofort umkehren, sich entschuldigen und das Geld abliefern. Er atmete durch und machte sich wieder auf den Weg. An der Hütte nahm er die Geräusche von jetzt zwei Tieren wahr, und eine kalte Rührung überkam ihn, als er nachdachte über diese Geburt im Niemandsland. Die Merkwürdigkeit einer kalbenden Kuh in menschlicher Behausung versuchte er nicht weiter zu beachten.

Nach allem konnte er sich kaum noch darüber wundern, daß

ihm der kurze, aber steile Aufstieg vom Fluß aus über alle Maßen schwerfiel. Er ächzte, taumelte, rutschte steifbeinig auf dem Felsen zurück, blieb liegen, versuchte es erneut und glitt wieder ab. Er schaute auf den glitzernden Fluß hinab, nahm einen Schluck Wasser und arbeitete sich auf Händen und Knien den Felsen hinauf. Oben angelangt, machte er sich seine Unvorsichtigkeit bewußt, stand langsam auf und lief ein paar Meter über das Plateau. Er hielt ruckartig inne, weil er Stimmen gehört zu haben glaubte, nur für einen Augenblick, zu kurz, um wahr zu sein. Aber das Geräusch war deutlicher gewesen, als er es sich gewünscht hätte, es schien sich im Wind bewegt zu haben, gedehnt und wieder zusammengedrückt worden zu sein. Der Schmuggler blieb, wo er war, und dachte nach: Auch wenn er sich mitten im Länderdreieck befand, konnten es weder türkische noch gar iranische Einheiten sein. Die einzigen, die sich hierher verirren mochten, waren die Minenräumer der Vereinten Nationen und anderer Organisationen, mit Metalldetektoren und Gesichtsschutzhelmen ausgerüstete Spezialisten, die sich mit großem Aufwand und daher extrem langsam durch das Land bewegten. Aber von einer laufenden oder bevorstehenden Aktion hätte er in der Stadt erfahren, zudem war es unmöglich, daß er einen solchen Trupp bis jetzt nicht bemerkt hätte. So kamen eigentlich nur herumziehende Landstreicher in Frage. Man hörte öfter von Leuten aus dem Nordosten, die inmitten der immer wieder ausbrechenden Stammeskonflikte ihre Zugehörigkeit verloren und sich auf eigene Faust durchschlugen. Man konnte sie nicht wirklich Räuber nennen, sie waren eigentlich nur Versprengte. Doch die Bauern fürchteten sie wie jeden, der von draußen kam. Sollte es sich um solche Leute handeln, so war klar, daß sie bewaffnet waren, und er konnte nicht riskieren, daß sie ihn aufgriffen.

Dem schwachen Klang der Stimmen nach befanden sie sich weit unterhalb des Plateaus. Immerhin bestand die Möglichkeit, daß sie, seinem Weg in Gegenrichtung folgend, heraufkamen, um den Felsen zum Fluß hin zu passieren. Der Schmuggler zog sich vom Rand des Plateaus zurück und plazierte sich nah am Felsen, so daß ein Heraufsteigender ihn nicht sehen konnte. Während er mit dem Entschluß umzukehren rang, störte ihn noch ein weiteres Geräusch auf: Die Leute dort unten hatten mindestens zwei Hunde bei sich.

Was ihn bis zum Abend immer wieder beschäftigte, war die Frage, wie sie sich in den Minenfeldern bewegten. Nur er und vielleicht zwei andere hatten einen Pfad, das war ihr Kapital. Wer konnte so verrückt sein, sich hier frei zu bewegen? Und vor allem: warum? Es hätte keine große Mühe erfordert, den relativ schmalen und gefährlichen Grenzkorridor in nordwestlicher Richtung, zur Türkei hin, zu verlassen.

Als die Dunkelheit einbrach, begann er zu frieren. Jetzt war er wieder einmal froh, den Militärmantel zu haben. Er war nicht zum erstenmal gezwungen, unterwegs zu übernachten. Zwei Jahre zuvor hatte er sich bei der Überwindung dieses Felsens den Fuß verstaucht und war noch bis nach unten gehumpelt, um dort seinen Fuß ruhigzustellen, bis er am frühen Morgen endlich weitergehen konnte. Die Nacht war auch jetzt wieder vollkommen still – es gab hier wohl keine Tiere mehr außer den beiden Kühen in der Hütte. Der Schmuggler versuchte, die Furcht zu unterdrücken, die ihm die Nähe der Menschen verursachte.

Sein Traum in dieser Nacht bezog sich seltsamerweise nicht auf die Menschen, sondern bestand aus Erinnerungen. Er erschien, sich selbst fremd, im fahlen, gelblichweißen Licht der Hauptstadt. Das, worauf er zulief, war eine gewaltige Senke im Erdboden, erfüllt von diesem Licht, und was er mit einem Lidschlag erreichte, hielt er für einen Rangierbahnhof mitten in der nächtlichen Wüste. Von überall her, aus Holzverschlägen und Kisten hörte er Grunzen und Geschrei. Neugierig, aber in seinem nicht zum Traum gehörenden Innersten widerwillig, bahnte er sich einen Weg durch Unrat und vorbei an klobigen Dingen, die er offenbar nicht erkennen sollte, da sie beharrlich außerhalb seines Traumfokus blieben. Aber er berührte sie – oder sie ihn – unnachgiebig und starr ausgerichtet. Plötzlich war es vollkommen dunkel, er lief nicht mehr auf ein Licht zu, und die Frage, wozu er überhaupt lief, stellte sich nicht. Wieder einen Augenblick später stand er vor einem enorm langgestreckten Lieferwagen, einer Mischung aus Limousine und Militärtransporter. Die Türen dieses Monstrums standen offen, sie wiesen riesenhaft in den Raum und warfen extrem lange, flügelartige Schatten.

Er lief um das Führerhaus herum, aber anstatt durch eine der offenen Türen zu schauen, stellte er sich vor die Windschutzscheibe und blickte hindurch. Auf den Sitzen hatte sich ein Schaf ausgestreckt, es hob den Kopf, und er erschrak vor dem kleinen, langgezogenen Clownsgesicht, das es ihm zeigte. Von der Ladefläche her hörte er Geräusche, dann stand er hinter dem Transporter und sah zwei massigen Catchern beim Kampf zu. Sie ragten isoliert in den Raum, erhöht von der improvisierten Tribüne der Ladefläche. Beide waren maskiert, ihre Lederglatzen drohten jeden Moment zusammenzustoßen, während sie mit dicken Armen aneinander zerrten. Noch im Traum fiel ihm ein, daß er solche Catcher aus dem Fernsehen kannte, die Kämpfe liefen neuerdings stundenlang. Abrupt stieg einer der beiden Kämpfer in die Höhe und fiel mit gegrätschten Beinen herab. Er traf den anderen so, daß er für einen Moment auf dessen Schultern saß, bevor er ihn niederriß und seinen Nacken mit dem Hintern auf die Ladefläche preßte. Jetzt war er wohl der Sieger, dachte der Schmuggler. Er versuchte, in der Maske des Sitzenden die Augen zu finden, aber die zum Hindurchsehen ausgeschnittenen Schlitze waren schwarz. Der Catcher saß breitbeinig, so, wie er aufgestiegen und niedergesaust war, und zwischen seinen Oberschenkeln lag der Kopf des anderen, oval mit längsverlaufenden Nähten. In dessen Augenschlitzen sah er etwas Feuchtes und wandte sich ab. Um ihn war noch immer der Bahnhof, der Morgen graute. Panik ergriff ihn beim Gedanken an sein Geld. Er fingerte im Mantel, fühlte die verdickten Stellen und ließ die Arme beruhigt sinken. Gerade stand das

Schaf neben ihm, musterte ihn, und er wollte sich zu ihm niederhocken, da erwachte er.

Der Traum schien nicht weichen zu wollen, denn um ihn herrschte die gleiche Morgenstimmung. Er war erleichtert, als er bemerkte, wo er sich befand, gleich darauf aber war seine Wachsamkeit wieder aufgestachelt. Er blinzelte um sich und atmete dabei flach, als könnte er sich durch die Bewegungslosigkeit verbergen. Die Stille war beruhigend, nur der Wind raschelte in einem Distelgestrüpp fünf Schritte entfernt. Der Schmuggler setzte sich auf und dachte über das Geträumte nach. Wenn alles, was ihm hier zustieß, eine Bedeutung hatte, dann auch der Traum. Die Catcher ließ er gleich beiseite, zu aufdringlich agierten sie im Mittelpunkt. Das Schaf beunruhigte ihn mehr, und vor allem die Sache mit dem Geld. Wie im Traum befühlte er das Mantelfutter, um festzustellen, daß alles noch am Platz war. Er wischte mit den Händen über sein Gesicht, als würde er sich waschen. Als der Himmel wie mit einem Schlag taghell geworden war, hatte er einen Entschluß gefaßt: Er würde seinen Weg fortsetzen, aber nur probehalber, vorher wollte er das Geld an diesem Ort vergraben. Ihm war klar, daß es bei Lage der Dinge klüger wäre, umzukehren, aber sein Stolz ließ ihn nicht ernsthaft daran denken. Bis jetzt ist nichts passiert, sagte er sich und wußte, daß er nicht einen konkreten Grund hätte nennen können, der ihn zur Umkehr zwingen würde. Vielleicht, dachte er, wenn der Weg länger wäre. Aber auf diesem guten Tagesmarsch zu scheitern, kam nicht in Frage. Was war schon geschehen, das nicht bei jeder weiteren Tour wieder geschehen könnte? Er nahm sich vor, nicht mehr bei der kleinsten Abweichung vom üblichen Ablauf zu erschrecken, sondern sich darauf einzustellen. Ein wenig beanspruchte er dieses Grenzgebiet für sich, und so war es an ihm, die Eindringlinge im Auge zu behalten.

Mit dem Taschenmesser öffnete er das Futter des Mantels. Ständig um sich blickend wie ein Dieb, holte er die in Plastikfolie verpackten Bündel hervor. Er fand lockere Erde zwischen den Disteln, scharrte eine schmale Vertiefung hinein und bedeckte die Bündel mit einem flachen Stein, den er unmittelbar nach seinem Entschluß dafür vorgesehen hatte, so unmittelbar, daß er auf den Gedanken kam, er hätte seinen Entschluß nur gefaßt, weil es einen solchen Stein in der Nähe gab. Befriedigt stellte er fest, daß alles natürlich wirkte und der Stein zwischen den Pflanzen kaum zu sehen war. Als er den Mantel wieder zurechtgestrichen hatte, fühlte er sich so befreit und leicht, als hätte er mit dem Geld alle Furcht begraben. Wenn er jetzt jemanden traf, würde er ohne weiteres auf ihn zutreten, unbeschwert ein Gespräch beginnen und sich harmlos geben. Ihm wurde klar, daß der Grund für alle Bedrohung dieses Geld war. Deswegen war er bei jeder Tour darauf bedacht, so wenigen Menschen wie möglich über den Weg zu laufen. Immer hatte ihn das beschäftigt, doch da der Weg kurz und einsam war, fiel es ihm nie auf. Jetzt wurde er wieder Herr der Lage, und die Landschaft war eine kurze Passage zwischen den Grenzen, an beiden Enden von Soldaten gesichert und wegen der Minenfelder nur von wenigen zu betreten. Das machte ihn sicher, er stieg den Felsen hinab und hatte sogar Augen für die gelben Schmetterlinge, die als lebendige Windfracht über seinen Pfad geweht wurden.

4

Beno kennenlernen, hieß keineswegs, einen Freund zu gewinnen, und nicht einmal, einen Bekannten in günstiger Position zu haben. Beno kennenlernen, hieß, seine verhaltene, aber nie erlahmende Neugier, die frechen, durchdringenden Seitenblicke und sein stets mehr verhüllendes als erläuterndes Gerede ertragen zu müssen. Wie begegnete man Beno? Zufällig natürlich, dachte der Schmuggler und lächelte bei dem Gedanken, daß Beno immer widerwillig und nervös war, wenn er ihn direkt aufsuchte; die Zufallsbegegnung war sein Element. Leider blieb es nicht dabei. Beno kennen, hieß, von Anfang an auch das Gefühl zu haben, die Sache würde böse enden.

Er war damals auf dem Weg nach Süden in die Hauptstadt. Die vielen Geldbündel, die er zu den Schwarzwechslern bringen wollte, machten ihn wie immer unruhig. Das einzige, was ihm Sicherheit gab, waren die im Handschuhfach bereitliegenden, abgezählten Bündel für jeden einzelnen Posten, sein Wegegeld. Er hatte sich den Wagen, einen ziemlich zuverlässigen Toyota, von Verwandten seiner Frau geliehen, ihn unter einigen Schwierigkeiten aufgetankt und vor das Haus gefahren. Gerade war er dabei, seine Sachen zu verstauen. Als er den Kopf aus dem Kofferraum hob, stand Beno neben ihm. Der Schmuggler tat einen Schritt zurück, um das Gesicht des Mannes sehen zu können. Der begrüßte ihn und begann lächelnd zu reden.

»Machst du eine Reise? Es ist sehr heiß heute, warum fährst du nicht gegen Abend?«

»Ich bin nicht gern nachts unterwegs.« Der Schmuggler versuchte, den Mann irgendwo einzuordnen. Er war gekleidet wie ein wohlhabender Zivilist, aber seine unverhüllte Neugier deutete auf einen Militär.

»Da ich dich gerade sah, wollte ich fragen, ob du mich mitnehmen könntest? Zu zweit ist die Fahrt auch weniger langweilig, meinst du nicht?«

Um Zeit zu gewinnen, beugte sich der Schmuggler wieder über den Kofferraum. Zwei Kinder aus der Nachbarschaft kamen herangelaufen und schlugen mit flachen Händen gegen die Autotür. Beno vertrieb sie sofort mit heftigen Armbewegungen. Sie waren wieder allein. Was sollte er tun? Es war nicht sehr günstig, jemandem wie diesem Mann einen Gefallen, der in diesen Zeiten nicht abwegig war, zu verweigern. Er fürchtete die Fragen des Mannes; immerhin würden sie stundenlang unterwegs sein.

»Ich würde selbstverständlich auch bezahlen.« Benos Gesicht tauchte unterhalb der Kofferraumklappe auf. Er nickte, wie um den Schmuggler damit anzustecken.

»Gut«, sagte der Schmuggler unwillig, »aber ich fahre jetzt gleich los.«

Er öffnete dem anderen die Wagentür und ging noch einmal ins Haus, um sich zu verabschieden.

Seine Frau stand, von draußen unsichtbar, am Fenster und hatte sie beobachtet.

»Wer ist der Mann?« fragte sie ihn, noch bevor er sie umarmen konnte.

Er hielt inne. »Ich weiß es nicht.«

»Du kennst ihn nicht?« Sie wandte sich zum Fenster. Besorgt, wie sie war, begann sie zu flüstern. All ihre Vorbehalte gegen seine Geschäfte hatten jetzt neue Nahrung bekommen. »Was hat er gesagt?«

»Er will mitfahren.«

»Bis in die Hauptstadt?«

»Ich weiß es nicht.«

»Du weißt es nicht?«

Sie sah aus wie beim Husten fotografiert. Ihre Augen suchten um ihn herum Halt im Raum, und wie immer in solchen Momenten atemloser Beunruhigung wirkte sie viel älter und auch schwächlicher, als sie war. Er bemühte sich, ihr zu erklären, daß dieser Punkt keine Rolle spiele, daß es egal sei, wie weit er mitführe, und daß es nur auf ein Ja oder Nein angekommen sei. Daß er in dem Mann einen Militär vermutete, sagte er ihr nicht.

»Wieso willst du ihn mitnehmen, wenn du nicht weißt, wer er ist?«

»Eben darum. Was soll schon passieren?«

Sie schloß für einen Moment die Augen, als müßte sie diese Antwort verkraften. Er umarmte sie endlich und ging.

Erst als sie die Stadt schon hinter sich gelassen hatten, sagte er dem Mann, daß er in die Hauptstadt fuhr. Der andere nahm es nur kurz nickend zur Kenntnis und schwieg weiter. Dem Schmuggler kam es so vor, als hätte der Mann mit seiner Einwilligung vorläufig sein Ziel erreicht.

Einige Zeit später begann Beno schließlich doch ein Gespräch mit ihm. Zunächst ging es um Belanglosigkeiten wie den Zustand der Straße und die genaue Position der nächsten Straßensperre. Der Schmuggler hörte dem Mann aufmerksam zu und meinte zu bemerken, daß dieser mit seinem Reden etwas vorbereitete. Die Landschaft um sie war längst nicht mehr felsig, sondern durchsetzt von merkwürdig kahlen Bodenwellen, die die Rücken gewaltiger, kopfloser Tiere hätten sein können.

Wenn er sich recht erinnerte, rutschte Beno irgendwann tiefer in den Sitz und zog die Beine an. Er machte es sich bequem. Ihn zu kennen, hieß auch, auf die abrupt wechselnden Stimmungen reagieren zu müssen, die er verbreitete. Jetzt glaubte der Schmuggler nicht mehr, der andere würde etwas im Schilde führen.

Er begann vom großen Krieg mit den USA und eigentlich auch Europa zu erzählen, der nicht lange zurücklag. Groß war dieser Krieg im Vergleich zum ersten Golfkrieg mit dem Iran im

Grunde nur durch die Zahl der Gegner, einer wahrhaft internationalen Streitmacht, hochgerüstet wie zur letzten aller Schlachten. Beno erzählte langsam. Die Buckellandschaft draußen schien ihn ruhiger werden zu lassen. Seine Stimme hatte sich, daran erinnerte sich der Schmuggler genau, verändert; sie war entweder nur leiser oder sogar tiefer geworden. Nicht alles war deutlich zu verstehen, zu laut und unregelmäßig war das Geräusch der Reifen auf dem von Panzerketten segmentierten Asphalt der Überlandstraße. Damals im Auto begann er das Gefühl zu haben, das er später immer wieder empfinden mußte: von Beno zum Zuhören gezwungen zu werden.

Während des Krieges war Beno in einem der Bunker stationiert, die jenseits der südlichen Grenze im Wüstensand verteilt waren. Sie hatten den Befehl, in jedem Falle auf dem Posten zu bleiben und jede Beobachtung zu melden. Es war unmöglich, Informationen darüber zu bekommen, was im einzelnen vor sich ging. Klar war nur, daß der große Angriff seit Tagen im Gange war. Die Bunkerbesatzungen, mit denen sie in Funkkontakt standen, sahen jedoch wie sie alle nur bis zum Horizont den Sand, der dicht vor den Schießscharten begann. Sie konnten also nicht viel mehr tun als warten. Das Schreckliche daran war das Ungeschütztsein in der Wüste. Wenn es einen wirklich offenen Ort gebe, sagte Beno, dann sei es die verdammte Wüste. Ob in einem Betonbunker oder unter freiem Himmel, das sei einerlei. Alles, was die Wüste ausmache, die Hitze am Tag und die nächtliche Kälte, der Sand und seine ewige Bewegung, die Skorpione und die Schlangen, alles sei immer da. Letztendlich sei die Wüste dadurch keine Landschaft, sondern ein Zustand aus ständigen Wechseln. Nie habe er sich in dem Betonloch hinlegen können, ohne die Wüste mit in den Schlaf zu nehmen. Es sei schwer zu glauben, sagte er, aber er habe nicht ein einziges Mal von Blumen oder Gras geträumt; immer sei er durch Sand gelaufen und habe Angst vor jedem Schritt gehabt.

Das Problem auf dem Posten war die Gewißheit, daß etwas auf sie zukam und niemand wußte, in welcher Form. Natürlich hatten sie sich Gedanken darüber gemacht. Vor allem die Frage, ob der Zweck ihres Wartens überhaupt die Abwehr eines Angriffs war, wie es gesagt wurde, beschäftigte insgeheim jeden im Bunker. Denn ihrer Bewaffnung nach waren sie dazu überhaupt nicht in der Lage. Waren sie also nur eine Art Aussichtsposten, der geopfert werden sollte? Niemand sprach diesen Verdacht aus, aber die Stimmung war schlecht.

Von der Front erfuhren sie nur, daß sie sich rasend schnell auf sie zubewegte, und zwar auf ganzer Länge. Diese Nachricht stand in krassem Gegensatz zu der bewegt-unveränderlichen Landschaft draußen. Er habe Panzer und sogar Pferde halluziniert, sagte Beno, während er auf den plasmaartig weichen Saum zwischen Erde und Himmel gestarrt habe. Aber nichts geschah. Auch diese Anspannung wich einer Art Betäubung, der sich keiner von ihnen entziehen konnte. Das Hinausstarren war die einzige Möglichkeit, der Enge des Bunkers zu entkommen. Dann setzte das Störsignal ein und unterbrach jeden Funkkontakt. Es war wie ein ununterbrochenes Warnsignal, auf das man nicht reagieren kann, obwohl man weiß, daß es etwas ankündigt. Elf Tage lang plärrte dieser Ton anstelle der Stimmen, auf die sie angewiesen waren. Elf Tage lang hockten sie in der menschenleeren Wüste und wußten nicht, ob sie das Ende des Tons erleben würden. Während dieser Zeit blieben auch die Trupps aus, die ihre Stellung versorgten.

Anfangs gab es noch Hoffnung. Allmählich aber sorgte die Isolation dafür, daß der Krieg unwirklich wurde. Die Männer hatten Mühe, sich auf ihre Aufgabe zu konzentrieren. Sie begannen sich mit Nebensächlichkeiten wie ihren Schuhen oder irgendwelchen Dingen im Bunker zu beschäftigen. Das Störsignal gefährdete das Bewußtsein der Situation, in der sie sich befanden. Ihn, sagte Beno, habe nur ein Gedanke beschäftigt: sobald die zurückweichenden Truppen aufgetaucht wären, habe er bereit sein wollen, sich dem Rückzug anzuschließen. Seine größte Angst sei es gewesen, in jenem Bunker zwischen die eigenen und die feindlichen Truppen zu geraten.

So lange, wie es dauerte, konnten sie sich allerdings nicht mehr sicher sein, daß der Krieg noch stattfand. Angesichts der gigantischen Übermacht war eine frühe Kapitulation ihrer Truppen durchaus wahrscheinlich. Mehr und mehr bemächtigte sich dieser Gedanke der Männer; er wurde ihre Hoffnung. Mehr als den Feind erwarteten sie irgendeinen einsamen Botengänger, der ihnen das Ende der Kämpfe mitteilte. Nur eines sprach in all den Tagen dagegen: das unausgesetzte Störsignal. Es ließ sie alle wissen, daß zumindest ein einziger, wenn auch einseitiger Kontakt nach wie vor bestand, und das war kein gutes Zeichen.

Er wisse, was jetzt komme, unterbrach der Schmuggler. Er habe von den Zugeschütteten gehört.

Beno winkte ab und blickte aus dem Seitenfenster, als müßte er sich auf etwas besinnen. Dann sagte er, seines Wissens habe niemand von denen überlebt, auf die die Schaufelpanzer trafen. Sie seien zu schnell herangekommen und mit der schlechten Bewaffnung auch überhaupt nicht zu bekämpfen gewesen. Für die Leute in weniger befestigten Unterständen sei es wahrscheinlich ziemlich schnell vorbei gewesen. Es blieben allerdings die vielen anderen in den stabilen Bunkern. Sie wurden in ihnen eingeschlossen.

Die erste Straßensperre kam in Sicht. Die Posten lungerten am Straßenrand herum, ein paar lagen sogar im Sand. Als sie sich dem aus einem weichen Turm von Sandsäcken herauswachsenden MG-Nest näherten, traten zwei Männer mit unter dem linken Arm hängenden Maschinenpistolen an die Straße. Der Schmuggler hielt und kurbelte die Scheibe herunter. Er gab seine Papiere hinaus und erwartete die Aufforderung, auszusteigen und den Kofferraum zu öffnen. Dabei warf er einen Blick auf Beno, der gerade ebenfalls seinen Ausweis abgab. Auf die Frage des Soldaten, wohin sie fahren würden, reagierte Beno sehr rasch mit der Aufforderung, sich die Papiere anzuschauen. Als der Kopf des Soldaten wieder im Fenster erschien, hatte er es eilig, die Kontrolle zu beenden. Diese Begebenheit sparte dem Schmuggler nicht nur Geld. Er freute sich jetzt darüber, daß er den Mann mitgenommen hatte, denn er war tatsächlich nicht irgendwer. Sein Instinkt hatte ihn nicht getrogen; jetzt blieb nur noch abzuwarten, was er eigentlich von ihm wollte. Und gerade das erfuhr er weder auf der Fahrt noch sonst jemals.

Sie ließen die Straßensperre hinter sich und erreichten die ersten Ausläufer der Wüste. Das Land war bis zum Horizont flach, und die vereinzelten Gehöfte in Sichtweite lösten sich kaum daraus. Der Schmuggler schwieg und wartete darauf, daß der andere zu sprechen begann.

»Ich weiß, du mußt dich darüber wundern«, sagte Beno, »aber erwarte keine Erklärung von mir. Nimm es so, wie es ist.« Der Schmuggler nickte. »Ich frage dich dafür nicht, was du eigentlich in der Hauptstadt willst.«

Dieser letzte Satz klang in den Ohren des Schmugglers wie eine leise Drohung, etwas, worauf sich Beno bestens verstand. Wahrscheinlich wußte er schon damals über alles genau Bescheid und ließ lediglich zu, daß der Schmuggler ihm gegenüber zu allen eigenen Angelegenheiten schwieg.

»Was geschah in dem Bunker?« fragte der ihn stattdessen.

Hubschrauber seien am Horizont erschienen, als hätte der Sand sie freigegeben. Es war ein riesiger, dunkler Schwarm aus schweren Maschinen, die mit leicht gesenkten Nasen direkt auf den Bunker zuhielten. Alle Männer postierten sich an den Gewehren und warteten, sahen dabei zu, wie immer mehr dieser Ungetüme im Horizontbereich aufzusteigen schienen. Anfangs, sagte Beno, hätten sie sie noch zu zählen versucht, das aber alsbald aufgegeben. In weit ausgreifender Formation rasten die Maschinen heran. Die Soldaten erwarteten den Beschuß jeden Moment. Es war klar, daß sie kaum eine Chance hatten, auch nur einen der Helikopter abzuschießen, und klar war auch, daß im nächsten Augenblick die Hölle über sie hereinbrechen würde. Niemand im Bunker sprach, jeder konzentrierte sich auf die Maschinennasen und den heranrollenden

Lärm. Als die ersten über sie hinweggeflogen waren, glaubten sie noch an irgendeine gerade neu erfundene Waffe, die jetzt erstmals zum Einsatz kam. Dann jedoch begriffen sie, daß sie nicht das Ziel des Angriffs waren. Der Schwarm verschwand hinter ihnen, und alle lauschten auf Kampfgeräusche. Nichts, sagte Beno, alles sei wie vorher gewesen, mit dem Unterschied, daß sie jetzt über das Weitere hätten entscheiden müssen, da sie nun vom Hinterland abgeschnitten gewesen seien. Sie beschlossen, einen Kundschafter auszusenden. Da sich dafür kaum ein Freiwilliger gemeldet hätte, bestimmte Beno, wer gehen sollte. Die Wahl fiel auf einen kaum zwanzigjährigen Schiiten, der zumindest ein wenig mehr Wüstenerfahrung hatte als die anderen. »Er hätte bestimmt gesagt: Sicher, ich habe die Wüste öfter vom Auto aus gesehen als ihr«, sagte Beno und erwartete vom Schmuggler ein Lächeln.

Er ging nicht gern, aber er ging. Als er nach Stunden zurückkam, erfuhren sie, daß die Helikopter kilometerweit hinter ihren Stellungen niedergegangen waren und Bodentruppen abgesetzt hatten. Diese arbeiteten sich an die dort verstreut liegenden Bunker heran. Außer wenigen und nicht sehr heftigen Schußwechseln hatte der Kundschafter nur gesehen, wie sich die meisten der Bunkerbesatzungen ergaben.

Beno ruckte im Sitz herum und blickte auf die von dunklen Narben durchzogene Landschaft. Diese tiefbraunen Öffnungen inmitten der hellen, trockenen Ebene täuschten Feuchtigkeit dicht unter der Oberfläche nur vor. Immerhin schienen sie die Krähen anzuziehen.

Plötzlich lächelte Beno wieder. Er blickte den Schmuggler an und schüttelte leicht den Kopf.

»Nur weil du kein Radio hast, muß ich die ganze Zeit erzählen.«

Der Schmuggler hob die Schultern und machte ein freundliches Gesicht. Er wußte nicht, was er dazu sagen sollte.

»Warum hast du kein Radio? Hättest du dir keins mitbringen können?«

Der Schmuggler hielt die Augen starr geradeaus, konnte den anderen aber aus dem Augenwinkel lächeln sehen. Wieder fühlte er sich ertappt und herausgefordert zugleich.

»Es ist nicht mein Auto«, erwiderte er kurz.

»Ich weiß«, sagte Beno. »Könntest du kurz anhalten?«

Er fuhr an den Rand der menschenleeren Straße und hielt, Beno stieg aus. Er streckte die Arme von sich, legte die Hände in den Nacken und drückte die Schultern durch. Dann stellte er sich an den abschüssigen Rand und pinkelte in den Sand. Der Schmuggler hätte auch gemußt, aber er wollte dabei nicht neben Beno stehen.

»Wie ist das,« rief der von draußen, »warst du seit dem Krieg schon einmal in der Hauptstadt?«

Der Schmuggler wartete, bis Beno wieder eingestiegen war, hörte das erleichterte Seufzen und verneinte dann.

Beno lächelte wieder. »Keine Sorge, die Schäden sind kaum noch zu sehen – nur ein paar Brücken gibt es nicht mehr. Die zerstörten Häuser und Straßen sind sofort ausgebessert worden.«

Auch auf der Fahrt waren keinerlei Spuren des Krieges zu erkennen. Je weiter südlich sie kamen, desto mehr Kleiderfetzen, ausgeglühte Autowracks und andere Trümmer lagen zwar herum, aber sie stammten von den niedergeschlagenen Aufständen unmittelbar nach Kriegsende.

Auch die nächste Straßensperre, akkurater als die erste, mit Posten in nagelneuen, hell gefleckten Tarnanzügen und roten Baretten, konnten sie ohne einen Wegzoll passieren. Beno bereitete ihn darauf vor, daß bei den folgenden etwas fällig werden würde. Der Schmuggler überlegte, ob mit der wachsenden Entfernung von den Bergen im Norden auch Benos Einfluß schwinden würde.

»Nun«, sagte Beno vergnügt und blickte sich um, als sie weiterfuhren, »hier wollten wir hin, als wir den Bunker verließen. Wir wollten es so sehr wie nichts sonst.«

Er machte eine Kunstpause, und der Schmuggler fragte nach.

Es sei nicht schwer gewesen, das vorherzusehen, was kommen würde. Einmal isoliert, stand ihnen der wirkliche Angriff bevor. Hätten sie damals schon von den gepanzerten Bulldozern gewußt – die Offiziere hätten nicht einmal beratschlagt. So aber war der entscheidende Grund, die Stellung zu verlassen, die Tatsache, daß sie nicht wußten, was überhaupt los war. Sie warteten, bis eine merkwürdige Ruhe eintrat, machten dann alle Fahrzeuge frei, die hinter verwehten Sandsackwällen und in großen Unterständen gesichert waren, und brachen nach Norden auf. Sie wußten, daß sie ein großes Stück Wüste vor sich hatten, aber immerhin gab es zunächst die Lastwagen und die Jeeps. Sie folgten den noch sichtbaren Spuren der Versorgungstrupps.

Anfangs bestand das größte Problem darin, sich von den Stellen fernzuhalten, an denen gekämpft wurde. Hörten sie vor sich Schüsse oder Explosionen, dann drehten sie ab und umfuhren den Ort. Sie hatten beschlossen, sich sofort zu ergeben, wenn sie auf die Amerikaner treffen sollten. Seltsamerweise aber war der Weg, den ihr kleiner Konvoi nahm, frei. Am Mittag des nächsten Tages blieb der erste der Lastwagen stehen. Es herrschte Gluthitze, sie hielten, und die Männer stiegen um. Dann ließen sie den Wagen zurück, nicht ohne das Kühlwasser mitzunehmen. Ein Sonnenkompaß war ihr kostbarster Besitz in einer unermeßlich weiten Landschaft, die sich zuweilen innerhalb einer Stunde völlig veränderte.

Nach kurzer Zeit blieb auch der zweite Lastwagen auf der Strecke. Diesmal mußten sie drei Männer zurücklassen. Beno fuhr vorn im Jeep und behielt die Fahrzeuge durch den Rückspiegel im Auge. Sobald der Zug stockte, ließ er halten und brachte jeden in seiner Nähe dazu, die Waffen gegen die eigenen Leute zu erheben. Durch die Schnelligkeit seiner Reaktion, sagte er nachdenklich, sei ohne ein weiteres Wort klar gewesen, daß die rein räumliche Nähe zu ihm bis auf weiteres bedeutet habe, weiterfahren zu dürfen. Sie trösteten die Zurückbleibenden mit der Aussicht, von den Amerikanern gefangengenommen zu werden. Aber in Anbetracht der Sandhöhen um sie war die Chance dafür lachhaft gering. Er glaube, sagte Beno, daß es für die Zurückbleibenden am besten gewesen wäre, zu den Gefechtsorten zurückzukehren, um sich dort bemerkbar zu machen. Das sei selbstredend nicht ohne Gefahr möglich gewesen. Er jedenfalls hätte es so gemacht, wenn der Jeep steckengeblieben wäre. Aber als wäre auch der Lauf der Dinge militärisch organisiert, blieb der Offiziersjeep das letzte intakte Fahrzeug. Der Konvoi hatte sich von hinten nach vorne aufgelöst. Am Ende waren sie zu fünft, alle übrigen ließen sie zurück. Die Männer wollten kurz meutern. Sie begriffen jetzt, daß ihr Vorteil gegenüber denen, die sie selbst bereits zurückgelassen hatten, zu ihrem Verhängnis zu werden drohte. Denn nun, viele Kilometer tiefer in der Wüste, hatten sie eine noch geringere Aussicht auf Rettung als jene. Darum, sagte Beno, hätten sie den Kompaß gefordert, von dem es tatsächlich nur einen gab. Beinahe sei es zu einer Schießerei gekommen. Die fünf seien jung gewesen, sagte Beno, das müsse man verstehen. Immerhin teilten sie Nahrung und Wasser mit ihnen, was natürlich nur ein Fehler sein konnte, und sicherten ihnen zu, Hilfe zu schicken, sobald sie auf heimische Verbände stießen.

»Weißt du«, sagte Beno, »was mich am meisten überrascht hat, war, daß es funktionierte: Ich habe das Wasser und die Nahrungsrationen verteilt bis zum Schluß, einfach nur deshalb, weil ich es zu tun beanspruchte. Sie gehorchten alle, und dabei stand nichts mehr hinter mir. Hinter mir war nur der wandernde Sand. Verstehst du, einer hätte seine Waffe nehmen und die anderen umbringen können. Daß wir fünf waren, hätte unser Todesurteil bedeuten können.« Der Schmuggler war sich plötzlich ganz sicher, daß Beno zu einer solchen Tat fähig wäre. Und offensichtlich wollte dieser ihm auch genau diesen Gedanken suggerieren.

Beno hielt den jungen Schiiten in seiner Nähe, indem er nur mit ihm sprach. Er sorgte dafür, daß sie eine Art Einheit und also die Spitze des übriggebliebenen Minitrecks bildeten. Dahinter stand die vage und im Grunde unsinnige Idee, daß ihm der Mann, wenn sie es bis zu den Dörfern am Ende der Wüste schaffen sollten, mehr nützen könnte als die anderen drei. Sie stammten wie er selbst aus dem Norden.

Sie fuhren drauflos, ohne auf die Art des Sandes zu achten. Dazu fehlten ihnen das Wissen, die Zeit und die Kraft. Dennoch blieb der Jeep nicht stecken. Er fuhr, bis ihnen das Benzin ausging. Dann ging es zu Fuß weiter. Sie ließen alles zurück, außer die kümmerlichen Proviantreste, ihre Waffen und den Kompaß. Als die nächste Nacht hereinbrach, kauerten sie im Freien. Ein Feuer zu entzünden war unmöglich, weil die Hubschrauber der Amerikaner, mit denen sie immer noch jeden Moment rechnen mußten, mit Wärmesichtgeräten ausgestattet waren. Bedrohlich war die ungeheure Schnelligkeit, mit der sie über ihnen sein konnten. Beno hatte das mehrmals erlebt.

»Leise und schnell wie Insekten«, sagte er. Schlimmer noch war aber die Tatsache, daß die Besatzungen dieser Hubschrauber, wie er meinte, aus reinen Killern bestanden, vor allem wenn sie nachts im Einsatz waren. »Weißt du, was ich glaube«, sagte Beno, »das lag an der Art von Display, das sie in den Maschinen hatten – dadurch fiel es ihnen unglaublich schwer, nicht zu schießen, wenn sich etwas bewegte. Ich habe später amerikanische Aufnahmen von einem dieser Nachteinsätze gesehen. Wir sahen für sie aus wie weiße Tiere, die sich viel zu langsam bewegen. Sie konnten einfach nicht danebenschießen. Gut, daß ich das in jener Nacht nicht wußte.«

Sie wickelten sich in ihre paar Decken und Fetzen und warteten auf den Morgen. Für den Fall, daß die Helikopter auftauchten, verabredeten sie, sich sofort in den kalten Sand zu graben. Nach kurzer Zeit war der Versuch zu schlafen gescheitert. Zu ungeschützt lagen sie auf dem dunklen Boden.

»Wir hatten das Gefühl, der Sand würde uns in die Höhe heben. Man kann nicht schlafen, wenn man glaubt, aus der Dunkelheit heraus gesehen zu werden. Außerdem achteten wir auf die kleinsten Geräusche. Weißt du, es ist unerträglich, wenn du in der Kälte deine eigene Körperwärme verfluchen mußt.«

Von dem Moment an, in dem sie sich hingelegt hatten, war ihre Angst vor den Hubschraubern erst wirklich erwacht. Sie rappelten sich auf und gruben sich vorsichtshalber gleich ein, wohl um überhaupt etwas gegen den möglichen Angriff zu tun. Als sie fertig waren, sahen sie voneinander nur noch Schultern und Köpfe, wenn sie überhaupt etwas erkannten. Der Sand war so kalt, daß er ihnen alle Wärme aus den Körpern zu saugen schien. Wie sterbende Larven steckten sie darin, und über ihnen brannten zitternd die Sterne wie die weit entfernten Fakkeln von Suchenden. Sie verloren das Gefühl für ihren Körper und blieben trotzdem immer wach genug, um jede Veränderung in der Dunkelheit wahrzunehmen. Jetzt hatte der Sand sie wirklich fast verschluckt, und doch gab es noch etwas Erschreckenderes als ihn. Vielleicht war es nur deshalb so bedrohlich, weil sie schon so lange darauf warteten.

Als es endlich hell wurde, hatten sie Schwierigkeiten, aus ihren Löchern zu kommen. Sie waren weder wach noch müde, ihre Körper trotz der Zuckungen, unter denen sie sich vom Sand befreiten, unbeweglich wie gefroren. Niemand sprach ein Wort, aber alle fürchteten sich vor der nächsten Nacht. Beno sagte, an diesem Morgen habe er beschlossen, nicht mehr zu rasten, bis er umfallen würde, und danach weiterzukriechen, nur um nicht noch einmal so unbeweglich zu werden.

Anfangs war die ansteigende Hitze angenehm und belebend, aber schon nach einer Stunde verloren sie so viel Schweiß, daß ihnen schwindlig wurde. Als auch die letzten Reste des brackigen Wassers verbraucht waren, kam der Augenblick, auf den alles zugelaufen war: die Auflösung, und sie fand unmerklich statt. Ohne daß er es sagen mußte, wußten alle, daß jetzt jeder für sich allein kämpfen mußte, Schritt um Schritt. Wer zurückblieb, war eben nicht mehr da. Ihre letzte Hoffnung, sagte Beno, habe in ihrem Unwissen darüber gelegen, wie weit sie mit dem Jeep gekommen waren.

Die höhere Ordnung sorgte dafür, daß am Ende tatsächlich nur noch Beno und der Schiit beisammen waren. Etwas schien sie zusammenzuhalten, als sollte der allerletzte Rest des ursprünglichen Verbandes um keinen Preis auseinanderfallen. Sie liefen, taumelten und krochen immer auf gleicher Höhe, aber in zehn Metern Abstand. Nur diese zehn Meter ließen sie der Auflösung Raum. So konnte jeder seinen Kampf kämpfen und dabei doch in Sichtweite des anderen bleiben. Beiden war klar, daß sie jetzt laufen mußten, so lange es irgend ging. Aber die Grenze dieses Laufens war kein fester Punkt, an dem sie umfielen und liegenblieben, sondern ein Zustand, in den man eintrat, um zu laufen, ohne zu laufen.

Die erste Wahrnehmung, die diesen Zustand durchbrach, war der Sand, der sich unter ihren Stiefelsohlen veränderte. Er wurde fester, bildete kleine Schollen und war voller fingernagelgroßer weißer Steinchen. Auf eine merkwürdige Weise kam ihnen dieser Sand vertraut vor, erst jetzt bemerkten sie, wie fremd ihnen der andere gewesen war. Dieser hell durchsetzte Boden wurde ihr letzter Ansporn. Mit nur noch einem offenen Auge sei er in die Wirklichkeit zurückgekommen, so drückte es Beno aus, und vor diesem Auge erschien tatsächlich ein Dorf. Sie erreichten die ersten Hütten und wurden von den Einwohnern und einem Militärpolizisten in Empfang genommen.

Der Mann blickte ihnen mit vorgehaltener Waffe in die Gesichter, und der erste Gedanke, der ihm kam, war wohl: Desertion. Ein bärtiger Riese reichte ihnen mit einer Schöpfkelle Wasser, als wäre es heiße Suppe. Trotz einer fast lähmenden Erleichterung erkannte Beno die Gefahr, in der sie sich befanden, sofort und zwang sich, auf sie zu reagieren. Im Grunde hatte der Militärpolizist ja recht, deshalb dachte er, schon während er trank, über eine Lösung nach. Als er fertig war, sammelte er all seine Kraft, stellte sich aufrecht vor den anderen und brüllte ihn an, so gut es ihm noch gelingen wollte. Die ersten Worte waren ein Krächzen, dann gewann seine Stimme Volumen. Im Vertrauen darauf, daß ihm alles, was er sagen wollte, im Sprechen zufliegen würde, fabulierte er drauflos, von einem Angriff mit ungeheuer vielen Toten, von einem Befehl zum Rückzug und dem tragischen Tod aller außer ihnen. Er steigerte sich in seine Geschichte hinein, rang mit Tränen, die sein Körper irgendwie mobilisierte, und behielt den sich verstärkenden Ausdruck des Eingeschüchtertwerdens in dem ansonsten kindlichen Gesicht des anderen im Auge. Am Ende waren sie die zwei letzten Überlebenden einer Schlacht, die nie stattgefunden hatte.

Der Militärpolizist hatte die Waffe längst fortgenommen und war kurz davor, sich zu entschuldigen. Benos Rechnung ging auf; auch dieser Mann wußte nicht das geringste über die Vorgänge an der Front. Sie beide brachten ihm die erste Nachricht seit Tagen. So blieb ihm nichts übrig, als Beno zu glauben.

Nach all dem nahmen die Dorfbewohner sie auf wie verlorene Söhne. Sie wurden verpflegt und ruhten sich ein paar Stunden lang aus. Doch damit war ihr Problem nicht gelöst. In einem unbeobachteten Moment vor der Hütte, in der sie untergebracht waren, nahm Beno den Schiiten beiseite und erklärte ihm die Lage: Sie beide waren die einzigen, die wußten, daß die gesamte Front in Auflösung befindlich war. Die Amerikaner konnten strenggenommen in jedem Moment hier ankommen. Das bedeutete, sie beide mußten weiterziehen, um so weit wie möglich nordwärts zu kommen, denn vielleicht würde der Vormarsch irgendwo hinter der Grenze gestoppt werden. Wenn er nicht getötet oder gefangengenommen werden wolle, so sei dies der einzige Weg, erklärte Beno ihm.

Der junge Mann war verzweifelt. Eben noch erfüllt vom Glück über ihre Rettung, setzte er sich jetzt auf die Strohmatte vor dem Hütteneingang und legte die Hände vor das Gesicht. Er wollte nicht weiter, und Beno wußte, daß er alles, was möglich war, für ihn getan hatte.

So ging er daran, seine eigene Flucht zu organisieren. Als erstes sprach er den Militärpolizisten an und legte ihm dar, warum es unumgänglich für ihn sei, nach Norden zu gehen. Er brachte ihn dazu, ein Fahrzeug zu suchen. Nach wenigen Minuten war allerdings klar, daß das einzige Vehikel, das er hier schnell bekommen konnte, ein Maultier war. Es wurde kurzerhand beschlagnahmt, und Beno machte sich sofort auf den Weg.

Das Tier trottete überraschend ruhig unter ihm dahin. Er hielt Ausschau nach Truppen, aber das Land schien menschenleer zu sein.

»Auf den wichtigsten Gedanken bin ich erst zum Schluß gekommen. Wie sah das aus, ein Soldat in verdreckter Uniform auf einem Maulesel. Jeder mußte mich für einen Deserteur halten. Und wenn die Amerikaner mich einholen, war ich für sie ein Feind.«

Also habe er nicht mehr nur nach einem Wagen gesucht, sondern sein Vorgehen geändert: Er hätte sich Zeit lassen können, wenn er in Zivilkleidung unterwegs gewesen wäre. Er ritt etwa zwei Stunden. So lange sollte es dauern, bis er ins nächste Dorf kam, wo er das Maultier abgeben sollte. Stattdessen befand er sich noch immer auf einer fast nicht mehr sichtbaren Landstraße, inmitten unidentifizierbarer Trümmer, die aussahen wie riesige Knochensplitter. In der Ferne grollte Fluglärm. Im Dunst über der endlosen Ebene, die weder Steppe noch Wüste war, bummelte ein junger Schafhirte wie ein Bote aus einer anderen, längst vergangenen Zeit. Beno schwieg kurz.

»Ich konnte es nicht glauben«, sagte er dann. »Die Bauern im Dorf an der Grenze hatten noch Angst gehabt und kaum ein Wort gesprochen. Aber schon ein paar Kilometer landeinwärts war alles, als wäre nichts geschehen. Weißt du, etwas weiter südlich konnte ich sehen, wie eine dieser neuen Splitterbomben einen Lastwagen in nicht mehr als ein paar Sekunden so durchlöchert hat, daß er zusammensank, als würde er vor meinen Augen schmelzen. Und hier lief dieser Junge herum und warf kleine Steine in den Sand. Ich war wirklich wütend auf ihn.«

Er hielt, sprang vom Maultier und pirschte sich an den Jungen an. Am liebsten wäre es ihm gewesen, er hätte ihn von hinten überwältigen können, aber dazu bot das Land zu wenig

Deckung. Er duckte sich und lief so nah wie möglich an ihn heran. In einer weichen Bodenwelle sank er ein; die Schafe registrierten die ruckartige Bewegung, indem sie einen Halbkreis bildeten. Beno hob sofort die Hand und versuchte zu lächeln. Der Junge blickte ihn verwundert an. Er reagierte weder auf Worte noch auf Gesten. Auch das Gewehr schien ihm keine Angst zu machen; er stand da und wartete. Nachdem Beno zweimal erklärt hatte, worum es ging, drehte sich der Junge plötzlich um und rannte los. Beno warf das Gewehr hin und verfolgte ihn im Zickzackkurs quer über die Ebene. Entkräftet, wie er war, brauchte er lange, um ihn einzuholen. Er stieß ihn in den Sand und packte seine Kehle. Da er ihn nicht wirklich würgen wollte, konnte er ihn nicht halten, als der Junge sich unerwartet heftig wehrte. Wie ein Esel warf er Beno ab, kroch ein paar Meter durch den Sand und erhob sich. Beno holte ihn erneut ein und warf sich mit der Schulter gegen seinen Rücken. Jetzt lag der Junge auf dem Bauch, und das erwies sich als günstiger. Beno kniete auf seinem Rücken und sprach zu ihm. Er sagte, daß er nichts weiter als seine Kleider wolle, daß ansonsten rein gar nichts passieren werde, wenn er nur stillhielte. Er machte erst den linken, dann den rechten Arm unter dem Körper des Jungen frei, riß die Jacke herunter und warf sie zur Seite. Für die Hose aber mußte er ihn umdrehen. Als er das getan hatte, begann der Körper des Jungen so stark zu zittern, als wäre unter ihm etwas in Bewegung geraten.

»Es war wie ein Erdbeben. Alles an ihm ruckte, es gab keine Stelle, die ich festhalten konnte. Ich nehme an, das war eine Art Anfall, vor Aufregung. Seine Augen waren völlig verdreht.«

Er konzentrierte sich auf die Hose, hielt schließlich nur noch die Hosenbeine fest und zog an ihnen, während sich der Junge wand wie ein Sterbender.

»Als ich sah, daß er unter der Hose nackt war, tat er mir erst richtig leid. Aber ich brauchte die Kleider. Ich hätte ihn getötet für seine jämmerlichen Lumpen. Kannst du dir das vorstellen, für Kleider, die so eng waren, daß ich glaubte, jeden Moment aus allen Nähten zu platzen. Ich mußte in den Hosen so breitbeinig laufen wie ein großer Vogel. Und als ich zurückkam, war das Maultier weg. In diesem Moment habe ich mein Schicksal verflucht. Allein in der Einöde, kaum fünfzig Meter weiter der wahnsinnige Junge. Als ich mich hinsetzen wollte, riß die Hose am Hintern auf. Ich konnte nichts anderes tun, als dem Maultier nachlaufen. Dabei hatte ich das Gefühl, der Junge würde mich verfolgen wie vorher die Hubschrauber.«

Schließlich habe er das Maultier einholen können. Es war einfach geradeaus gelaufen, hatte dabei aber Kurs auf die Straße gehalten, die sich nach etwa einer Stunde als befahren erwies. Beno ließ das Tier am Straßenrand stehen und fuhr mit einer fliehenden Familie nordwärts. Er brauchte volle sechs Wochen für die Reise in seine Heimatstadt, und es gelang ihm tatsächlich, alle Militärkontrollen zu passieren, indem er sich als armer Flüchtling ausgab. Als er angekommen war, war der Krieg längst beendet.

Die ersten Dattelpalmen der riesigen Pflanzungen um die Hauptstadt kamen in Sicht. Beno sprach längst nicht mehr. Er schien auf die Straße zu achten, obwohl es dort nichts zu sehen gab. Der Schmuggler hatte ihm vorsichtshalber verschwiegen, daß er nach dem Krieg schon mehrmals hier gewesen war. Aber natürlich spielte das längst keine Rolle mehr, da Beno es wahrscheinlich ohnehin wußte. Die Überlandstraße verwandelte sich inmitten der Plantagen in eine Buckelpiste, die sie unter die Bauruine einer Autobahnbrücke führte. Weit und breit war niemand zu sehen, nur zwei Hühner staksten am Wagen vorbei. Dennoch hielt der Schmuggler kurz vor der Brücke und wartete wie aus Gewohnheit – spätestens das hätte ihn verraten. Er ließ den Motor laufen, damit ihn jemand hörte, zu hupen wagte er nicht. Unter der Brücke hatte sich Müll angesammelt, der um die grauen Stützpfeiler zu Hügeln anwuchs. Dadurch war ein Nadelöhr entstanden; die Straße war gerade noch frei, doch für das Auge stark eingeengt, und wer von außerhalb kam, mußte um die Bedeutung dieser Stelle wissen.

Minuten später schlenderte ein Mann heran, der nur am Gewehr als Soldat erkennbar war, für eine Uniform schien es nicht gereicht zu haben. Das war ungünstig, denn so war sein Rang nicht zu erkennen, von dem wiederum abhängig war, wieviel Geld ihm zustand. Möglicherweise war das die Absicht dahinter. Der Schmuggler, durch Benos Anwesenheit beruhigt, beschloß, ihm eines der Bündel für die niederen Ränge zu geben. Er konnte sich beim Anblick des Mannes nichts anderes vorstellen. Fett und übellaunig, wie er war, schlug er mit der flachen Hand auf die Frontscheibe, als müsse er das Auto auf diese Weise stoppen. Er beugte sich nicht zum Fenster hinunter. Das erste, was er von sich gab, war die Aufforderung, den Motor abzuschalten. Danach ließ er den Schmuggler aussteigen. Anstatt ihn jedoch auf irgend etwas hin zu kontrollieren, wandte er sich ab und schlurfte davon. Der Schmuggler blieb stehen, wo er war.

Während er vor sich hinstarrte, nahm er in einem der Müllhügel Bewegungen wahr. Sekunden später kroch ein alter, puppenhaft dünner Mann hervor, der am Boden kauern blieb und seine scharnierartigen, dunklen Knie von etwas Klebrigem säuberte. Dazu spuckte er nicht in die Hände, sondern versuchte, das jeweilige Knie zu treffen, was ihm aber nicht gelang. Krähen sammelten sich in seiner Nähe und zuckten bei jedem Spucken mit den Flügeln. Ein Geräusch lenkte den Schmuggler von dem Alten ab. Ganz oben, nahe der beängstigend schroffen Abbruchkante der Brücke, stand ein anderer Mann, das Gewehr schräg über die rechte Schulter gelegt. Im Gegenlicht wirkte er dunkel wie ein Schatten. Es war nicht zu erkennen, was er dort oben tat. Hielt er in die Ferne Ausschau oder blickte er hinunter – der Schmuggler wollte ihm keinen Anlaß geben, sich provoziert zu fühlen, und senkte rasch wieder den Blick. Der alte Mann war fort, nichts deutete mehr auf seine Anwesenheit, selbst die Krähen hatten sich wieder gleichmäßig auf dem grauweißen Boden verteilt.

Der fette Mann kam zurück, den Kopf gesenkt wie ein nachdenklicher Spaziergänger. Vor dem Schmuggler blieb er stehen und lehnte sich gegen den Kotflügel.

»Wohin willst du?« fragte er schwerfällig zum Boden hin und hob dann das unrasierte Gesicht.

»Ich besuche Verwandte. Sie wohnen nicht weit von hier.«

»Verwandte.« Der Mann atmete schwer aus.

»Ja, Verwandte meiner Frau.« Der Schmuggler schaute sich betont harmlos um und gab seinen Antworten etwas Nachlässiges.

»Verwandte in der Stadt«, sagte der Mann ohne besondere Betonung.

»Ja ...« Der Schmuggler suchte nach Worten, während die Hühner vor dem Wagen um die Ecke bogen und schnell den Kurs änderten, als sie die Menschenbeine sahen. »Wir haben uns lange nicht gesehen.«

»Lange nicht gesehen, die Verwandten.« Der Mann schien den Blick nicht vom Boden lösen zu können. Ein kurzes Aufschauen, und der Kopf sackte wieder ab.

»Ja. Verwandte, die ich jetzt wiedersehe.«

»Verwandte in der Stadt.«

»Ja.«

»Bringst du ihnen etwas mit?« Plötzlich lebendig, starrte der Mann zum Brückenpfeiler.

Dort hatte sich nichts getan. Der Schmuggler wagte einen Blick zu dem Posten in der Höhe. Dieser stand noch immer winzig und schwarz im dichten Blau des Himmels.

»Verwandte, ja?« Der Mann schien den Faden verloren zu haben, bemerkte es und fragte noch einmal: »Bringst du ihnen etwas mit?«

»Nein«, sagte der Schmuggler bestimmt.

»Aber es gibt nichts in der Stadt.« Der Mann grinste schwach.

Der Schmuggler hob die Schultern. »Bei uns gibt es auch nichts.«

»In der Stadt gibt es noch weniger.«

»Das wußte ich nicht«, flüsterte der Schmuggler, um nicht anzuzweifeln, was der Mann sagte.

»Doch«, er nickte entschieden, »in der Stadt gibt es weniger.«

»Ja«, sagte der Schmuggler und nickte ebenfalls.

»Weniger als dort, wo du herkommst.«

»Ja, so ist es wohl.«

»Genau so.« Der Mann nickte weiter. »Was willst du in der Stadt?«

»Nur meine Verwandten besuchen.«

»Hast sie lange nicht gesehen.«

»Ja.«

»Wie lange?«

Der Schmuggler überlegte kurz. Oben auf der Brücke stand der Mann so starr, daß man an eine optische Täuschung glauben konnte.

»Seit dem Krieg.«

»Das ist nicht lange«, sagte der Mann und schaute vergnügt dabei.

»Nein, aber ich muß sehen, was aus ihnen geworden ist.« Der Schmuggler wußte, daß es wichtig war, bei allem zu bleiben, was er gesagt hatte, deshalb hielt er es überschaubar. Der andere machte keine Anstalten, irgend etwas zu überprüfen. Ein günstiges Zeichen. Es war dem Eindruck nach immerhin möglich, daß er sich einfach nur langweilte.

»Deinen Verwandten ist bestimmt nichts geschehen.«

Der Schmuggler lächelte kurz. »Ich hoffe es.«

»Früher konnte man telefonieren.«

»Ja, früher.«

»Heute nicht.«

»Nein.«

Der Mann löste sich vom Wagen und ging vor den Kühler. Das nahm der Schmuggler als Signal. Es kam darauf an, der Sache eine Richtung zu geben, ohne daß es auffiel. Alles mußte im Fluß bleiben, denn nur so wirkte es wie unabhängig von ihnen beiden, wie etwas Entstandenes, etwas Notwendiges.

Er folgte dem Mann nach und ging an ihm vorbei. Während der durch die Frontscheibe den Beifahrer betrachtete, ließ der Schmuggler Beno das Fenster öffnen. Dann holte er einen der Geldpacken aus dem Handschuhfach und ging wieder vor zu dem Mann, der das Geld ohne besonderes Interesse entgegennahm.

»Sind sie nett, deine Verwandten?«

» Oh ja«, sagte der Schmuggler und blieb, die geöffnete Wagentür haltend, stehen.

»Nette Leute.«

»Ja.«

»Es wird ihnen nichts geschehen sein.«

»Das hoffe ich.«

»Fahr schon, fahr schon zu deinen Leuten.« Der Mann wurde unvermittelt nervös, aber er lachte wie ein Betrunkener.

Der Schmuggler beeilte sich, einzusteigen und den Motor zu starten. Es war ihm unangenehm, daß er alles unter den Augen Benos hatte tun müssen. Die Klappe des Handschuhfachs stand noch immer offen. Er beugte sich hinüber und schloß sie, dann folgte er dem Winken des Mannes draußen. Damals ging ihm durch den Kopf, wie wenig er in der Lage war, seine Absichten vor Beno zu verheimlichen. Dieser brauchte nur still dazusitzen und zu warten, und alle Geheimnisse enthüllten sich vor seinen Augen. Im Schrittempo holte der Wagen den Mann ein. Neben dem Brückenpfeiler und dem Müllhaufen drängte er sich noch einmal an das Fenster.

»Hast du einen Bruder?«

Der Schmuggler trat sofort auf die Bremse und hielt. »Nein, ich habe nur Schwestern.«

»Wohnen sie auch in der Stadt?«

»Nein. Sie leben in anderen Städten, im Norden.«

»Sind sie hübsch?«

Die Frage berührte den Schmuggler so unangenehm, daß er nicht antworten konnte. Er sah nur das Lenkrad und atmete schwer aus. Beno schwieg. Der Mann im Fenster gluckste vor

Freude, schlug wieder mit der flachen Hand gegen das Auto, machte ein paar Schritte rückwärts und schulterte sein Gewehr. Der Schmuggler fuhr sachte an und passierte langsam den unvollendeten Brückenbogen.

Er erinnerte sich an die Stadt, wie sie damals war, verdunkelt und wie plattgedrückt von den Rauchmassen, die darüberlagen. Überall sah man offene Feuer, am Straßenrand, in den Höfen und im Dickicht unter den Palmen. Mehr Menschen als irgendwann sonst drängten sich auf den unbeleuchteten Straßen. Ihre Schemen geisterten durch den Flammenschein und das Dunkel auf den dennoch verwaist wirkenden Plätzen der Stadt. Das Autofahren war mühsam, weil mit dem Ausfall des Lichts auch die Trennung von Straßen und Gehwegen verschwunden war. Die meisten Leute hatten sich vor den Shops in der Innenstadt versammelt, in denen jetzt die Öllampen brannten, ein Meer von punktförmigen Lichtern, umwölbt von engen orangefarbenen Kammern. Überall zwischen den Fußgängern streunten Hunde. Es schien, als wären sämtliche Türen der Stadt geöffnet worden.

Die direkten Treffer der Bomben und Marschflugkörper konnte man in der Tat kaum noch sehen. Da aber überraschend viele vor allem der selbstgesteuerten Geschosse ihre Ziele verfehlt hatten, gab es überall Aufwerfungen vom Explosionsdruck, der in die Erde gedrungen war und alles darüber, Asphalt, Häuser oder Bäume, angehoben und vom Boden gelöst hatte.

Starker Wind erhob sich an dem Abend, als er mit Beno den Basar erreichte. Die Palmenkronen schlugen gegeneinander, Planen flatterten, und Wäschestücke wurden durch die Gassen geweht, in denen, nach dem Zusammenbruch der Wasserversorgung, aufgereiht die schmutzigen alten Fässer für das Wasser standen. Der Schmuggler umfuhr den Basar und wartete auf ein Zeichen von Beno, das die gemeinsame Fahrt beenden würde. Der aber beugte sich vor und blickte zum Himmel.

»Siehst du die vielen Vögel? Ich möchte wissen, warum sie sich jetzt hier versammeln.«

Über den düsteren Hausfassaden und den Bäumen, die im dunklen Himmel zu stecken schienen, zogen, gerade noch sichtbar, die Krähen wie Fischschwärme ihre Bahnen. Der Schmuggler lenkte den Wagen wieder in eine enge Straße. Eine große Fahne über dem Eingang irgendeiner Dienststelle hatte sich so oft um den Stiel gewickelt, daß nur noch ein spitzes Ende zuckte.

»Die Vögel«, fuhr Beno fort, »wissen genau, wann sie wieder fliegen können. Sie warten ab, finden ihre Lücke, und dann genießen sie es. Meinst du nicht?«

Der Schmuggler nickte und hoffte inständig, daß Beno fertig werden würde mit seinen Betrachtungen. Im schlechtesten Fall wollte dieser sehen, wohin er fuhr, und quälte ihn mit seiner Geduld, da ihm sicher nicht entgangen war, daß der Schmuggler nichts anderes tat, als die Ankunft in der Hauptstadt zu verzögern. Er war ratlos, denn irgendwann mußte er entweder ein Ziel finden oder Beno spüren lassen, daß er ihn loswerden wollte.

Plötzlich hob Beno die Hand und bedeutete ihm anzuhalten. Er legte die Hand ans Kinn und wirkte nachdenklich, mit der anderen hatte er bereits die Tür geöffnet, hielt sie jedoch fest.

»Ganz unter uns«, sagte er leise, »und auch wenn es dich nicht betrifft: Ich habe von Leuten gehört, die einem sehr gefährlichen Beruf – kann man das so nennen? – nachgehen. Gefährlich ist schon die Art, wie sie zu Geld kommen. Noch gefährlicher aber ist das, was sie mit dem Geld tun.« Er blickte dem Schmuggler kurz in die Augen und wandte sich wieder ab. »Die Gesetze ändern sich schnell in diesem Land, und so hat es auch, was das Geld angeht, gerade eine Änderung gegeben. Weißt du, die Leute, von denen ich rede, nehmen die Gefahren natürlich nicht für das wertlose Geld auf sich, das es hier gibt. Sie gehen auf den Schwarzmarkt und tauschen es gegen Dollars. Für ein paar von diesen Dollars – das kannst du vielleicht weitererzählen – wird jetzt die Hand, die gierige Hand, abgehackt. Auf größere Summen steht der Tod. Ich sage dir das, damit du weißt, wer in welcher Gefahr ist, wenn er hierher kommt.« Er drückte die Tür auf, sagte ein paar Worte des Abschieds und stieg aus.

Der Schmuggler hob noch die Hand, aber der kleine Mann hatte sich rasch umgedreht und folgte der Straße inmitten von jungen und alten Männern, bis er verschwunden war.

Der Schmuggler fuhr weiter und dachte über das Gesagte nach. Von den neuen Strafen hatte er noch nichts gewußt. Genau darin lag die eigentliche Warnung, dachte der Schmuggler damals, aber er fragte sich doch auch: wovor genau?

5

Der Felsen lief in eine Terrasse aus, an deren Ende wieder grasbedecktes Hügelland begann, bestanden von Wacholderbäumen, die mit umeinander geschlungenen und aberwitzig gebogenen Ästen in die Leere um sich griffen. Hinter den Bäumen stieg der Weg an, durch einen Hang voller Geröll, der den eigentlichen Beginn des Gebirges anzeigte, wozu der Felsen nur eine Art Vorspiel war. Der Pfad führte über einen nicht sehr hochgelegenen Paß kurz vor der Grenzstation.

Der Schmuggler hielt Ausschau, fand aber keine Anzeichen menschlicher Anwesenheit. Das brachte ihn fast dazu, an den Geräuschen des letzten Abends zu zweifeln. Er war sicher, daß die Leute, wenn er sie gehört hatte, irgendwo bei den Bäumen gewesen sein mußten. Westlich erstreckte sich das verminte Gebiet bis hinab zum Fluß, im Osten lag zwar kein ausgewiesenes Minenfeld, aber niemand ging dort spazieren, weil es nicht sicher war. Der unwahrscheinlichste Fall war der, daß dort überhaupt nichts ausgelegt worden war. Die deklarierten Minenfelder waren sozusagen die ungefährlichsten. Doch gerade ein Gebiet wie das im Osten galt als völlig unbetretbar, ja, man konnte sich ihm nicht einmal nähern, da man nicht wußte, wo genau es begann. So blieb nur die Schneise, auf der er sich bewegte, nicht weil sie geräumt worden wäre, sondern weil sie einfach da war; eine unerklärliche Lücke in der planvoll-planlosen Sperrung dieses möglichen Lebensraumes, ein unlesbares Zeichen für das Geschehen damals während der Kämpfe. Vielleicht hatte diese Lücke einmal einen Sinn gehabt, jetzt war sie nicht mehr als die Spur, in der er ging.

Das zu erklären, war ihm schon gegenüber dem Europäer schwergefallen, der ihn in der Stadt eines Morgens zu sich bitten ließ. Er war ein zuvorkommender junger Mann, offenbar voller Respekt vor ihm, dem älteren. Er bot ihm in dem geräumigen Zelt, das seine Hilfsorganisation einige Wochen zuvor aufgestellt hatte, einen Stuhl und Zigaretten an. Mit seinem geschorenen Schädel, hell wie mit Mehl bestäubt, stand er vor dem Schmuggler und lächelte, während sie auf den Dolmetscher warteten. An den Wänden waren Fotos von Verletzungen durch Minen aufgehängt; sie zeigten verstümmelte Beine und durchsiebte Unterleiber. Das war Anschauungsmaterial zur Ausbildung des medizinischen Personals. Der Europäer ließ sich von ihm auf einer Karte den genauen Verlauf der Minenfelder zeigen. Nachdem er jedoch die Bleistiftlinien betrachtet hatte, mit denen der Schmuggler alles bis auf seinen Pfad nach bestem Wissen eingezeichnet hatte, schüttelte er zweifelnd den Kopf.

»Was du dort markiert hast, macht keinen Sinn«, ließ er den Dolmetscher sagen. »Wann sollte deine Lücke entstanden sein? Das ganze Areal müßte gleichmäßig vermint sein.«

Aber es gab die Lücke, und der Schmuggler ließ dem Europäer sagen, daß es seiner Meinung nach mehr von diesen Schneisen gebe und man sie nur suchen müsse. Das sagte er, um den Mann ein wenig zu ärgern. Dessen Ansinnen war jedoch ein ganz anderes. Er wollte, daß sich der Schmuggler zur Verfügung hielt für den Fall, daß ein Räumkommando bereitgestellt wurde. Der Schmuggler lehnte ab. Er hatte zwar alles, was er wußte, in die Karte gezeichnet, aber nur, weil er sicher war, daß sich diese Europäer niemals auf seine Angaben verlassen würden. Der Mann war Mitglied eines Teams, wie es jetzt häufiger geschickt wurde. Es gab auch australische Gruppen. Sie gingen außerordentlich planvoll vor, ganz anders als die Einheimischen. Bei denen gab es sogar solche, die die Minen nicht zündeten, sondern ausgruben und öffneten, um den Sprengstoff weiterzuverarbeiten. Einer von ihnen, den der Schmuggler vor Jahren aufgesucht hatte, um sich das Ausgraben erklären zu lassen, erzählte ihm, wie ein europäisches Team in sein Dorf kam, um die Leute über die verschiedenen Minentypen aufzuklären. Sie waren mehr als überrascht darüber, daß diese Bauern alle Sorten sehr genau kannten und eine riesige Sammlung leerer Gehäuse vorweisen konnten.

»Warum willst du uns nicht helfen?« fragte der Dolmetscher so teilnahmslos, daß der Schmuggler lachen mußte. Aber der Mann fuhr fort, nachdem der Europäer ausgeredet hatte: »Du kannst doch nicht nur an dich denken. Alle Leute hier sind betroffen. Du könntest etwas dafür tun, daß die Gegend sicherer wird.« Was immer der Dolmetscher sagte, es wirkte wie eine falsche Synchronisation.

Wahrscheinlich, sagte sich der Schmuggler, dachte der Europäer schlecht von ihm, sah in ihm einen kalten Profiteur der Situation, was ja zum Teil auch der Wahrheit entsprach. Für ihn stellte sich das Problem aber anders, und folgender Gedanke leitete ihn: Diese Leute wollten Zeit sparen und das hieß, sie wollten ihn den Minenräumern vorausschicken, um erst dort beginnen zu müssen, wo es ernst wurde. Sein Aberglaube aber verbot ihm, unter anderen als den üblichen Bedingungen in das Gebiet einzudringen, das heißt anders als allein und ohne technisches Gerät.

»Ich muß allein gehen«, ließ er den Dolmetscher sagen, »sonst kann ich nicht sicher sein, auf alles Wichtige zu achten. Außerdem gehe ich nur einen einzigen Weg, nie einen anderen.«

Der Mann schüttelte bedauernd den Kopf und wischte sinnlos auf der Karte herum, als störten ihn die Bleistiftlinien plötzlich. Im Grunde hatten die Ausländer recht, das wußte der Schmuggler. Während des Krieges waren viele Tretminen von den eigenen Leuten auf den höchsten Hügeln des Landes rund um ihre Stützpunkte ausgelegt worden. Ein schmaler Gang wurde für die Versorgung freigelassen. Nach dem Krieg spülten die Regenfälle diese leichten Minen allmählich in die Täler, wo sie jetzt, vom Lehm verklebt, herumlagen. Die meisten zivilen Opfer waren auf sie zurückzuführen. Die Minen kamen, wenn auch sehr langsam, in Bewegung. Absolute Sicherheit konnte es also nirgends geben, es blieb immer riskant, in das Land einzudringen, auch mit einer Karte. Der Schmuggler, der den Weg genauestens zu kennen glaubte und sich auf jede kleine Veränderung konzentrierte, war ihnen gegenüber im Vorteil.

Doch seine Position war wenig überzeugend, da jeder wußte, daß er mit Hilfe der Minen sein Geld verdiente. Das war ihm eigentlich gleichgültig. Denken mußte er aber immer wieder an die enttäuschte Gelassenheit, mit der der Europäer ihn verabschiedete. Dessen Gesichtsausdruck war schwer zu vergessen. In das resignierte Lächeln mischte sich, von den Augen her, eine leise Verachtung, die nicht persönlich, sondern prinzipiell zu sein schien.

Der Schmuggler stieg die Anhöhe hinauf und achtete auf jeden seiner Schritte. Dennoch lockerten sich wie immer an dieser Stelle Geröllbrocken, verschoben sich unter seinen Sohlen und blieben in ihren neuen Positionen liegen, ohne daß eine Veränderung zu sehen war. Er mochte diese vom Erdboden ablösbaren Strukturen nicht, die bewegliche Oberfläche, die bereit war, jede Störung auszugleichen. Irgendwo oben, dachte er, gibt es eine unerschöpfliche Quelle von Gestein, das sich, wie überfließend, ohne flüssig zu sein, über die Hänge ergießt. Jetzt sah er sich grau in grauer Nacht eine endlose schräge Fläche hinaufklettern, die sich in Schollen unter ihm löste. Er überstieg die aufbrechenden Grate mit wachsender Mühe, aber der Boden öffnete immer neue und größere Münder unter ihm. Doch schien er selbst riesenhaft zu sein, groß genug jedenfalls, um die zerbrochene Landschaft um sich zu sehen und nicht in einer Spalte zu verschwinden. Er versuchte, was er sah, sich selbst zu beschreiben und nannte es: hungrige Erde.

Als er den Hang bewältigt hatte, sah er wie den Belag einer

gewaltigen Stufe im Berg die verminten Wiesen. Es war kein Mensch zu sehen, er brauchte nicht einmal wirklich hinzuschauen, so vertraut und unverändert war selbst die Luft hier oben. Er fragte sich, wie er überhaupt auf den Gedanken hatte verfallen können, nicht allein zu sein. Er blickte zurück. Die Wacholderbäume bewegten sich leicht im Wind, und seinen Pfad markierten noch immer Schmetterlinge. Die Landschaft hätte idyllisch gewirkt, wenn nicht überall die ausgedörrte Erde und nackter Fels hervorgebrochen wären wie räudige Stellen in einem Fell. Der Schmuggler konzentrierte sich kurz auf diese Flecken und fragte sich, ob sie zusammengenommen nicht mehr Fläche bedecken würden als der Bewuchs. Der Blick in die Ferne endete an den felsigen Hängen, und da er nun die Bestätigung hatte, die er brauchte, verfiel er in eine verschwenderische Ruhe und machte sich gemächlich einen Plan. Er würde zurückgehen bis zum Fluß und zunächst die Feldflasche auffüllen, danach das Geld ausgraben. Er schätzte den Sonnenstand und fingerte in der Manteltasche dann doch nach der Quarzuhr, nicht so sehr, um es genau zu wissen, sondern weil er sie eben hatte.

Die Lage war mehr als günstig; selbst wenn er sich Zeit ließ, konnte er das Minenfeld ohne Eile schaffen. Dennoch, als Wolken die Sonne verdunkelten, fröstelte er. Er blickte auf den Hang hinab und bemerkte, daß er nie zuvor die Vorstellung sich öffnender Erde gehabt hatte, wenn er hier heraufgekrochen war. Er sah seinen Pfad, meinte, jeden seiner Tritte erkennen zu können, und wo der Fels im Weg stand, ging er im Geiste weiter, zurück bis in die Stadt, durch die Straßen bis in das Haus. Er erschrak vor dem Gedanken, daß es diesen Pfad zurück eigentlich nicht gab, es sei denn, er ging ihn. Und doch nahm er ihn so deutlich wahr. Es war, als hätte er nur noch das Muster dieses Weges in seinem Kopf zurückbehalten, während seine Entsprechung in der Wirklichkeit verschwand. Vor ihm lag unwirtliches Land. Er sah sich selbst, aufrecht und dunkel wie ein Vogel, am Hang sitzen, und plötzlich graute ihm davor, den Hang noch einmal hinauf zu müssen. Er zwang sich, sofort aufzustehen und stakste abwärts.

Es ging glücklicherweise schnell, und er beruhigte sich allmählich. Kurz vor dem ersten der Wacholderbäume aber stolperte er. Ein platter Stein, der den gesamten Hang hinabgerutscht war, hatte auf seinen Fußtritt gewartet, um unter ihm nachzugeben. Obwohl der Stein schwer aussah, rutschte er fort wie etwas Glitschiges. Der Schmuggler verlor das Gleichgewicht und fiel rückwärts zu Boden. An der Eile, mit der er sich aufrappelte, am Hämmern seines Herzens und dem angespannten Rundumblick bemerkte er seine Furcht. Nur nicht vor der Zeit Rast machen, sagte er sich. Er sah seine in den Boden gekrallten Hände zu beiden Seiten neben sich, blickte wieder auf und stellte fest, daß er sich benahm, als würde er permanent beobachtet. Das Ruckartige des Sturzes mußte in ihm verebben, nur zögernd lösten sich seine Hände. Dann erst ließ sein Umherstarren nach, und er stand geduckt auf, als wollte er etwas vertuschen. Auch die Vorsicht, mit der er weiterging, diente nicht der Vermeidung eines weiteren Sturzes. Ich schleiche, dachte er beunruhigt, konnte es aber auch nicht lassen.

Je länger er seinen Weg bis hierher überdachte, umso sinnloser erschien ihm seine Angst. Er lief vor und zurück, das war das Auffälligste, und auch der Umstand, daß es eine Vorsichtsmaßnahme war, konnte in seinen Augen den Eindruck von Ziellosigkeit nicht verwischen. So lief er mißmutig bis zum Fluß zurück, schüttete die nur noch halbvolle Feldflasche aus und füllte sie wieder auf. All das kam ihm müßig vor, es erinnerte ihn an ein Kinderspiel, an den Entwurf einer gefahrvollen Welt auf engstem Raum. Ihm wurde dadurch nur deutlich, daß es Zeit war, hier herauszukommen. Er wusch sich das Gesicht, stand auf, wischte mit den nassen Handflächen über den Mantel und fühlte das Wohltuende dieser Geschäftigkeit. Als Kinder hatten sie jedes noch so wenig bewachsene Stück Land aufgesucht, um dort Krieg zu spielen. Sie waren nie so weit gekommen wie er jetzt, aber es gab an der Straße nach Süden, kurz hinter der

Stadt, einige Orte, die diesem Landstrich hier ähnelten. Das muß, dachte er beim Zurückgehen, der Grund dafür sein, daß er plötzlich, was selten geschah, an die Kindheit erinnert wurde.

Erneut kletterte er den Fels hinauf, lief in großen Schritten über das Plateau zu den Sträuchern und scharrte die Erde beiseite. Die Vorhersehbarkeit aller seiner Schritte hier ging ihm auf die Nerven. Wieviel Mühe es kostete, aufmerksam zu sein in einer Landschaft, die er so gut kannte. Er putzte den Sand von den Plastikbündeln und steckte sie einfach in die Taschen, weil er jetzt sicher war, niemandem zu begegnen.

Dann stand er wieder vor dem geröllübersäten Hang und sah sich selbst oben wie einen Falken sitzen. Er beugte sich vor und vollführte automatisch die Bewegungen, die ihn hinaufbrachten, die gleichen breiten, unsicheren Schritte und klammernden und schaufelnden Handbewegungen wie zuvor. Um alles richtig zu machen, setzte er sich oben so hin, wie er sich von unten gesehen hatte. Die Sonne brannte ihm auf den Strohhut. Jetzt erst sah er das Stoffstück mitten in den leuchtendroten Wildtulpen. Beim ersten Blick wandte er sich schnell ab, schaute über es hinweg. Ihm schien, als wären seine Augen kurz gestört worden und hätten sich wieder freigemacht, als wollte er die Stelle, an der das Ding lag, darüber hinwegschweifend, glätten. Aber sie war schon markiert. Wie ein gewundener Körper umschlang der Wollpullover einen der Baumstämme am Boden. Er war grünlich und offensichtlich alt, aber nicht alt genug, das wußte der Schmuggler sofort. Zwar stand der Baum etwa fünfzig Meter von seinem Pfad entfernt, aber wenn er wirklich aufmerksam gewesen wäre, hätte er den Pullover sehen müssen.

Er saß da und rührte sich nicht, wissend, daß alles, was er jetzt tun würde, einer grundsätzlichen Entscheidung bedurfte. Er konnte einfach weitergehen, aber dann blieb die Gefahr des Rückweges. Hier allerdings war nicht viel auszurichten. Er wich dem Gedanken aus, daß er hinunter gehen mußte, um den

Pullover zu untersuchen, denn das hätte bedeutet, daß er erstmals seinen Pfad verlassen und dort gehen würde, wo er noch nie gegangen war. Er fürchtete nicht die Minen, da der Pullover darauf hindeutete, daß das Wegstück sauber war, obwohl natürlich immer ein gewisses Risiko blieb. Es war vielmehr der Gedanke, diesen Hang ein drittes Mal hinaufsteigen zu müssen. Dieses dritte Mal war beunruhigend, es war einfach außerhalb jeder Reihe, jedes Musters, auf das er sich im Laufe der Zeit zu verlassen gelernt hatte. Er sah sich, den grünen Pullover im Arm, inmitten der großen Schollen hängen und wünschte sich, wie ein Falke hinabstoßen und das Ding in den Krallen heraufbringen zu können. Aber was dann? Er würde es hier oben ausbreiten wie eine Tierhaut, den Kopf schräg legen und es mustern. Was konnte er hoffen zu finden? Er sagte sich, daß dieses Stück Stoff keine Frage beantworten würde, daß er alles, was er wissen mußte, im Grunde schon erfahren hatte durch den Anblick von hier oben, und trotzdem machte ihn der Gedanke krank, den Pullover nicht betastet und von allen Seiten gesehen zu haben. Irgendwann riß er sich los von dem verknäulten Stoffstück, um das herum er etwas wie einen Hof wahrgenommen zu haben glaubte, durch den es sich vom Boden abhob. Es lag noch nicht lange dort, nicht einmal lange genug, um von der Erde beschmutzt worden zu sein.

6

Er erinnerte sich an das Gerücht von der Kinderarmee und an die zerlumpten Gestalten, die nach seinem »Eingreifen« gefaßt wurden, buchstäblich nur vor dem Hintergrund des Krieges. Dabei hatte er etwas Merkwürdiges entdeckt: Die grauen Konturen jener Figuren von damals verschwanden förmlich in einer Wetterfront ebenso trüber Ereignisse, und genau das geschah auch mit ihm selbst. Er erinnerte sich an seine Person in Grau oder einfach nur farblos – bis auf wenige Momente des Glücks, doch diese rief er nicht in sich wach.

Der Schmuggler starrte auf die Felszungen und Trümmerhalden. Es war dasselbe Gebiet, nur daß damals manche der Weidezäune unversehrt waren, von denen jetzt nur noch einzelne schiefe Pfähle und Maschendrahtfetzen aufragten, als hätte eine riesige Hand die Zäune in die Erde gezogen. Immer in der Abenddämmerung ging er los und durchquerte das Land bei Nacht. Langsam bewegte er sich und leise. Jetzt, in der Angst, jemand könnte hier oben sein, drängte sich die Situation von damals wieder in seine Gedanken. Er konnte nichts dagegen tun.

Als das Gerücht von den Räubern aufkam, war er noch ein gewöhnlicher Schwarzhändler, der jeden Tag in der Stadt an den wichtigen Plätzen herumstand und seine Zeit mit Kleinstgeschäften vertrödelte. Jahr um Jahr hatte er sich vor den Armeeschergen versteckt, bis der Augenblick kam, in dem das Armeezeug feilgeboten wurde, erst schwarz, dann ganz offen. Das war das Ende des Krieges. Es kündigte sich unter den Tischen und Mänteln der Händler an. Als die Waffen angeboten wurden, war alles vorbei. Seine Frau erstand den Mantel, und er zweigte das Messer für sich ab. Der Mantel paßte ihm, hatte ausreichend viele Taschen und war so gut wie neu. Mit dem Messer lagen die Dinge anders. Er brauchte es eigentlich nicht, aber als der dürre junge Soldat es vor ihm aus dem Futteral zog, mußte er es haben. Es war kein plumpes Messer, wie er es jetzt benutzte, halb Werkzeug, halb Klinge, nicht das Gerät eines Fischers oder Jägers; es war ein Dolch, fein und kalt, die Waffe eines Mörders.

An jenem Wintermorgen ergriff den fröstelnden jungen Soldaten vor seinen Augen plötzlich eine merkwürdige Hast, auch alles übrige, was er bei sich trug, zu Geld zu machen. Nach den Waffen bot er seine Uhr und sogar seinen Kamm zum Verkauf. Mit zitternden Händen durchsuchte er seine Hosentaschen und sagte, daß er nichts anderes wolle, als nach Hause zu fahren, in den Süden, woher er stamme. Der Schmuggler, der zu diesem Zeitpunkt noch ein Händler war, fischte aus dem Kram, der vor ihm in den ausgestreckten Händen des Mannes lag, ein ausfaltbares Stück Papier und betrachtete es genauer. Es war eine handgezeichnete Karte mit Markierungen. Der Schmuggler schmunzelte bei dem Gedanken, daß er sich damals augenblicklich vorkam wie ein Pirat aus alten Filmen, der soeben einen Hinweis auf die Lage eines Schatzes entdeckt hat. Er erkundigte sich bei dem Soldaten nach sämtlichen Details und ließ ihn noch zusätzliche Erläuterungen eintragen. Was der Mann, der zumindest indirekt an der Verminung der Grenze beteiligt gewesen war, mitgebracht hatte, war der Minenplan. Mit ein paar Ergänzungen war die Gegend und ihre Lage von der Stadt aus klar zu erkennen, und erst jetzt wurde der Mann bezahlt. Dem Soldaten bedeutete der Plan offensichtlich wenig. Er ließ alle Sachen zurück wie Dinge, von denen er endgültig genug hatte und verschwand mit hochgezogenen Schultern im Morgennebel.

Das erste, wovon die Leute erzählten, waren die Überfälle auf fliegende Händler am Rande des Grenzlandes. Jeder hätte auf herumziehende Soldaten getippt, wäre nicht die sinnlose Brutalität dieser Angriffe gewesen. Der künftige Schmuggler hatte anfangs nicht weiter Notiz davon genommen. Doch die Vorfälle häuften sich. Schließlich wollte kein Mensch mehr in das Niemandsland, die Armee hielt sich nach dem Kriegsende ohnehin fern. Da es aber nach wie vor der kürzeste Weg über die Grenze war, eröffnete sich in diesem Moment, mit dem Plan in der Tasche, die Möglichkeit, rasch relativ viel Geld zu verdienen. Der Gedanke war, daß es angesichts einer so kurzen Strecke mit dem Teufel zugehen müßte, wenn man als ortskundiger und umsichtiger Einzelner auf jene Horde träfe, von der alle redeten. Man mußte also allein gehen. So wurde er zum Schmuggler, seitdem versuchte er nichts anderes, als Geld und Waren unbemerkt an irgendwem vorbei zu bringen.

Niemand wußte wirklich, wer im Niemandsland sein Unwesen trieb. Er fragte herum und bekam Schauergeschichten zu hören. Die am meisten darüber redeten, wußten am wenigsten. Also ging er in den jetzt ausgestorbenen Ort am Fluß. Dort wußte man immerhin, daß es sich um Leute handelte, die Vieh stahlen. Sie taten es regelmäßig und doch maßvoll. Die Bauern aber blieben in ihren Hütten, denn jeder schien zu wissen, daß die Räuber schwer bewaffnet waren. Es mußten Soldaten sein, denn dem Vernehmen nach verfügten sie über automatische Waffen, deren Salven man zuweilen aus den Tälern hören konnte. Der Schmuggler fragte weiter, aber irgendwann stieß er wieder nur noch ins Phantasiereich vor.

Er ging zurück in die Stadt. Damals suchte er erstmals das berüchtigte Rote Haus, das Hauptquartier der Inneren Sicherheit auf, nicht ahnend, welche Bedeutung es noch für ihn bekommen sollte. Das Gelände war Teil eines militärischen Komplexes. Eine schmutzigweiße Schranke versperrte die Aussparung in einer Mauer, die ganze Straßen entlangführte und nicht mehr als die oberen Etagen des Gebäudes dahinter sehen ließ. Nur drei Stockwerke hoch und aus neuen roten Ziegeln, mit großen verdunkelten Fenstern, stand es hier abseits der belebten Straßen am Ende eines wiederum durch Zäune abgesperrten Exerzierfeldes. Neben der Schranke saß ein Zivilist in einer Glasbox. Der Schmuggler folgte dem schmalen Gehweg an der Scheibe vorbei, blickte in das Häuschen hinein, konnte aber keine Reaktion des Mannes darin wahrnehmen. Er ging weiter. Vor dem Eingang des Hauses war eine uniformierte Wache postiert. Der Schmuggler, harmlos gekleidet, passierte schlendernd das ungesicherte Zauntor und ging auf den Eingang zu. Er lächelte sinnlos, aber es war besser, wie ein Narr zu erscheinen als in irgendeiner Weise verdächtig. Der Posten rührte sich nicht. Erst als der Schmuggler dicht vor ihm war, stellte er sich in die Eingangstür. Der Schmuggler erklärte ihm, daß er lediglich ein paar Informationen brauchte. Aber alle seine Versuche scheiterten, er wurde nicht eingelassen.

So blieb es bei den Gerüchten; die Leute im Niemandsland waren Räuber, gut ausgerüstet mit Waffen. Es war also gefährlich. Aber er hatte eine Frau und Kinder zu versorgen. Der Schmuggler sah sich in der Mittagssonne über das Exerzierfeld heimgehen. Er hatte keinen Zutritt zu den exakt eingefaßten Plätzen und den scharfkantigen Häusern. Irgendwo hier wurde das Gebiet verwaltet, das Militär, so dachte er jedenfalls, war die einzige Institution, die das Grenzland beherrschen konnte. Er stellte sich einen großen Tisch vor, auf dem eine nicht handgezeichnete, wunderbar präzise Karte des Landes ausgebreitet lag, mit gleichmäßig schwarz gedruckter Legende und voller Zeichen, die für wichtige Informationen standen. Zu all dem, zu dieser Sicherheit verheißenden Zeichenwelt hatte er keinen Zugang, und auch das angenehme Gefühl, im Schatten der Macht zu agieren, blieb ihm verwehrt. So begann er, sein eigenes System zu entwickeln, ein System aus Geschicklichkeit, Vorsichtsmaßnahmen, die sich mit Aberglauben verbanden, und einer Kenntnis der Gegebenheiten vor Ort, die genau auf seine Unternehmungen zugeschnitten war.

Er sah sich mit dem Dolch hantieren. Er sollte die einzige Waffe sein, die er bei sich führte, eine geräuschlose Waffe, die auf ihre Weise körperliche Nähe brauchte und damit in die Furcht etwas Konkretes brachte. Er übte, den Dolch zu ziehen, aus dem Gürtel und aus dem Stiefelschaft. Da er sich von nun an in seinen Vorhaben an keinerlei objektive Ordnung mehr halten wollte, ignorierte er auch die Ratschläge ausgebildeter Soldaten. So fand er den für ihn richtigen Platz für den Dolch. Er schnallte sich das Futteral um den nackten linken Unterarm. Den Hemdsärmel schnitt er unterhalb der Schulter ab. Jetzt brauchte er nur noch in den weiten Mantelärmel zu greifen, um das Messer zu ziehen. Auch das übte er, und es machte ihm Spaß. Ob er den Dolch je einsetzen würde, war dabei nicht wichtig, es kam darauf an, etwas zu haben für irgendeine äußerste Situation.

Über den Weg, den er zu gehen hatte, war er sich ziemlich klar, und auf die Richtigkeit des Plans verließ er sich, zu Recht, wie ihm bei seinem ersten Grenzübertritt klar wurde.

Wichtiger war es, sich einen Stamm von Bestellern aufzubauen. Es gab sicherlich viele Leute, die etwas bei ihm geordert hätten, aber er brauchte lukrative Aufträge. Es mußten Dinge sein, die tragbar waren und für die relativ viel Geld bezahlt wurde. Das meiste hätte sich gewiß mit den immer knapper werdenden Medikamenten verdienen lassen, von denen er große Mengen hätte tragen können. Das Problem war, daß sie, wie er bald feststellte, auch in der Osttürkei und im Iran streng rationiert wurden und er über keinen so guten Kontakt verfügte, um diese Bestimmungen zu unterlaufen. Blieben Luxusgüter. Er fing klein an. Zunächst transportierte er fast ausschließlich Zigaretten und Alkohol. Für diese Sachen mußte er sehr oft gehen, was natürlich die Gefahr erhöhte, der Horde zu begegnen. Je länger die merkwürdig friedliche Nachkriegszeit anhielt, umso speziellere Bestellungen bekam er. Das begann sich auszuzahlen, als die kleinen tragbaren Computer in Mode kamen. Den ersten brachte er zusammen mit einer Ladung Wodka herüber. Danach wollten immer mehr Leute so ein Gerät haben. Das erforderte Organisation. Er nahm Vorausbestellungen auf. Er transportierte elektronische Geräte wie Videorecorder, auch kleine Fernsehapparate. Der Umstand, daß sein Schwager Zarik im nächsten türkischen Grenzort lebte, erwies sich als äußerst glücklich. Zarik knüpfte die Verbindung ins Inland, und trotz der nun entstehenden Mehrkosten konnte sich der Gewinn sehen lassen. Alles arbeitete ihm zu; das internationale Embargo wurde aufrechterhalten, und es war nicht abzusehen, wann es auch nur gelockert werden würde.

Mit der Zeit entstanden natürlich auch andere Wege über die Grenze. Es gab befahrbare Straßen. Diese Passagen aber waren fest in der Hand von Schmugglerringen mit guten Beziehungen zum Militär auf der anderen Seite, die Leute wie ihn nur für wenig Geld als Träger eingesetzt hätten. Man bekam dort seinen sicherlich breiten, gefahrlosen Pfad, ging zu bestimmten Orten an der Grenze und nahm die bereitgestellte Ware nur in Empfang, um sie bei Nacht zu einem anderen Ort diesseits der Grenze zu tragen. Das war nichts für ihn, so etwas machten Bauernjungen, Tagelöhner. Er hielt sich vom organisierten Schmuggel fern, arbeitete auf eigene Faust und hatte dafür das Risiko, ganz allein im Niemandsland zu stehen. Das reizte ihn.

Sein Unglück begann, so glaubte er inzwischen, mit dem erneuten Auftauchen Benos an einem heißen Tag kurz nach seinem erfolglosen Besuch im Roten Haus. Er sah sich, zusammen mit dem Böckchen, die Gasse unweit seines Hauses entlanggehen. Sie hatten gerade eine Gruppe von fußballspielenden Jungen passiert, über die sich sein Sohn abfällig geäußert hatte. Die Spieler waren etwas jünger als er.

»Warum verachtest du sie?« fragte der Schmuggler ihn. »Vor kurzem hast du selbst noch mit ihnen gespielt. Sind sie dir zu dumm?«

Der Junge war stehengeblieben und hatte sich umgewandt. Der Ball klatschte in die Feigenbaumzweige, die über die Mauern hingen. Die Jungen rannten umher, immer einer hielt den

Ball und stürzte meist, wenn er ihm von einem der anderen abgejagt wurde.

»Jeder hält den Ball, so lange er kann, das ist die einzige Spielregel. Deswegen laufen alle zusammen im Kreis wie die Schafe.« Er schüttelte den Kopf und ging weiter.

Der Schmuggler versuchte, Schritt zu halten. Was der Junge von sich gab, hatte ihn in letzter Zeit häufiger überrascht. Diesmal hörte es sich wie ein Zitat an, etwas Angelerntes. Er wollte ihn gerade fragen, ob ihm seine neuen Lehrer das beigebracht hätten, da stand die schlanke kleine Gestalt vor ihnen, mitten in der Gasse. Beno trug wieder Zivilkleidung, darum reagierte der Schmuggler erst auf seinen Zuruf. Instinktiv neigte der sich zum Ohr des Jungen und schickte ihn weiter, während er allein zu dem lächelnden Mann ging. Er blieb vor ihm stehen und begrüßte ihn. Alles in dessen Gesicht wollte freundlich wirken, selbst die Brauen bildeten lustige Büsche über den schmalen Augen.

»Dein Sohn?« fragte Beno und sah dem Jungen nach.

Aus irgendeinem Grund wollte der Schmuggler die Aufmerksamkeit des anderen so schnell wie möglich auf sich ziehen.

»Worum geht es denn?«

»Du warst neulich im Roten Haus?« Er ließ den Jungen nicht aus den Augen.

Der Schmuggler bejahte, während er Benos Ohr anstarrte und hoffte, er würde sich endlich an ihn wenden.

»Was wolltest du dort? Komm, laß uns ein paar Schritte gehen.«

Sie gingen nebeneinander die Mauern entlang und folgten so dem Böckchen. Wiederum instinktiv versuchte der Schmuggler, das Tempo zu verlangsamen, indem er absichtlich kleinere Schritte machte als der andere. Er war erst zufrieden, als der Junge in die Querstraße einbog und so aus ihrem Blickfeld verschwand. Er wußte nicht, wie er dem anderen sein Anliegen erklären sollte.

Der lächelte ihm plötzlich ins Gesicht: »Ich vermute, du wolltest etwas über die Lage draußen erfahren, weil du vorhast, dein Tätigkeitsfeld zu erweitern.«

Der Schmuggler nickte nur. Woher auch immer der Mann es wußte, er teilte es ihm mit, und darin lag das Problem. Der Schmuggler fürchtete, einen weiteren Kostenfaktor einbeziehen zu müssen.

Als hätte Beno seine Gedanken gelesen, hob er die Hände und schüttelte den Kopf. »Du sollst nur wissen, daß ich von deinem Pfad weiß. Sollte etwas geschehen, sollte dir etwas auffallen, dann kommst du zu mir. Ja, ja, ins Rote Haus. Das hier bringst du mit und zeigst es vor.« Er drückte ihm einen Zettel in die Hand und wartete nicht, bis der andere ihn auseinandergefaltet und gelesen hatte. Er verabschiedete sich und ging rasch den Weg durch die Gasse zurück.

Anfangs war der Schmuggler froh, den ersehnten Schutz der Macht nun doch erlangt zu haben. Später verstand er, daß dieser Zettel mit Rang, Namen und Abteilung Benos eine Art Dienstverpflichtung für ihn bedeutete. Er würde wohl oder übel zu diesem nicht sehr angenehmen Ort gehen müssen, selbst wenn ihm nichts Besonderes auffiel. Sie wollten informiert sein, das war eine der ihm bis dahin unbekannten Bedingungen seines geplanten Geschäfts.

Zunächst beschränkte sich die Gefahr eigentlich auf eine unerwartete Begegnung. Im Grenzgebiet lagen zwar überall Minen herum, aber sein Weg bis zur Grenze war noch breit und frei. Bevor die Gerüchte aufkamen, waren ihn einige, die er kannte, zum Holzsammeln gegangen. Nur eines war bereits damals Gebot: Er durfte keine Abkürzungen oder Umwege gehen, die er nicht genau kannte. Er war auf seinen Weg mit ein paar kleinen Ausnahmen festgelegt.

Seinen ersten Marsch unternahm er in einer sternenklaren Nacht. Er ging sehr langsam, übte seine Augen in der Dunkelheit und begann sich Einzelheiten am Wegrand einzuprägen. Ab und an blieb er stehen und lauschte. Aber er spielte den

Wanderer in gefahrvoller Umgebung mehr, als daß er es wirklich war. Seine Anspannung entstand eher aus der Neuartigkeit der Situation. Alles lief bestens, er begegnete niemandem in der Einöde, nicht einmal einem Tier.

Die Grenzposten empfingen ihn damals noch mit einer gewissen Überraschung, wußten aber sofort, worum es ging und bekamen, was sie sich erhofften. Zu seiner Enttäuschung konnte der Schmuggler auch von ihnen nichts über die angeblichen Räuber erfahren. Die Soldaten kümmerten sich um nichts. Nach der Begegnung mit ihnen spürte er dennoch eine gewisse Sicherheit; sie waren zumindest da, auch wenn sie im Ernstfall nichts für ihn tun würden. Sie vermittelten ihm Alltäglichkeit, Normalität. In seinen Niemandslandnächten begann er sich zu freuen auf die schwach erleuchteten Barackenfenster, die er oben über dem dunklen letzten Hang sehen konnte, wenn er den größten Teil seiner Tour hinter sich hatte.

Die Gerüchte in der Stadt kamen nicht zur Ruhe. Es gab wilde Spekulationen, nachdem eine Leiche vom weiter nördlich verlaufenden Fluß geradewegs vor die Füße eines Bauern getrieben wurde. Dem Mann fehlten der Kopf und ein Arm, und das war der Auslöser für ungeheuerliche Vermutungen und Verdächtigungen. Der Schmuggler ignorierte das alles, denn er spürte, wie die Furcht ihn behinderte. Er konnte nicht noch langsamer gehen, nicht noch vorsichtiger sein, um dieser Furcht Herr zu werden. Er mußte unbefangen, ja sogar leichtsinnig sein, um sich überhaupt noch bewegen zu können. Die Furcht drohte ihn zu schwer zu machen.

Er ging seine Wege weiter. Die Auftragslage wurde immer besser, er hätte dreimal so oft gehen können, aber er blieb dabei, alles, was den Transport betraf, allein zu machen. Niemand machte ihm Konkurrenz, weil niemand wußte, wann und wo genau er ging. Er genoß auch den Nebeneffekt seiner Tätigkeit, einen gewissen gesellschaftlichen Aufstieg. Nur die reichen Basaris konnten es sich leisten, Unterhaltungselektronik zu bestellen. Hatten sie es einmal getan, dann wurde ihr Hunger nach weiteren Geräten, nach Zubehör und Ergänzungen unstillbar. Der Schmuggler hatte nun Zutritt zu den Häusern von einigen der reichsten Kaufleute. Hier erfuhr er, daß auch sie ihre Pfade hatten: besondere, verwickelte Beziehungen zu Regierungsbeamten, Militärs oder auch zu Leuten, die ihrerseits solche Beziehungen unterhielten. Es gab irrwitzig kompliziert geknüpfte Verbindungen ins nähere und fernere Ausland. Ihren Ausgang nahmen diese Netzwerke meistens bei Verwandtschaftsverhältnissen. Alles um ihn herum schien aus solchen Pfaden zu bestehen. Ein wenig gehörte er jetzt zu diesen Leuten mit Einfluß, auch wenn ihn das Komplexe ihrer Verbindungen überforderte. Sie ließen ihn teilhaben an ihrer organisierten Welt, wenn sie ihm andeuteten, für wen dieses oder jenes seiner Geräte als Geschenk gedacht war oder welche der vielen Regierungsauflagen es unmöglich machte, es auf anderem Wege zu bekommen. Sie wollten ihm das Gefühl nehmen, er sei nur ihr Träger, nichts weiter als ein Laufbursche mehr in den unteren Bereichen ihres Systems. Auch das gab ihm Sicherheit für das, was er tat. Der Schmuggler saß im geschwungenen, goldbemalten Stuhl eines seiner Gastgeber beim Tee. Der Kaufmann überreichte ihm als kleine Aufmerksamkeit und Ermunterung eine schwarze Stabtaschenlampe, die der Schmuggler sofort ausprobierte. Ihr Strahl war noch im Tageslicht stark genug, um die zwei im Garten herumstolzierenden Pfauen verrückt zu machen, wenn man ihn auf sie richtete. Der Schmuggler gehörte zu den Kaufleuten, war der relativ frei bewegliche Teil einer Verbindung, die auch die Bedrohlichkeit des Niemandslandes überbrückte. So konnten ihn die Gerüchte noch weniger verunsichern.

Dennoch, bei Vollmond loszugehen ließ Bedenken in ihm aufsteigen. Als er damals aufbrach, tat er es nur, um einem bestimmten seiner Kunden einen Gefallen zu tun. Da er sich von Anfang an unwohl fühlte, entdeckte er auch sogleich Veränderungen. Fußspuren überzogen seinen Pfad so deutlich wie eigens für seine Augen angelegt. Auch damals hätte er umkehren müssen, aber die Neugier trieb ihn weiter. Er hörte wie immer nur das Brausen des Windes und die dürren vereinzelten Geräusche der Heuschrecken. Er untersuchte die Spuren, benutzte dafür seine neue Taschenlampe. Mit einer gewissen Erleichterung stellte er fest, daß sie von Armeestiefeln stammten. Die wilde Horde verwandelte sich in eine Gruppe umherziehender Soldaten. Nicht unbedingt besser, aber doch viel vorstellbarer. Die Erleichterung wich rasch der Furcht. Der Schmuggler fragte sich von nun an jedes Mal, wie sie sich hier quer zu seinem Pfad bewegen konnten. Das Problem beschäftigte ihn unaufhörlich; auf dem Rückweg behielt er seinen Weg starr im Auge, als erwartete er, daß ihn in jedem Augenblick seitlich etwas schneiden könnte.

Jetzt begann die Sache Nerven zu kosten. Alles, was er über die Unbekannten gehört hatte, brach über ihn herein. Die Vorstellung, dort draußen, nachts, die Taschen voller Geld, plötzlich von diesen Leuten umstellt zu sein, ließ ihn nicht mehr los. Anfangs sah er sich nur so stehen, und das Bild erstarrte in ihm. Allmählich aber wurde es eine Szene, die er ausgestalten konnte, mußte. Er spielte Varianten dessen durch, was er sagen konnte. Aber das wurde rasch lächerlich. Dann kam Bewegung in die Situation, er wich zurück, wehrte Schläge ab, floh oder schlich heran, während die Gestalten auf dem Pfad versammelt waren.

Er gab sich große Mühe, seine Ängste zu verbergen, vor allem vor seinen Kunden. Die nächste Tour zögerte er hinaus, solange es ging. Er ließ sich Ausreden einfallen, wurde krank, mußte kurzfristig verreisen. Aber in einer kleinen Stadt ist es nicht möglich, sich lange zu verbergen. Ohne mit seinen Phantasien zu einer befriedigenden Auflösung jener schrecklichen Situation gekommen zu sein, mußte er wieder aufbrechen.

Entgegen seinen Erwartungen lief alles ziemlich gut. Als hätte sich etwas über den erschreckenden Veränderungen geschlossen, fand er die fast vollständig verwehten Stiefelspuren vor. Der graue Grund, auf dem sie sich abgezeichnet hatten, schien sich wieder gestrafft und die Einprägungen geglättet zu haben. Natürlich vergaß der Schmuggler nicht, was die Abdrücke bedeuteten. Doch er wollte beruhigt sein, all das sollte vergangen sein, und da es wieder still und nur der Wind um ihn war, stellte sich der ruhige, leichte Gemütszustand tatsächlich ein.

Erst beim nächsten oder übernächsten Mal holte ihn alles wieder ein. Er war schon lange genug unterwegs, um ruhig und konzentriert zugleich zu sein. Die Nacht war lau. Der Wind wehte stark und schien seine Richtung alle zehn Minuten zu ändern. Das war ihm sehr unangenehm, denn es ließ ihn kaum etwas anderes hören.

Er erinnerte sich, wie er den dunklen Fluß betrachtete, der in jener Nacht wie ein riesiges, festes Gebilde auf ihn wirkte; je länger er darauf starrte, umso bewegungsloser wurde es. Der Blick wollte kleben bleiben an der Haut dieses Wesens. Damals hörte er noch die Hunde vom Dorf, bevor er weiterging. Als das Felsplateau in Sicht kam, war er längst wieder versunken in die Abgeschiedenheit, in das Geräusch seiner Schritte und seines Atmens. Das Grauen, das ihn in der nächsten Sekunde stocksteif werden ließ, wurde erst auf den zweiten Blick sichtbar. Der Schmuggler hatte nur die dunklen Umrisse des Felsens betrachtet, als er vom Weg auf und voraus schaute. Der Felsen war einfach das größte Hindernis. Dabei fiel ihm aus dem Augenwinkel die Erhöhung am Wegrand auf, vielleicht zweihundert Meter von ihm entfernt. Nachdem er hingeschaut hatte, wandte er den Kopf zunächst ab. Dann zwang er sich, nochmals hinzusehen.

Er lief darauf zu, und es blieb, was es aus der Ferne zu sein schien: ein aus dem Boden emporwachsendes Bein. Es war unnatürlich dünn, als hätte die Erde eine große Puppe kopfüber verschluckt. Der Schuh am Ende des Beins war deutlich zu erkennen.

Als er davorstand, verteilte der Wind die letzten Reste süßlichen Verwesungsgestanks um ihn. Was ihn irritierte, war ein leicht geknickter Ast, auf den der Schuh gespießt worden war.

Jemand hatte den Ast so weit in den Boden gerammt, daß er aufrecht stand. Der Schmuggler betrachtete den ausgebeulten, erdfarbenen Lederschuh, von dem die geöffneten Schnallen herabhingen. Es war nicht so sehr das Grauenhafte, das ihn mit Abscheu erfüllte, als das Komische, das dem ganzen anhaftete. Dieses Bein am Wegrand wirkte wie von Kindern aufgestellt, um Erwachsene zu erschrecken. Der Schmuggler fühlte sich durch diesen schlechten Scherz sofort persönlich gemeint. Er verstand ihn als eine Aufforderung zum Spiel.

In jener Nacht lief er wie aus Trotz weiter. Zumindest wußte er jetzt etwas über den Humor der Unbekannten. Zudem aber fühlte er sich nun von ihnen beobachtet, ja verfolgt. Er erwartete auf Schritt und Tritt weitere Zeichen ihrer Gegenwart, vielleicht ein anderes Körperteil der Leiche. Er fand aber nichts weiter, und auf dem Rückweg stand der aufgespießte Schuh noch unverändert da.

Der Schmuggler erzählte zunächst niemandem davon. Dadurch verstärkte sich das Gefühl, die Sache hätte mit ihm ganz allein zu tun. Er mußte nun an dem Schuh vorbei, immer wieder, wahrscheinlich bis der Fuß darin vollständig verwest war oder der Wind ihn heruntergerissen hatte. Nur er hatte dieses Zeichen wahrgenommen und konnte über seine Bedeutung grübeln.

»Du kannst nicht davon ausgehen, daß du dort allein bist«, sagte Beno, als er endlich doch jemandem davon berichten mußte. Er war durch einen Boten bestellt worden und gleich am Anfang des Gesprächs damit herausgeplatzt. »Nordwestlich sind Dutzende von Dörfern vernichtet worden. Was glaubst du, wie viele Leute mit nichts als den Kleidern am Leib in die Berge geflohen sind? Niemand weiß, wie viele.« Als der Schmuggler weiter schwieg und nur aufmerksam schaute, fuhr der andere fort. »Gut, es gibt eine Möglichkeit, sich im Niemandsland frei zu bewegen. Es ist nur verboten, dir oder irgendeinem Zivilisten zu sagen, wie, aber es gibt eine Möglichkeit. Und noch etwas: Hast du schon einmal daran gedacht, daß es der Fuß eines Minenopfers gewesen sein könnte?«

Der Schmuggler schüttelte den Kopf.

Beno nickte: »Natürlich hat ihn jemand dort aufgestellt. Aber das heißt nicht, daß derjenige den Menschen auch umgebracht hat.«

Der Schmuggler konnte beim besten Willen nicht entscheiden, ob dieser Umstand etwas verbesserte. Er musterte den sterilen Schreibtisch und sagte nichts.

»Ich will dir etwas sagen, nur dir: Ein Mann, den wir alle als sehr bedeutsamen Mann kennen, bat eines Tages einen seiner hohen Beamten zu sich. Als dieser vor ihm stand, erhob er nicht die Hand gegen ihn, er tat nichts, außer ihn ergreifen und in den Hundezwinger zu den Airedales werfen zu lassen. Weißt du, was die tun, wenn man sie richtig aushungert? Sie töten nicht mehr, sondern fangen gleich an zu fressen, wie die Hyänen. Vor den Augen aller wurde der Beamte zerrissen. – ›Ich habe dich gemacht, und so zerstöre ich dich‹, sagte der bedeutende Mann. Kannst du dir das Gesicht des Beamten vorstellen, solange es noch eines war? Das ist eine wahre Geschichte, kein schlechter Film. Sie ist ebenso wahr wie ein Schuh am Wegrand, ein schlimmer Streich von bösen Jungen. Du mußt begreifen: Das, was du siehst, ist nicht alles.«

Der Schmuggler fühlte sich aufgefordert, etwas zu sagen. Aber ihm fiel nichts ein, und so richtete er sich nur im Stuhl auf. Endlich einmal, dachte er, stand einer jener vor ihm, von denen die vielen Gerüchte, die, wo er auch hinkam, weitergegeben wurden, ihren Ausgang nahmen.

»Kein Mensch fragt danach, ob du verstehst, was um dich herum vorgeht. Alles ist längst geschehen, bevor du überhaupt angefangen hast, darüber nachzudenken. Alles geschieht weiterhin. Du mußt ...«

Der Schmuggler spürte, wie Beno Spaß daran bekam, ihn zu überfordern. Er entfernte sich von ihm, lehnte sich wie ein versonnener Spaziergänger an eine nackte Wand des Raumes. Beide Handflächen preßte er neben seinen Schenkeln gegen den Stein.

»Es ist wie ein Erwachen. Eines Tages stehst du vor etwas Neuem. Es ist wie eine unbekannte Schrift, ein Labyrinth, ja, ein Minenfeld. Es hat System, aber nicht deines; es brauchte Zeit, um zu entstehen, aber nicht deine Zeit; es hat eine innere Ordnung, die es selbstverständlich machte, wenn man sie nur kennen würde. In diesem Moment der Entdeckung bist du klüger, als du es vorher warst. Aber anstatt es zu bleiben, baust du alles ein in deine Zeit, deine Ordnung, willst der Verstehende, der Überwinder sein. Das ist nichts als tätige Beschränktheit.« Er löste sich von der Wand, ein nervöses Lächeln erschien auf seinem Gesicht. »Und vielleicht wirst du einmal eine solche Ordnung entdecken. Dann wirst du erschrecken.«

Der Schmuggler lehnte schon wieder mit weit von sich gestreckten Beinen im Stuhl und hielt die Augen auf den Steinboden gerichtet. Benos Schatten bewegte sich dort, und er war froh, etwas beobachten zu können.

»Warum ich dich hergebeten habe. Ich sage das nur, weil wir uns nun schon etwas besser kennen.« Er kam um den Tisch herum und stellte sich vor den Schmuggler. »Gib acht auf deinen Ältesten.«

Der Schmuggler setzte sich auf. »Er ist dreizehn Jahre alt!«

»Nicht zu jung, um die falschen Freunde zu haben. Du magst sie für sehr fromme Leute mit einer Neigung zum Wändebesprühen halten. Aber es sind Irregeleitete und Aufrührer. Sie haben politische Beziehungen ins Ausland – sagt man.« Beno schüttelte leicht den Kopf und schaute mißbilligend auf den Schmuggler hinab.

»Ins Ausland?«

»Sie werden vom Iran finanziert. Wie kannst du deinen Jungen jahrelang in eine Koranschule schicken und glauben, er würde dort nicht beeinflußt werden? Wo, glaubst du, setzen die Islamisten an, wenn nicht dort?«

»Ich dachte, die ›Islamische Bewegung‹ ist eine – eine zugelassene Partei.«

»Organisation. Eine geduldete Organisation. Das bedeutet

gar nichts. Die Islamisten können schon morgen verboten und zur Hölle geschickt werden. Du hast deine Kinder durch den Krieg gebracht, dann bring sie jetzt auch durch den Frieden.«

Der Schmuggler verließ das Haus mit den großen, nie verhängten, auch dunkel immer wachsamen Fenstern und schlenderte wieder zwischen den dichtgedrängten, niedrigen Shops und Häuschen seiner Welt. Er war wieder er selbst außerhalb der kahlen Räume und hallenden Gänge. Und alles ging in ihm durcheinander. Da war die Sache mit den Wegen im Niemandsland. Er hatte wenigstens eine Andeutung jener Information bekommen, die er sich einige Zeit zuvor im Roten Haus erhofft hatte. Irgendwer wußte also davon. Er ordnete das Gehörte. Jetzt war er sicher, daß der Schuh Überrest eines Minensuchers war.

Hätte er damals gewußt, in welcher Gefahr das Böckchen schwebte, dann hätte ihn nichts als das beschäftigt. Er unterschätzte die Dringlichkeit der Warnung Benos. Er hätte den Jungen prügeln, einsperren, anbinden sollen. Doch all das tat er nicht, einfach weil er den Jungen kaum noch sah. Jeder, der alt genug war, auch viel jüngere als sein Ältester, mußte beizeiten anfangen, sich selbst durchzuschlagen. Böckchen war im Grunde alt genug, um das Haus zu verlassen, er kam längst nur noch auf Besuch. Die Organisation, da war sich der Schmuggler sicher, war zugelassen. Und sie sorgte für seinen Jungen. Er wußte, wo er hingehen konnte, er lernte den ganzen Tag, wenn man auch nicht wußte, was, und hatte genug zu essen. Das war eine Entlastung, ein hungriges Maul weniger. Der Schmuggler brachte es einfach nicht fertig, in dieser für ihn günstigen Situation die Gefahr zu sehen. Aber er nahm sich vor, beim nächsten Besuch mit seinem Sohn zu reden.

Dieses Gespräch fiel völlig anders aus, als er erwartet hatte. Er konnte sich noch Jahre später genau an diesen Nachmittag erinnern, weil er, ohne daß er es damals wußte, den Abschied vom Böckchen markierte.

Der Junge erschien wie immer fast wortlos im Haus. Er nahm

seinen Platz auf der Holzbank ein und schaute nachdenklich aus dem Fenster, als ginge auf dem kurzen Wegstück bis zum Tor Bedeutendes vor sich. Natürlich konnte er das nicht lange tun; seine Brüder umstanden ihn alsbald erwartungsvoll, zerrten an seinen Hosenbeinen und sprachen auf ihn ein. Da er wahrscheinlich ohnehin seine Zeit im Elternhaus nur absitzen wollte, kam ihm die Aufforderung zum Spielen gar nicht ungelegen.

Der Schmuggler beobachtete ihn dabei, und ihm fiel auf, wie sehr der Junge, trotz aller Beschäftigung mit ihnen, Abstand zu den Kleinen hielt. Sicher, sagte sich der Schmuggler, so sind Jungen seines Alters wohl, mehr schon junge Erwachsene als alte Kinder. Dennoch wirkte sein Sohn, wie er dort unter dem Fenster auf der äußersten Kante der Bank saß, wie ein Fremder auf ihn.

Wie immer, wenn er da war, aßen sie gemeinsam. Böckchen hielt Maß in allem, was er nahm; in seinen Bewegungen lag etwas wie antrainierte Würde, von Rückfällen in sein wahres Jungenalter kurz durchbrochen.

Das Gespräch, oder besser den Versuch dazu, begann seine Mutter. Sie war die wirkliche Autorität in solchen Dingen. In der Hoffnung auf ihre Überzeugungskraft hatte ihr der Schmuggler angedeutet, was Beno ihm gesagt hatte. Anfangs war sie erschrocken und wurde wie immer in diesem Zustand übernervös. Dann aber zeigte eine nachdenkliche Falte auf der Stirn ihre Beschäftigung mit der Sache an. Noch bevor das Böckchen kam, hatte sie mit dem leichten Kopfschütteln begonnen und brachte so ihren Widerwillen gegen die bedrohlichen Nachrichten von draußen zum Ausdruck.

Am Tisch begann sie harmlos: »Bekommst du in deiner Schule auch genug zu essen?«

»Mehr als genug«, sagte der Junge und warf seinem Vater einen stolzen Blick zu. »Aber wir brauchen wenig.«

»Ihr braucht wenig«, sprach sie ihm nach und wurde wieder sichtlich nervös. »Aber ihr wollt viel, nicht wahr?«

»Wie meinst du das?« Er nahm eine Art Kampfhaltung an, wahrscheinlich ohne es selbst zu bemerken, so sehr ahnte er, was jetzt kommen würde.

»Dein Vater hat mit einem Mann von der Inneren Sicherheit gesprochen. Du hast nie gesagt, daß ihr Geld aus dem Ausland bekommt.« Beim letzten Satz klang ihre Stimme vorwurfsvoll. Aber sie war nur noch besorgt, ihr unruhiger Blick tastete das Gesicht des Jungen förmlich ab.

»Es stimmt auch nicht«, sagte er kurz zu ihr, »das behauptet die Regierung nur.« Dann fuhr er an seinen Vater gerichtet fort: »Aber was habt ihr mit dem Roten Haus zu tun?«

»Geschäftliches«, sagte der Schmuggler, weit davon entfernt, es näher zu erklären.

Der Junge starrte ihn nur an, wagte aber nicht auszusprechen, was er in diesem Augenblick dachte.

Der Schmuggler erinnerte sich daran, wie es ihn heiß durchfuhr, als er begriff, in welchem Verdacht er plötzlich stand. Auch sie legte das Besteck nieder, zupfte an ihrem Ärmel herum und wartete auf ein weiteres Wort von ihm. Er schwieg. Er weigerte sich, darauf zu reagieren, obwohl er wußte, daß auch sie nun noch mehr Gründe hatte, seine Geschäfte zu kritisieren.

Und noch etwas anderes fiel ihm in der Erinnerung auf: Nie zuvor hatten sie mit dem Jungen in dieser Eindringlichkeit zu reden versucht. Er mußte sich in der seltsamen Situation einfach bedrängt fühlen.

Sie unterbrach das Schweigen: »Der Mann hat von euren Beziehungen ins Ausland gesprochen.«

Der Junge lachte auf und hielt sich dabei wie ein Kind die Hand vor den Mund. Den Schmuggler überkam kurz der Zorn.

»Was sagst du dazu?« fuhr er ihn an.

Wie öfter in solchen Momenten wandte der Junge den Kopf von ihm ab und starrte schräg zur Seite. Der Schmuggler kam sich als Vater merkwürdig vor; er spürte, daß andere ihm diese Rolle längst abgesprochen hatten. Aus Ärger darüber und vielleicht auch die Wahrheit der Worte Benos ahnend, bekräftigte er seine väterliche Autorität, indem er seinen Teller von sich schob und aufstand. Er ging zur Tür, öffnete sie und schaute den Flur entlang in das von schwachen Schatten durchzogene Licht auf dem blanken Steinfußboden. Er drehte sich um. Der Junge blickte noch immer zur Seite. Seine Kleidung war sauber, selbst die Schuhe wirkten gepflegt, wenn sie auch schiefgelaufen waren. Er reagierte auf den unverwandten Blick seines Vaters.

»Für uns gibt es kein Ausland«, sagte er leise.

»Für euch vielleicht nicht, sehr wohl aber für die Innere Sicherheit.«

»Das sagen sie doch bei allen, die ihnen nicht passen. Aber wir sind friedlich. Da können sie nichts machen.«

»Warum habt ihr Wände besprüht?«

»Ich weiß nichts davon. Das waren andere.« Er blickte zu seiner Mutter und versuchte zu lächeln.

Sie machte ein betrübtes Gesicht, das bei ihr immer verzweifelt aussah. Nicht einmal Ängste schienen sie zu beschäftigen; sie war nur traurig und hilflos. Anstatt seinen Blick zu erwidern, ordnete sie das Geschirr auf dem Tisch.

Der Schmuggler stellte sich neben den Stuhl des Jungen. »Begreifst du nicht, daß die Innere Sicherheit mich warnen wollte?«

»Warnen, wovor?«

»Möglicherweise stellt ihr für die eine Gefahr dar.«

»Jeder wahrhafte Moslem ist eine Gefahr für die Halbherzigen und die Nutznießer des Glaubens.« Er hatte tief eingeatmet, bevor er den Satz aussprach. Der Tonfall hatte in den Ohren des Schmugglers wieder die Fremdheit aller angelernten Phrasen.

»Du mußt auf deinen Vater hören«, sagte sie, weil ihr wohl gerade nichts anderes einfiel.

Die beiden Kleinen lärmten durch den Flur. Sie wischte sich mit dem Ärmel sacht über ihre Nasenspitze und stand auf. Der Schmuggler fragte sich, welcher Gedanke sie wohl beruhigt haben mochte oder ob ihre Fähigkeit, besorgt zu sein, einfach vorübergehend erschöpft war. Sie ging an ihm vorbei in den Flur hinaus, und er betrachtete wieder den Jungen.

»Ich weiß, daß du nichts Verbotenes tust. Aber irgend etwas wollte mir der Mann im Roten Haus sagen, etwas über euch.«

»Wer ist dieser Mann? Was weiß er schon. Soll er uns doch besuchen kommen.« Er lächelte übermütig, stand auf und war bereit zu gehen.

»Das wird er vielleicht tun«, sagte der Schmuggler und achtete darauf, daß sie ihn im Nebenzimmer nicht hören konnte. »Aber dann ist es wahrscheinlich schon zu spät.«

Der Junge trat von einem Fuß auf den anderen.

Was den Schmuggler letztlich beruhigte, war der Anblick der Schule. Er war sich nun nicht mehr sicher, ob er dem Böckchen noch am selben Tag gefolgt war oder irgendwann später. Jedenfalls kam er an den schwarzen Böden und Wänden in der Straße der Autowerkstätten vorbei zu dem dreigeschossigen Gebäude mit den Fenstern einer Werkhalle und blieb davor stehen. Es erhob sich freistehend in einem Hof und war gekennzeichnet durch ein großes, farbiges Tuch über dem Eingang. In diesem Viertel wuchs nichts, wo man hinsah, platzten der Erdboden und die Straßen auf. Der Schmuggler betrachtete die Fenster lange. Er wagte nicht, in das Haus zu gehen, weil er nicht wußte, was er dort sagen sollte. Hinter den schmutzblinden Scheiben glaubte er Leute sehen zu können, aber nicht einmal das war sicher. Ab und zu schlenderten Männer vorbei, niemand jedoch schien in die Schule zu gehen, niemand kam heraus.

Was ihm an dem Jungen aufgefallen war, war die stille Entschlossenheit, mit der er bei seiner Sache blieb. Offenbar hatte er einfach keine Angst vor dem Roten Haus. Wie konnte es möglich sein, fragte sich der Schmuggler jetzt, daß dieses Kind anders war als er selbst und beinahe jeder? Die Sicherheit, die Böckchen sein Islam gab, machte ihn nur einem ähnlich, nämlich Beno, der ebenso unbeirrbar war. Das zeigte sich nach Meinung des Schmugglers darin, daß auch der Junge nie über seine wirklichen Motive sprach, so als habe auf dieser grundsätzlichen Ebene eine Frage keinerlei Sinn für ihn. Im Grunde, davon war der Schmuggler tief überzeugt, waren sich Beno und sein eigener Sohn mehr als nur ähnlich. Sie waren zwei Ausgeburten derselben Kraft, oder sie waren als Gegner füreinander bestimmt, und das wußte Beno. Im Moment hatte das Rote Haus seine Zeit, was der bloße Vergleich der Gebäude zeigte. Und das eben beruhigte den Schmuggler; es war einfach undenkbar, daß ein paar Leute in diesem Schuppen dort eine Organisation gefährden konnten, wie sie die riesigen Trakte des Roten Hauses beherbergte, die ja in Wahrheit nur der sichtbare Teil einer noch viel größeren Zentrale war. Und doch, dachte der Schmuggler, als er auf dem Rückweg in den Werkstätten die öligen Motorenreste wie verbrannte Körper im Sand liegen sah, daß sie es einmal würden tun können, daß sie die gleichen Waffen mit der gleichen Sicherheit und Überzeugung würden führen können, wußte niemand besser als Beno und seine Leute. Es ist immer das Verwandte, das sich bekämpft, dachte er, und jemand wie ich ist dazu bestimmt, zwischen den Feuern zu laufen.

Als er dies für sich geklärt hatte, ging er an die Organisation seiner nächsten Tour. Nach der Entdeckung des Schuhs hatte er für den Rückweg nur wenig eingepackt. Er wollte nicht schwer beladen sein. Immer lag die äußerste Bedrohlichkeit, die er sich vorstellte, auf dem Rückweg, wenn ihn das Gewicht der Schmuggelware niederdrückte und ihm jeder seiner Schritte schwerfiel wie in einem Morast. So hatte er sogar überlegt, Teile zurückzulassen, ohne die der Besteller die gelieferten Geräte nicht benutzen konnte. Es wäre schon möglich gewesen, ihn zu vertrösten. Bei Lage der Dinge aber hatte Aufschub nicht viel Sinn. Nichts hätte sich dadurch geändert. Er konnte und wollte seinen Pfad nicht aufgeben, egal wie viele Körperteile oder andere grauenerregende Dinge jemand für ihn aufbaute. So nahm er das Zwiegespräch mit den Unbekannten wieder auf. Er fragte sich, ob sie mit dem Fuß begonnen hatten, ihr Revier zu markieren. Er konnte sich vorstellen, daß er selbst etwas Scheußliches gut sichtbar plazieren würde, wenn er ein menschenleeres Gebiet beanspruchte. Lebenszeichen und Drohung zugleich, was konnte wirksamer sein, wenn man selbst Angst hatte, jemandem unerwartet zu begegnen. Die kleinen Minenwarnschilder und Fähnchen, fahlrot mit einem Totenkopf darin, erfüllten letztlich einen ähnlichen Zweck. Auch wenn sie in guter Absicht aufgestellt waren, sagten sie doch: Hier war jemand, der meint, für dich wäre es besser, nicht hier zu sein.

Als er diesmal losging, nützte ihm auch sein Aberglaube nichts mehr. Er war in einer ängstlichen Erregung, die ihn so nervös werden ließ, daß er sich mehrmals zur Besinnung rufen mußte. Irgendwann aber erreichte diese Furcht einen Punkt, an dem sie in kalte Gelassenheit umschlug. Er spürte, daß die Langsamkeit, die ihn während des Marsches überkam, etwas Künstliches hatte; sie war eine andere, gemilderte Form der Lähmung.

Damals, als er in der wunderbaren Mainacht wie ein Wanderer dahintrottete, waren Vögel in den vereinzelten Bäumen, die sich, als würden sie aus dem Schlaf fahren, aufzwitschernd regten. Warum lief er auf den herumliegenden Steinen über den Friedhof und blieb kurz unter dem toten Baum stehen, der wie ein heller, verästelter Riß im von Sternen berstenden Nachthimmel stand? Jedenfalls blickte er vom Hügel aus ins Land, überflog Welle für Welle bis hin zu den Bergen mit ihrer Oberfläche wie zerknittertes Packpapier. Nichts als der Sommer war in dieser weichen Luft. Beleuchtet von den hinter ihm schwindenden Öllichtern des Basars, erschien die Dunkelheit wie ein weit entfernter Rauchstrom ohne Quelle.

Er ging, noch immer in seiner hellwachen Lähmung, die ihm später die Voraussetzung für das Folgende zu sein schien. Denn sie endete erst mit dem Schlag, der so stark war, daß er ihn aus jeder Richtung gleichzeitig zu treffen schien. Die Sommernacht stürzte auf ihn nieder, schloß sich um ihn wie ein ruckartig zugezogener Sack.

Er erwachte nicht eigentlich, er tauchte auf aus großer Tiefe. Orientierungslos glotzte er den Sand an, der an seinen Wangen begann. Er schwappte gegen ihn, stieß ihn, wollte seinen Kopf verdrehen. Er drang in seinen Mund vor, und das unwillkürliche Würgen war es, das ihn wach werden ließ, nach einer langen Zeit, wie ihm schien. Er bemerkte, daß seine Zähne den Sand berührten, daß seine Oberlippe nach außen gestülpt war und ständig Sand in seinen Mund rutschen ließ. Überhaupt war sein Mund viel zu weit offen. Er versuchte, ihn zu schließen, doch es war so viel Sand zwischen Lippen und Zähnen, auf der Zunge und am Gaumen, daß er ihn sofort wieder öffnete. Als er das tat, stülpte sich seine Oberlippe erneut nach außen, dem Boden zu, und jetzt wurde ihm klar, daß er sich in Bewegung befand. Er fühlte seinen Körper wieder, sah dicht vor sich Kiesel vorbeigleiten, schmeckte deutlich den Sand und wußte plötzlich, daß etwas mit ihm geschah, was nicht geschehen durfte; es geschah hier und jetzt, und er mußte sich beeilen.

Mit einem Ruck warf er sich herum. Er sah kurz den Nachthimmel und wie Leuchtspuren die Sterne, konnte sich so aber nicht halten, weil seine Beine irgendwo über dem Boden festhingen. Sein Gesicht fiel wieder dem Boden entgegen. Diesmal stemmte er sich dagegen, drehte den Oberkörper und erkannte den Rücken des Mannes, der seine Füße umklammert hielt und an ihnen zog. Vor dem Mann öffnete sich, dunkler als die Nacht, ein Loch im Berg, ein von Geröll befreiter Höhleneingang, auf den zu sie sich bewegten. Von einer Sekunde auf die nächste war er hellwach. Etwas Unbekanntes, viel stärker als er selbst, war in ihm aufgeweckt worden. Er preßte sich dicht an die Erde, ließ seine Finger in den lockeren Boden fahren und unaufhörlich sich um alles schließen, was sich in Reichweite befand. Etwas war mit seinen Füßen; sie schienen viel schwerer beweglich als sein Kopf und seine Arme. Wie im Schlamm begann er, sie zu bewegen, riß endlich ein Bein los und trat, sich umwendend und dennoch sich haltend, nach diesem Rücken, einmal, zweimal, bis er schließlich ganz zu Boden fiel, endlich zum Stillstand kam.

Er hätte, mit dem Gesicht zum Himmel, liegenbleiben mögen, so wie er war, nur atmend und schauend. Doch wie die Berührung einer großen Hand begann der Schmerz seinen Kopf zu umfassen, und im gleichen Moment dachte er an das Loch im Berg und hörte Schritte. Was immer in ihm mobilisiert wurde, löste seine Hände von der Erde und ließ seinen Oberkörper hochfahren.

Der Schmuggler saß weit abseits seines Pfades, doch sein Schrecken darüber währte nicht lange. Jetzt war die Bewegung um ihn. Er hörte Schritte und erhob sich, um erneut einen Schlag zu empfangen, der ihn aber nicht betäubte. Er fühlte Hände an seinem Körper, die Mantelenden wurden zur Seite geschlagen und Stoff zerrissen. Wieder sah er das Loch im Berg vor sich und richtete sich auf. Der Lauf eines Gewehrs war dicht vor ihm, und er griff danach, schob ihn zur Seite und griff nach dem Mann, der endlich eine ganze, eine wirkliche Gestalt war. Was er tun wollte, wußte er nicht, nur festhalten wollte er, was er da hielt, und je mehr das Gewehr sich bewegte, ruckte und nach unten auswich, umso stärker packte er es.

Du kannst nicht davon ausgehen, daß du dort allein bist. Der Satz ging ihm jetzt durch den Kopf wie eine Melodie. Er kniete noch immer und hielt den anderen fest, der sich um ihn herum zu bewegen begann. Etwas Hartes traf seinen Kopf direkt am Ohr. Die Hände des Schmugglers lösten sich, und erneut berührte sein Gesicht die Erde. Er war schwer, er gehörte dem Boden an und wußte, daß er gerade jetzt blitzschnell sein sollte. Sich zu erheben kostete ihn mehr Anstrengung als alles zuvor, und es setzte ihn dem Bereich der Schläge aus. Wie sollte er aufstehen und sich klein machen? Er hob die Arme und schützte seinen Kopf. Als nichts geschah, verharrte er ein paar Sekunden in dieser Haltung. Die Gedanken kamen wieder, ordneten sich. Der Schmuggler tastete seinen Mantel ab, fingerte nach dem zerfetzten Futter. Das Geld war größtenteils fort. Etwas näherte sich rasch, das Geräusch von Schritten auf dieser Erde kannte er nur zu gut. Er zog den Dolch mit der eingeübten Bewegung aus dem Ärmel und hielt ihn dem Herankommenden entgegen. Aber die Silhouette seines Gegners entfernte sich wieder, er war an ihm vorbeigelaufen und hielt jetzt auf das Felsloch zu. Der Schmuggler setzte dem Fliehenden nach, ohne genau zu wissen, was er tun wollte. Er konnte das Geld nicht verloren geben, solange der Dieb noch zu sehen war.

Während er ihm folgte, fragte er sich, warum der andere nicht geschossen hatte. Bevor er in die Höhle flüchtete, wandte sich der Dieb um und zeigte dem Schmuggler sein jugendliches Gesicht. Der Anblick des Gesichts ließ diesen noch entschlossener werden, sich sein Geld zurückzuholen. Er stieg ohne nachzudenken in das Loch, vor dem ihn noch vor Minuten all seine Kraft hatte bewahren wollen.

Was von fern wie eine Öffnung im Felsen ausgesehen hatte, war eine Aufschüttung. Wie ein Vorhof öffnete sich eine Vertiefung, von der aus ein Loch direkt in einen grasbedeckten Hügel führte. Der Schmuggler sprang hinab und zwängte sich in das Loch. Dabei hielt er den Dolch zitternd vor sich wie einen Fortsatz, der alles, worauf er traf, verletzen sollte.

Er glaubte in einer Höhle zu sein, bis ihn das Licht blendete. Der andere hatte eine Lampe eingeschaltet und leuchtete ihm direkt ins Gesicht. Der Schmerz in seinen Augen war so stark, daß der Schmuggler den linken Unterarm gegen sie pressen mußte. Für einen sehr kurzen Moment aber hatte er gesehen, wo und mit wem er hier war. Das im Halbdunkel hinter der Lichtfaust graue Gesicht eines Jungen, nicht älter als das Böckchen, erschien in einem enger werdenden Tunnel, der offenbar weit in die Erde führte. Blind, aber zielgerichtet stürzte er vorwärts, löste den Arm von seinem Gesicht und bekam den Jungen tatsächlich zu fassen. Er wußte, daß dies seine letzte Chance war, das Geld zurückzubekommen. Doch der Dolch in seiner Hand behinderte ihn. Er wollte den Jungen festhalten, aber die Klinge konnte nur stechen und schneiden. So drängte er den anderen mit seinem Gewicht gegen die mit Holzbalken gestützte, von Wurzelfetzen verhängte Tunnelwand und bemerkte, wie der Dolch in das lockere Erdreich fuhr. Der Junge hing fest, er trat und drückte dem Schmuggler die Finger in die Augen. Der riß den Kopf zurück, doch der rasende Schmerz, der ihm direkt ins Gehirn zu schießen schien, ließ kein bißchen nach. Er warf den Jungen nieder. Das Licht strauchelte wie ein drittes, verwundetes Wesen durch den Gang, kroch über ihn hinweg und blieb dicht über dem Boden liegen. Es genügte, um den Jungen zu sehen, der zunächst reglos lag und dann zu kriechen begann. Der Schmuggler hielt den Dolch in seine Richtung.

»Wer bist du?« keuchte er und: »Gib es zurück ...«

Seine Stimme kam ihm erschreckend laut und viel zu nahe vor. Er erwartete keine Antwort, machte zwei Schritte vorwärts und sah aus verquollenen Augen, wie der Junge das auf dem Boden liegende Gewehr zu fassen bekam. Der Schmuggler bewegte die Spitze des Dolches auf den Körper vor ihm zu, und er wußte, daß er den Punkt erreicht hatte, an dem er seinen nicht genutzten Vorteil mit dem Leben bezahlen würde. Er mußte und er konnte zustechen, er war im Recht, er war in Gefahr. In diesem Moment klärte sich sein getrübter Blick, als wären seine gequetschten Augäpfel wieder in ihre angestammte Position gerutscht. Der Schleier wurde durchlässiger, er sah den Jungen, bekleidet mit einer zerfaserten Leinenjacke, dessen übergroße Militärstiefel, die unverschnürt schlappten, als steckten die Füße in welkem Kohl. Für eine Sekunde starrte der Schmuggler angestrengt in das Loch, dorthin, wo sich der dünne Lichtstrahl der am Boden liegenden Lampe querstellte, als wollte er die Finsternis versperren. Von dort konnten andere kommen. Er drehte sich wieder zu dem Jungen, gerade rechtzeitig, um ihn gegen die Schulter zu treten und damit wieder zu Fall zu bringen. Er ließ den Dolch zu Boden gleiten und hatte endlich seine Hand von ihrer merkwürdigen Lähmung befreit. Das Schlagen fiel ihm leicht, es kam ihm gewohnt vor. Der Junge, der seinen Kopf mit den Armen zu schützen versuchte, wurde dem Schmuggler mit jedem Schlag vertrauter. Er fühlte momentweise an der Handinnenseite die Haare, den speckig-harten Jackenkragen und den Speichel. Schließlich konnte er ihn erneut ansprechen, »Wer bist du?«, ihm die Jacke auseinanderreißen und das Geld suchen und finden. Keuchend richtete er sich auf, und der Junge nutzte die Gelegenheit, um wieselflink auf Händen und Knien in den Tunnel zu kriechen. Für den Bruchteil einer Sekunde sah der Schmuggler in der Nähe eines Stützbalkens das Gewehr liegen und begriff, warum der Junge nicht geschossen hatte. Bevor er reagieren konnte, hatte dieser die Lampe erreicht und ausgeschaltet. Sie befanden sich in vollkommener Dunkelheit. Der Schmuggler spürte die Erde um sich, als wäre sie ihm noch nähergekommen. Sie roch nach Wurzeln, nach Nacht und Feuchtigkeit.

Er wich zurück, für ihn gab es nur einen Weg. Als er den Höhlenausgang erreicht hatte, erkannte er im zarten, milchigen Nachtlicht auch die von Gräsern und Steinen durchsetzte Erde wieder und blieb augenblicklich stehen. Sein Puls hämmerte in den Schläfen und irgendwo unter dem unbeweglichen Unterkiefer. Die Furcht vor dem Loch und vor dem, was aus ihm kommen mochte, rebellierte in ihm wie ein zweiter Mann, ein ganz leichter Mann, der den Boden nicht fürchten mußte.

Der Schmuggler aber ließ sich auf die Knie fallen, setzte danach die Handflächen auf und senkte das Gesicht dicht über die Erdoberfläche. Er sah sich und den Jungen in entgegensetzte Richtungen kriechen, während er die vielen Bodenerhebungen musterte. Er fand die Trittspuren, seine eigenen und die des Jungen, und begann, ihnen zurück folgend, schneller zu kriechen, bis er sich vom Höhleneingang entfernt hatte. Dann suchte er von Spur zu Spur die Zwischenräume ab. Vor jedem Aufsetzen einer Hand oder eines Knies hielt er inne und versuchte, beim unausbleiblichen Einsinken in die Oberfläche einen möglichen Widerstand zu spüren. Hatte der Junge gewußt, was er tat, als er hier entlanggelaufen war, oder hatte er es in der Aufregung des Kampfes einfach riskiert? Hatte er einen eigenen Pfad, oder machte er sich zunutze, daß es hier keine Minen gab? Der Schmuggler schmeckte den Sand in seinem Mund und schob ihn mit der Zunge vom Gaumen. Dabei lauschte er auf Geräusche von hinten. Sie hätten es leicht gehabt, ihm zu folgen, denn sie hätten nicht kriechen müssen. Er ging dazu über, den Sand vor sich durch Pusten aufzuwirbeln. Er fürchtete die dicht unter der Oberfläche verscharrten Tretminen. Mit den Fingern befühlte er die Erde, aber das diente vor allem der eigenen Beruhigung.

Er hatte sich so auf das Kriechen konzentriert, daß er seinen Pfad erst im letzten Moment erkannte. Fast hätte er sich über ihn hinwegbewegt, aber ein rascher Seitenblick erinnerte ihn an seine Fußmärsche. Er drehte sich auf den Rücken und setzte sich auf. Die Nacht war wieder eine Sommernacht. Der Wind um ihn war wieder wie ein zutrauliches Tier. Der Schmuggler ordnete die Geräusche, unterschied das Rascheln der Büsche und Gräser vom eigenen Atem und begann, seine Wunden zu fühlen. Das Blut an einer Seite seines Kopfes hatte sich mit Sand vermischt und war zu einer Paste geworden; der gesamte Schädel schmerzte, wenn er ihn berührte. Er untersuchte andere Körperstellen, an denen er Wunden vermutete, betastete seine Beine, die Brust, holte bei der Gelegenheit die kleine Taschenlampe hervor und beleuchtete seine Hände. Sie waren voller Risse und Blut, von allem an ihm sahen sie am meisten nach einem Kampf aus.

In dieser Nacht brach er seinen Marsch zum ersten und einzigen Mal ab. Vor allem anderen machten ihm die Soldaten in der Grenzstation Sorgen. Damals mehr noch als heute mußte er ihnen absurderweise etwas wie Normalität vorspielen, wenn er bei ihnen auftauchte. So kurz nach dem Krieg hätten sie sich wer weiß welche Gedanken gemacht, wenn er mit zerrissenem Mantel, blutigen Händen und einer frischen Wunde am Kopf vor ihnen gestanden hätte.

So ging er sehr langsam zurück. Am Fluß machte er eine lange Rast und wusch sich. Als der Morgen dämmerte, hatte er sich so weit wieder hergerichtet, daß er in die Stadt zurückkehren konnte, ohne Aufsehen zu erregen.

Auf der Ebene sah er das Tagesblau aus dem dunklen Grund des Himmels tauchen und befand sich plötzlich wenige Meter vor einem Mann, der sich vorher durch nichts verraten hatte. Der Schmuggler blieb stehen und duckte sich, ohne es zu wollen. Der andere aber begrüßte ihn nur mit einem Nicken. Er war hager, eingehüllt in ein wehendes, im Wind wie hohl sich verformendes Gewand, das eigentlich nur eine räudige, mausfarbene Decke war. Ein Latrinenleerer, ein Verrückter, eben der einzige, dem der Schmuggler nach dieser Nacht auf freiem Feld begegnen konnte. Der Mann lächelte unterwürfig und nickte eifrig, als der Schmuggler dicht vor ihm stehenblieb. Obwohl die milde Helligkeit des kommenden Tages die Landschaft um sie inzwischen deutlich und friedvoll entstehen ließ, war seine Erleichterung groß, in ein Gesicht zu blicken, wenn dessen Freundlichkeit auch maskenhaft war wie etwas mühsam Erlerntes. Der Schmuggler sagte nichts zu dem Mann, nickte nur gleichfalls und ging an ihm vorbei. Der andere raffte seine Decke zusammen und trippelte ihm nach, als wäre ihm etwas versprochen worden.

Sie liefen über die Sandnarbe, die zwischen den Erdschollen hindurch in den Weg zur Stadt mündete. Fast am Ziel, bemächtigte sich ein neuer Impuls des Mannes; er verharrte und schaute, den Kopf schwenkend, um sich. Der Schmuggler drehte sich zu ihm, sah ihn auf seinem Pfad, der hier bereits nicht mehr nur der seine war, wie einen großen, dunklen Vogel auf zwei dünnen Beinen stehen. Er konnte nicht allein in die Stadt zurückgehen, einfach weil er an diesem Morgen niemanden hinter sich im Land zurücklassen wollte. Der Mann fing seinen Blick auf und fiel sofort zurück in das unterwürfige Lächeln. Aber seine Augen weiteten sich dabei, als könnte er zwischen sich und ihm etwas betrachten. Seine Lippen öffneten sich und ließen die einzeln stehenden Zähne sehen. Er hob einen Arm und wies weit hinaus hinter sich, wies und wies, aber der Schmuggler schüttelte den Kopf und machte dazu, ebenso maskenhaft, ein entschlossenes Gesicht. Er wollte ihn nicht zurücklassen.

Vielleicht, so dachte er später, wollte er nur niemanden zwischen sich und den Jungen lassen, der in der Erde verschwunden war. Er wollte allein heimkommen, das leere Land im Rükken, aus dem sich damals, als er dorthin schaute, wo der Arm des Verrückten hinwies, die Falter erhoben. Das leere Land: nichts sollte geschehen sein, er wollte alles, was dort war, für sich allein. Das war seine Art der Reue, die er in dem Augenblick, als er dem Verrückten von dem Geld gab, um das er gekämpft hatte, zu empfinden begann. Steiffingrig holte er eines der zerknüllten Bündel hervor, riß es auf und lockte den anderen, indem er ihn zwei Scheine sehen ließ. Der Mann ließ sofort den Arm sinken, lächelte und duckte den Kopf nieder; die erlernte Haltung im Angesicht des Gebers. An einem unsichtbaren Band zog der Schmuggler ihn hinter sich her, führte ihn in die buckligen Straßen der Altstadt, die um diese Stunde noch den Krähen gehörten. Erst zwischen den eng stehenden Mauern der Stadt ließ sich der Mann beirren, blieb zurück, um vor niedrigen Türen zu verharren, als wartete er auf jemanden, den er kannte. Ratten sprangen über die glitzernden Bäche des Rinnsteins und scheuchten die Krähen auf. Als der Schmuggler noch einmal zu dem Mann sah, stand der in einem Tumult schwarzer Vögel und starrte eine Tür an, die in ihrer Mauer gefangen schien. Während er zurück auf ihn zuging, glaubte der Schmuggler etwas an ihm zu erkennen: nicht seine Verrücktheit, sondern das Desinteresse an allem Lebendigen, Beweglichen. Sein filziges Haar fiel in Strähnen auseinander unter dem vielfachen Gefächel der Krähenflügel, aber der Mann wartete nur, in seiner Langsamkeit auf gleicher Höhe mit den festgefügten Dingen.

Der Schmuggler steckte ihm das Geld wie einem Freund zu, der Mann lächelte so, wie er seine Hand öffnete: langsam, nichts an ihm verriet eine Regung. Des Ungeziefers wegen wollte der Schmuggler ihn nicht berühren. Er hob die Hand vor die Augen des anderen und ging die ansteigende Gasse entlang fort.

Bei den Häusern mit Vorgärten voller Wein und Obstbäumen

überraschten ihn die Tauben. Sie warfen im Flug schräge Schatten auf die Straße und glitten hell vorbei, niedrig wie vom Morgenlicht herabgedrückt. Erst an diesem Punkt seines Weges schlug er sich einen Gedanken aus dem Kopf, der ihn vom Erdloch bis hierher begleitet hatte: zu Beno zu gehen, um ihn sagen zu hören, was geschehen war. In dem merkwürdig nervösen Tonfall, den seine Stimme immer annahm, wenn er länger als eine Minute zu ihm sprach, hatte sich Beno seiner schon bemächtigt, als er aus dem Tunnel gekrochen war. Alles erklärend und ohne Rückstand auflösend, schritt er zur Tat, und der Schmuggler brauchte ihn nicht einmal vor sich zu haben, um das zu erleben.

Er bog in die Gasse ein, die zu seinem Haus führte, sah die schäbige Mauer und die kleinen Fenster und erfuhr dieses Heimkommen stärker als sonst wie den Eintritt in einen völlig anderen Bereich seines Lebens, in einen bevölkerten Raum, in dem auch die Regeln der anderen herrschten. Es war ein weiblicher Raum, etwas wie ständige, leise Betriebsamkeit lag darin und etwas Weiches, das dennoch eine unnachgiebige Grenze war, die sich dem hier draußen in den Weg stellte oder es abfing und dabei veränderte, nur so weit aber, bis es hineinpaßte.

Er öffnete die Tür und begegnete bereits in der Küche seiner Frau. Sie blickte ihn kurz an, ein winziges, verunsichertes Lächeln im Gesicht. Dann folgte sie ihm auf Schritt und Tritt, während er ablegte. Sie wartete, bis er fertig war, nahm kurz seine Hand in ihre Hände und gab sogleich ihrem in diesem Augenblick wahrscheinlich stärksten Impuls nach, seine Wunden mit auf- und niederschwebenden Fingern zu untersuchen. Sie schürzte die Lippen, als wollte sie pfeifen und zwang ihn, sich auf einen Stuhl zu setzen. Er erwartete ihre Fragen, die aber nicht kamen. Sie hieß ihn sitzenbleiben und holte warmes Wasser. Sie reinigte die Wunde an seinem Kopf, er hielt still. Aus dem Schlafzimmer hörte er Geräusche. Da er den Kopf nicht bewegen durfte, blinzelte er in die Richtung und erkannte die beiden Kleinen, die wie Katzen um den Türrahmen lugten. Die

Frau murmelte feststellend: »Du bist geschlagen worden«, und der Schmuggler konnte nicht einmal nicken, weil ihm der Schmerz gerade bis in den Nacken hinabschoß. Die frühe Vormittagssonne lag auf dem steinernen Fußboden, und draußen begannen sich die Geräusche zu jener Klangkulisse zu verdichten, die unverzichtbar war, um das Hiersein vollständig zu machen. An jenem Morgen fühlte sich der Schmuggler nicht sehr viel anders als die beiden Kleinen, die ihn betrachteten. Er lehnte sich kurz seitwärts gegen den Bauch der Frau und wartete einfach, bis sie diese intime Situation wie beiläufig nach einer wohlbemessenen Zeit beenden würde.

7

Jetzt, nachdem er den Pullover entdeckt hatte, ging ihm die Angst vor einem Überfall nicht mehr aus dem Kopf. Er hätte umkehren können, eigentlich müssen. Von der Stadt aus ließ sich absurderweise viel einfacher in Erfahrung bringen, wer sich hier herumtrieb. So ist das ganze Land, dachte er. Die Nähe war immer und überall verwirrend und unübersichtlich, nicht durch die Fülle der Möglichkeiten, sondern durch die Beschränkungen. Er ahnte die Verbindung, die zwischen seinem Pfad und der Ungewißheit bestand, die ihn jetzt quälte. Im Grunde führte dieser Pfad nicht nur durch das Grenzland. Er war überall, wohin er auch ging.

Der Schmuggler ließ den Hang hinter sich und ging, nun schon auf jeden Schritt achtend, auf das verminte Gelände zu. Auf der steinigen Wiese, die sich in sanfter Steigung aufwärts erstreckte bis zu einer den Felsen und dem Paß vorgelagerten Bergkuppe, blühten Glockenblumen, und die Halme der vom Wind plattgedrückten Gräser spreizten sich verbergend über den Boden. Hierher war noch kein Minensuchkommando gekommen, es gab keinerlei Absperrungen und nirgends ein Warnschild.

Der Schmuggler blieb vor der Wiese stehen, ging ein paar Meter zur Seite und wieder zurück, um seine Eintrittsstelle genau zu bestimmen. Lage und Stellung von Steinen dienten ihm als Kennzeichen. Er fand den Punkt rasch, die Wiese war unverändert. Er holte den Metallstab hervor, dann schaute er noch einmal zurück. Über dem Hang tauchte der erste Felsen aus dem gelblichgrauen Gelände. Wie eine Predigtkanzel hing das graue Plateau daran. Zwei kümmerliche, fast kahle Bäume neigten sich mit hängenden Zweigen ins Leere. Er dachte an die nächtlichen Stimmen und hatte das Gefühl, ein Haus zu verlassen mit dem sicheren Wissen, etwas vergessen zu haben.

Er rückte den Rucksack zurecht und kroch voran in die Wiese. Sie sah nur von fern dicht bewachsen aus. Die Halme der Gräser bedeckten trockenen, lockeren Boden, in dem sie nur fleckenweise wurzelten. Darin lag das Tückische des Geländes, denn es bot, entgegen dem Anschein, den geeigneten Grund für jene flachen Tretminen, die aussahen wie drei übereinandergestapelte Scheiben, von denen die kleinste zuoberst lag. Senkrecht über die Ränder der Scheiben verliefen Grate, wahrscheinlich für besseren Halt in lockerem Boden. Dadurch hatten die kaum handtellergroßen Dinger eine gewisse Ähnlichkeit mit Spielzeugen.

Immer nach dem Ausgraben kam dem Schmuggler der Ernst der Lage wieder zu Bewußtsein, wenn er die Schriftzeichen erkennen konnte, die genau da verliefen, wo der Fußballen die obere Scheibe treffen und niederdrücken sollte. Diese Zeichen, was immer sie anzeigten, hatten nichts Zierendes. Sie lagen in der kleinen, grünbraunen Fläche wie nicht zum Lesen vorgesehene Reste einer uralten Inschrift an unzugänglichem Ort, bedeckt von Erde, dazu bestimmt, in der Explosion, in der Wunde und im Schmerz zu verschwinden und so ihre Botschaft zu überbringen. Sie waren wie ein erstarrter Countdown vor der Detonation.

Der Schmuggler hielt den Kopf dicht über der Erde und rutschte auf den Knien voran. Was er, beschirmt von der Strohhutkrempe, vor sich sah, war ein festumrissener, aber nun nochmals extrem verengter Pfad. Die kleinen Steine, die er selbst als geheime Markierung ausgelegt hatte, leiteten ihn, aber nur zentimeterweise, denn er mußte die genaue Lage in seiner Erinnerung finden. Wenn er sie hatte, verharrte er sofort.

Er holte seinen Zettel aus der Manteltasche und verglich die Schemazeichnung mit dem Boden vor sich. Die Positionen der Steine stimmten auf beiden Pfaden, dem gezeichneten und dem wirklichen, überein. Er faltete das Papier zusammen und steckte es wieder fort. Danach nahm er den Hut ab und wischte sich mit dem Handrücken über die Stirn. Es war von großer Wichtigkeit, daß ihm der Schweiß nicht in die Augen rann. Deshalb fingerte er sein Stofftaschentuch aus einer der Mantelinnentaschen und trocknete damit sein Gesicht. Dann legte er es sich vorn über den Kopf, so daß es, gehalten vom Strohhut, mit einem Ende seine Stirn bedeckte.

Vorsichtig, jeden Quadratzentimeter um sich noch einmal musternd, beugte er sich vor und stützte die Ellenbogen auf den Boden. Noch einmal schloß er kurz die Augen, nachdem er die erste Stelle gefunden zu haben meinte. Dann begann er den Metallstab sehr schräg und nur millimeterweise in den Boden zu treiben. Er mußte, und das war es, was ihm jetzt trotz des Taschentuches den Schweiß in Rinnsalen über die Schläfen laufen ließ, beim geringsten Widerstand, der nicht von der Erde herrührte, innehalten. Um diesen Widerstand zu spüren, starrte er auf seine Finger, als könnte er ihre Sensibilität dadurch steigern. Der Metallstab bohrte sich immer weiter in den Boden, da er aber schräg lag, bewegte er sich dicht unter der Oberfläche. Er würde die Mine, wenn er auf sie stieß, seitlich treffen, dort, wo die Grate verliefen. Tatsächlich berührte die Spitze einen Gegenstand. Der Schmuggler hielt wieder inne und zog sein Werkzeug nach einer Sekunde vorsichtig aus dem Boden. Er legte es neben sich und begann mit den Fingern das Bohrloch aufzugraben und Erdbröckchen beiseite zu schieben. Der gebohrte Kanal wurde ein Trichter, dessen weite Öffnung der Schmuggler allmählich vergrößerte. Der untere Rand der Mine kam zum Vorschein, verwittert wie die Mauer einer Miniruine. Unter langsamem Wischen mit den Fingern wurde die Stufung der Scheiben sichtbar. Er kroch ein paar Zentimeter vor und beseitigte den Sand auf dem zweiten Ring. Jetzt hätte er wie ein Handwerker pusten mögen, aber er tat es nicht. Keinerlei Druck sollte von oben auftreffen. Nachdem er die unterste Scheibe rundherum freigelegt hatte, richtete er seinen Oberkörper auf und drückte die Schultern durch. Er blickte auf das Ding hinunter, das so entblößt beinahe lächerlich wirkte, und fühlte einen gewissen Stolz über seinen Sieg. Der Triumph, sich irgendeiner Falle entwunden oder sie umgangen zu haben, war sein stetigstes Gefühl. Er atmete mehrmals durch und hielt dann die Luft an. Diesmal stützte er nicht die Ellenbogen auf, sondern beugte sich nur weit nach vorn. Er spreizte die Finger beider Hände und griff so unter den äußersten Scheibenrand, daß er die Mine von fast allen Seiten gleichzeitig anheben konnte. Als er sie mit einer sehr langsamen Bewegung vom Boden gelöst hatte, kippte er sie leicht, und der Rest Erde fiel von der obersten Scheibe. Er legte sie etwa dreißig Zentimeter von seinem Unterschenkel entfernt an den unsichtbaren Rand des Pfades, so aber, daß kein Grasbüschel sie berühren konnte. Er holte die kleine Papiertüte mit dem Salz hervor und schüttete etwas davon in den Trichter. Auf diese Weise konnte er die Löcher im Fall einer baldigen Rückkehr leicht wiederfinden. Auch wenn der Wind das Salz verwehen sollte, war das noch immer besser, als wenn irgendeine feste Markierung entdeckt würde. Zu sehen war sie nur für jemanden, der seinen Kopf dicht über dem Boden hatte.

Bevor er weiterkroch, warf er noch einen Blick auf seinen Zettel. Dort hatte er neben der genauen Position auch den Minentyp notiert. Die meisten waren Tretminen. Aber an drei Stellen des Pfades lagen jene, die Ähnlichkeit hatten mit einer verstümmelten Ölspritze: Zylinder, die aufrecht in der Erde steckten und aus deren Oberseite eine Art Antenne ragte, welche die Mine bei Berührung zündete. Hier nannte man diese Sorte »Springer«, weil sie ziemlich genau einen Meter in die Luft sprang, bevor sie explodierte. Damit war gewährleistet, daß die Stahlsplitter einem Menschen den Unterleib zerrissen. Für den Schmuggler hatte sie einen kleinen Vorteil und zwei große Nachteile: Er konnte sie, wenn er nach seinem Lageplan in ihrer

Nähe war, ohne zu graben entdecken. Allerdings war sie viel schwerer als die Tretminen, und die Antenne erforderte beim Ausgraben wie beim Ablegen äußerste Vorsicht.

Er grub zwei weitere scheibenförmige Minen aus, bevor er den ersten Springer erreichte. Jetzt verlangsamte er alle seine Bewegungen so weit, daß er bei jedem Lidschlag erschrak. Er blinzelte kurz in den Himmel, um seine Augen auszuruhen. Der Nachmittag hatte begonnen, und ein leichter Wind strich über die Wiese. Für einen Moment sah sich der Schmuggler von außen in der Einöde knien. Obwohl er nach den Seiten hin über das Land sehen konnte und schartige Felswände und sogar die hellen Gipfel des Hochlandes ausmachte, hatte diese Landschaft für ihn keinerlei Weite. Selbst der Wind spielte auf engstem Raum vor ihm, und das Wenige, was er an Geräuschen wahrnahm, drang dumpf wie aus einem Zimmer heran.

Wieder senkte er den Kopf dicht über den Boden. Die Halme bewegten sich, das irritierte ihn. Er sah ein paar Ameisen, einen weißen Kiesel und dann, kurz aufglänzend wie ein Spinnwebfaden, die Antenne, ausgestreckt, um ihr Kommando zu empfangen. Der Schmuggler näherte sich und bog das Gras beiseite. Er nahm die Schaufel zur Hand und begann um den verborgenen Zylinder herum zu graben. Hierbei brauchte er nicht allzu vorsichtig zu sein, nur die Antenne war im Auge zu behalten.

Als er fertig war, richtete er sich wieder kurz auf und atmete tief ein. Er betrachtete den Weg, den die Mine in seinen Händen über dem Boden nehmen würde, und fixierte die Stelle, an der er sie abstellen würde. Diese Stelle mußte in den Bodenwellen einigermaßen geschützt und doch leicht wiederzufinden sein, wenn er den Pfad entlang zurückkam. Er senkte die Hände in das Loch um den freigelegten Körper, umgriff ihn mit den Fingern und hob ihn heraus. Die Antenne durfte auf ihrem Weg nach oben nichts berühren. Der Schmuggler führte seine Hände genau so, wie er es vorausgeplant hatte. An der vorbestimmten Stelle setzte er den Zylinder nieder und drückte ihn etwas in die Erde, bis er fest stand. Er atmete aus und löste beide Hände rasch von dem Ding.

Da die Mine so groß war, mußte er sie zu drei Vierteln wieder eingraben, denn ein kundiger Betrachter des Geländes hätte sie, etwa mit einem Feldstecher, sehen können. Also schaufelte er ein Loch, plazierte sich quer zum Pfad und senkte die Mine hinein. Der Zylinder verschwand so weit, daß er nur aus der Nähe noch sicher zu erkennen war. Wieder markierte er das andere Loch und kroch weiter.

Bis er das Feld durchquert hatte, war es Abend. Jeden Abschnitt des Sonnenlaufs hatte der Schmuggler wahrgenommen, weil er vor und nach dem Ausgraben jeder Mine hinaufgeschaut hatte. Die letzte, fünf Schritte entfernt von dem steinigen Boden, der den Graswuchs abrupt enden ließ, verschaffte ihm die Befriedigung getaner Arbeit. Er kroch auf den festen Grund hinaus, der ihm sofort ein Gefühl der Sicherheit gab, und blickte suchend zurück auf seinen Pfad. Keine der ausgegrabenen und umplazierten Minen war zu sehen, auch die letzte nicht, denn er hatte die Scheibe in die Erde versenkt.

Der Schmuggler stand auf und putzte Mantel und Hose ab. Auf diese Verrichtungen verwandte er immer besonders viel Sorgfalt. Mit der Durchquerung der Grenzsicherungen hatte er den letzten Abschnitt seines Weges hinter sich gebracht.

Es galt jetzt, den Soldaten an der Grenzstation gegenüberzutreten. Sie wußten zwar nie genau, wann er kam, rechneten aber mit ihm. Wer auch auf Posten war, er erwartete den »Eintrittspreis«. Die Ortschaft, zu der er wollte, lag in drei Kilometern Entfernung an der Paßstraße. Vom Grenzpunkt aus konnte man den Eindruck eines völlig verlassenen Landstrichs haben, durch den sich die Straße ins Tal schlängelte. In Wahrheit aber war die Grenzgegend von der Seite des Nachbarlandes her ziemlich dicht besiedelt. Neben dem Ort, in den er immer zuerst ging, gab es noch mehrere winzige Dörfer, die in geringer Entfernung voneinander lagen. Wann immer er Zeit genug hatte, besuchte er mindestens eines dieser Dörfer, wo der Schnaps billiger war. Diesmal aber wollte er nur in das Städtchen.

Er nahm sich vor, so schnell wie möglich den Rückweg anzutreten. Andernfalls bliebe er die übernächste Nacht und verbrächte einen weiteren Morgen und Nachmittag im anderen Land. Es machte ihm nichts aus, das Minenfeld am Spätnachmittag zu passieren, da das Eingraben der Minen immer viel schneller ging als das Ausgraben und er die Nacht nicht ungern im Freien verbrachte, bevor er in die Stadt zurückkehrte. Aber es zog ihn dorthin zurück.

Auf dem Weg zum Paß dachte er an mögliche Patrouillen, doch die hätten nur mit äußerster Aufmerksamkeit bemerkt, daß das Minenfeld ein Pfad durchzog. Was ihn sonst unruhig machte, daran mochte er nicht denken.

Er stapfte der Grenze entgegen und versuchte sich auf das, was vor ihm lag, zu konzentrieren, ging die Bestellungen durch und schätzte, wie schwer der Rucksack diesmal sein würde.

Am frühen Abend erreichte er die Grenzstation, eine Containerbaracke inmitten von grauem Geröll. Nur die Straße hob sich vom Graubraun der Steinwüste ab, eine helle Schneise. Der Container stand quer zu seinem Weg. Als der Schmuggler herankam, sah er niemanden. Es gab keinerlei Absperrung und, außer der Baracke, keine Markierung der Grenze. Die Tür an einer der Schmalseiten des Containers wurde geöffnet, aber niemand trat auf die kurze Treppe heraus. Man wartete drinnen auf ihn.

Der Schmuggler näherte sich bedächtig und stieß, noch ehe er das Treppchen erreichte, einen lauten Gruß hervor. Er hatte sich angewöhnt, unbekümmert, ja fröhlich vor den Grenzern zu erscheinen, um dem kleinen Abkommen, das sie miteinander hatten, etwas Spielerisches zu geben. Außerdem war es immerhin möglich, wenn auch nicht wahrscheinlich, daß einmal ein Nichteingeweihter dort war, womöglich ein Vorgesetzter.

Er trat in die Baracke und fing die Blicke der vier Soldaten auf. Sie saßen um einen schäbigen Holztisch und aßen. Gewehre lehnten an der Wand. Sofort erinnerte er sich an die quälenden Besuche im Roten Haus. Gleich darauf aber reagierte er, scheinbar unbelastet, auf die Männer. Einer bot ihm einen Stuhl an. Er setzte sich zu ihnen und reichte die Zigaretten herum, die er für diesen Augenblick dabei hatte. Alle vier unterbrachen das Essen und rauchten so genußvoll, als hätten sie ihre eigenen Zigaretten nicht in den Taschen.

Jetzt mußte der Schmuggler mit ihnen plaudern. Seine Rolle war die des unverhofften Besuchers, der die vier von ihrer Langeweile erlöste. Das Problem war die Sprache. Mit allen Soldaten hatte sich die Situation immer gleich entwickelt: Sie sprachen einige verständliche Sätze, und er klaubte alle Brocken, die er kannte, zusammen und ergänzte sie durch Gesten. Die Grenzsoldaten kamen oft aus entfernten Landesteilen und waren immer schwerer zugänglich als die Leute in der nahen Ortschaft, die, weil sie schon vor dem Krieg hier gelebt hatten, beide Sprachen beherrschten. Durch diesen Umstand wirkten die Soldaten wie Besatzer im eigenen Land. Mit der Zeit hatte sich der Schmuggler genügend Wörter angeeignet, um ein einfaches Gespräch in Gang halten zu können. Ganz am Anfang schon hatte er nämlich festgestellt, daß die Fähigkeit, mit den Männern zu sprechen, direkten Einfluß hatte auf die Höhe der Summe, die er bezahlen mußte. Die Soldaten erfüllten ihre Pflicht einem Fremden gegenüber äußerst streng und wahrscheinlich nicht einmal mit dem Hintergedanken, den Preis in die Höhe zu treiben. Es war einfach ein Instinkt.

Wie immer sprach einer von ihnen am meisten, und dieser war der wichtige Mann. Er saß dem Schmuggler gegenüber, lehnte sich beim Rauchen zurück und putzte nach jedem Zug seinen Schnurrbart mit der Oberseite des Daumens. Er fragte nach Neuigkeiten von drüben.

Der Schmuggler überlegte kurz und landete dann bei allen einen Volltreffer mit der Geschichte von den angeordneten 40 °C. Die Männer amüsierten sich, aber nicht wie über einen Witz, eher wie über etwas Wohlvertrautes. Sie nickten und kommentierten mehr als sie lachten.

Damit war das Eis gebrochen, die Baracke war ein Ort außerhalb der normalen Ordnung geworden. Einer der Männer stand auf, zog sich die Hosenträger über den Schultern zurecht und holte einen Blechteller für den Schmuggler. Er bekam seine Mahlzeit und danach Tee. Das Gespräch war nicht mehr so wichtig, da er nun bis nach dem Tee einfach ein Gast war.

So weit er es verstehen konnte, unterhielten sich die vier über die Sommertemperaturen in ihrer Hauptstadt und danach über ein Fußballspiel. Irgendwann entstand eine Pause, die Reihe war wieder an ihm. Er erzählte von der kalbenden Kuh in der alten Hütte, beschrieb genau die Szenerie, die er vorgefunden hatte. Mit dieser Geschichte wußten sie jedoch nichts anzufangen. Alle glotzten ihn an, als suchten sie etwas in seinem Gesicht.

Der Schmuggler nahm einen Schluck, machte eine fortwischende Geste und erzählte ihnen von den Soldaten und dem stehengebliebenen Transporter. Wieder kam Freude auf, die Kuh war vergessen, spätestens in dem Moment, als der Laster den Ruck machte und der Offizier hervorsprang. Wieder war die Vertrautheit größer als das Befremden.

Seinen letzten Schluck Tee süßte der Schmuggler nach, und der sehr junge Soldat gleich neben ihm wollte wissen, warum er das tat. Sein Gesicht war vollkommen glatt, am Kinn wuchs ihm ein Flaum. Der Schmuggler konnte ihn nicht ansehen, als er antwortete. Er rückte seinen Stuhl zurück und stand auf. Der Chef kam hinter dem Tisch hervor und brachte ihn zur Tür. Dort nahm er das abgezählte Bündel Dollarscheine entgegen. Der Schmuggler hob die Hand in Richtung der anderen und reichte sie dem Mann vor sich zum Händedruck. Dann stieg er mit einigen freundlichen Worten die Treppe hinunter und schritt voran.

8

Damals, nach dem Kampf mit dem Jungen, blieb ihm die Begegnung mit Beno nicht erspart. Er ließ ihn nur wenige Tage später von zu Hause abholen durch denselben Mann, den der Schmuggler längst als seinen Verfolger ausgemacht hatte, der ihm durch die Stadt nachlief und auf den belebten Marktstraßen sichtlich unruhig wurde. Nach kurzer Diskussion hatte der Schmuggler seine Frau davon überzeugt, daß es besser war, das Haus ohne Kopfverband zu verlassen. Er trug jetzt einen Turban und ging davon aus, daß seine weiteren Schrammen nicht auffielen. Sorgen bereiteten ihm zu dem Zeitpunkt, als er bestellt wurde, nur seine Rippen. Er glaubte, eine sei gebrochen.

Beno stand wieder in jenem kahlen Zimmer vor ihm, und der Schmuggler saß im Stuhl, darauf bedacht, sich seine Schmerzen nicht anmerken zu lassen.

»Also, erzähl mir davon.«

Der Schmuggler wartete einen Moment und widerstand dem Reflex, wovon? zu fragen. Beno hob den Kopf und blickte in den Raum, als hätte er sich gerade verordnet, die Ruhe zu bewahren. Er atmete schnaufend durch die Nase.

»Was ich von dir will, ist nur eine Auskunft. Bist du dort oben jemand begegnet und, wenn ja, wo? Ich muß dich das fragen. Die Sache betrifft nicht nur dich allein. Hilf mir also.«

So ging es weiter, bis der Schmuggler mit seinem Schweigen die Grenze des Zumutbaren erreicht hatte.

»Was wollt ihr? Es ist nichts Wichtiges geschehen.«

Mit diesem »ihr« hatte der Schmuggler seine Sicht der Situation ins Spiel gebracht. Beno fühlte sich jetzt nicht mehr an sein Vorhaben gebunden, ein Gespräch unter alten Bekannten zu führen. Flink huschte er um den Tisch und stützte die Handflächen darauf.

»Dein Junge ist vorgestern verhaftet worden, zusammen mit drei anderen, von denen zwei nachweislich iranischer Abstammung waren. Er hat jetzt größere Schwierigkeiten als du.« Benos Stimme hatte sich verändert, sie war gleichförmig geworden wie die eines Nachrichtensprechers. »Was jetzt auch geschieht, es ist von außen kaum noch zu beeinflussen. Das Gespräch ist beendet.« Er stieß sich von der Tischplatte ab und stand sehr gerade vor dem eingedunkelten Tageslicht im Fenster.

Als der Schmuggler damals über den wie immer leeren Exerzierplatz zurückging, hatte er nicht das Gefühl des Aufgestörtseins. Er war umschlossen von einem Druck, der alles um ihn schwer und unbeweglich zu machen schien. In der Erinnerung war es eine Art Stille, die ihn umgab, als würde er durch undurchdringlichen Nebel laufen. Sobald er aber die Umzäunung des Roten Hauses hinter sich gelassen hatte und sich inmitten des alltäglichen Treibens der Stadt befand, wußte er, daß er in die falsche Richtung gegangen war. Alles, was er tun konnte, tun mußte, war nur über das Rote Haus möglich. So kehrte er um, und man ließ ihn wissen, daß er am nächsten Tag wiederkommen solle.

Heute wußte er dieses Abgewiesenwerden zu deuten. Der Sinn bestand in genau dem, was folgte: Er begann die Stunden zu zählen, und mit jeder weiteren wurde ihm klarer, daß es die letzte seines Sohnes gewesen sein könnte. Es war ihm unmöglich, mit diesem Wissen nach Hause zu gehen und so zu tun, als sei alles in bester Ordnung, wie er es anfangs vorhatte. Er konnte überhaupt nichts tun, außer zu warten.

In dieser Nacht hielt er sich an keinem Ort länger als drei Minuten auf. Die Stadt war klein, und irgendwann setzte er sich unter einen Zwerg von Baum an der Landstraße nach Süden und kaute auf Grashalmen herum. Kurz vor Morgengrauen, er lief bereits wieder umher, kam ihm der Gedanke, einen guten Eindruck machen zu müssen, wenn er vorstellig wurde. Er ging nach Hause, wusch sich und zog sich um. Dabei kam ihm ein weiterer Gedanke, der ihn bis heute verfolgte: Er sah die Verbindung zwischen der Begegnung mit dem Jungen, der ihn berauben wollte, und dem Böckchen ganz deutlich. Auf eine schwer erträgliche Weise wurden nicht nur beide Ereignisse, sondern beide Jungen eins, und es gelang ihm nicht mehr, sie zu trennen. Die Bedeutung des Zusammentreffens war zu groß, als daß sie hätte zufällig sein können. Er hatte seinen Jungen aus den Augen verloren, als er auf den anderen gestoßen war – oder umgekehrt. Der Sinn dieser Begebenheit war aus jedem Blickwinkel der gleiche.

Als es endlich soweit war, führte man ihn nicht in Benos Zimmer. Er lief einem Soldaten durch dunkle, schmutzige Korridore nach und stand schließlich vor einem beleibten Mann mit undefinierbarem Gesichtsausdruck, der, die Klinke in der Hand, an der offenen Tür seines Zimmers auf sie wartete. Er achtete nicht weiter auf den Soldaten, welcher ruckartige Bewegungen vollführte, hob den freien Arm und schob den Schmuggler in den Raum.

Drinnen war es noch karger und dunkler als bei Beno. Niemand hätte zu sagen vermocht, was oder woran hier gearbeitet wurde. Der Raum wirkte mit dem Schreibtisch, den zwei Holzstühlen und der großen Stehlampe wie das grobe Modell eines Büros. Auf dem Tisch lag nichts außer einem Kugelschreiber, tatsächlich in olivgrüner Armeefarbe. Der Schmuggler hätte in einer anderen Lage darüber gelacht. Der dicke Mann lotste ihn zum Stuhl und ließ ihn nicht los, bis er saß. Das Fenster ging auf den Hof hinaus, und der Schmuggler konnte erkennen, wie groß der schmutzigweiße Gebäudekomplex war, der einen Sandplatz mit großem Erdhaufen in der Mitte wie eine Zange umschloß.

»Worum geht es also?«

Der Schmuggler war so erstaunt über die Frage, daß er nicht antworten konnte. Der dicke Mann saß ihm gegenüber, blickte vor sich und nahm den Kugelschreiber in die Hände. Er spielte damit herum und wartete einige Sekunden, bevor er in unverändertem Tonfall nochmals fragte: »Worum also?«

Der Schmuggler begriff, daß dieser hier, anders als Beno, nicht zu philosophischer Weitschweifigkeit neigte. Er war jetzt weiter in das Rote Haus vorgelassen worden als je zuvor. Hier war es stiller als vorn. Da der dicke Mann aber möglicherweise die letzte Chance für seinen Sohn darstellte, besann er sich und sprudelte alles hervor, was ihm einfiel. Er begann mit dem Schuhtotem am Weg und endete mit dem Böckchen. Dabei aber verschmolz er alles so miteinander, daß er noch einmal mit seinem Sohn begann und erst abrupt endete, als der Mann den Kugelschreiber sorgfältig vor sich legte und den Kopf hob. Er starrte den Schmuggler aus trüben, aber wachsamen Augen an, in denen auch eine beherrschte Unsicherheit lag. Er lächelte, als wollte er sein Gegenüber aufmuntern, ließ es dann aber wieder, schürzte kurz die Lippen wie zu einem Kuß in die Luft und entspannte sein Gesicht.

»Du willst mir also sagen, daß du deinen Jungen suchst.«

»Ist denn nichts über ihn bekannt?«

Der Mann nickte vor sich hin. »Er ist ein Krimineller, ein Dieb und wahrscheinlich auch ein Saboteur. So viel wissen wir über ihn. Aber was weißt du eigentlich über ihn? Wohl nicht sehr viel – oder sagst du es uns nur nicht?«

Wieder überschlug sich der Schmuggler, als er versuchte, alles zusammenzubringen, was er über das Böckchen wußte. Am ununterbrochenen leichten Nicken des Mannes erkannte er, daß nichts, was er sagte, von Interesse war. Dennoch sprach er zu Ende, füllte die Zeit, die er hatte, mit seinen Worten, um überhaupt etwas zu tun. Dann schwieg er. Die Schatten an den kahlen Wänden schienen zu flackern oder zu zucken, ein Phänomen, das er sich nicht erklären konnte. Vom Gang her waren

Schritte zu hören, aber keine einzige Stimme. Auch der dicke Mann sprach sehr leise. Vorher hatte er die Lampe eingeschaltet und sie so gedreht, daß die leere Tischplatte zwischen ihnen grell beleuchtet wurde und der Kugelschreiber scharfgezeichnet wie ein Ausstellungsstück dalag. Ein unangenehmer Gummigeruch entströmte dem knisternden Gehäuse der Lampe.

»Du weißt, daß mich nicht interessieren muß, was du sagst.« Durch das Licht schienen sie in einem zweiten, bedrückend engen Raum zusammenzusitzen. »Das weißt du. Du kannst dich auch fragen, wer du bist, daß es mich interessieren sollte.« Er blickte rasch hoch, und der Schmuggler begann nach kurzem Zögern zu nicken und verfiel mit diesem Nicken in eine lange vergessene, aber sicher erlernte Verhaltensweise. Er nickte stärker, wie zu sich selbst, und sagte in beteuerndem Tonfall, daß er das wisse und niemals hergekommen wäre, wenn nicht –

Darauf hatte der dicke Mann gewartet, um seinerseits gütig nicken zu können und die Hand zu heben, die dem Schmuggler zu schweigen bedeutete.

»Du bist ein geduldeter Kleinkrimineller«, hob er erneut an. »Geh jetzt, wir werden sehen.« Er erhob sich, schaltete die Lampe aus und ging betont langsam zur Tür.

Der Schmuggler wußte, daß dies die letzten Sekunden waren, die er hatte. »Bitte«, sagte er, »wann darf ich wiederkommen. Bitte – eine Zeit.«

Der dicke Mann nickte wieder und ließ ihn bis an die bereits geöffnete Tür kommen, bevor er flüsterte: »Du wirst morgen abgeholt.«

Sie kamen am nächsten Tag in aller Frühe, zwei unauffällig gekleidete Bewaffnete in einem dunkelgrünen Landrover. Vor dem Haus ließen sie den Motor laufen und warteten. Seine Frau nestelte mit hektischen Handgriffen an der Kleidung des Schmugglers und forderte ihn auf, an das Geld zu denken und es wem auch immer zu geben. Ihre Augen waren übernächtigt und traurig, als er sie, zum Abschied und wie um das Glück an seinen Fall zu erinnern, auf die Stirn küßte.

Der Gedanke an den Jungen hatte sie beide so beschäftigt, daß er sich, erst als er in den Wagen stieg, zu fragen begann, was diese Leute mit ihm vorhatten. Fast verwundert nahm er wahr, wie in all der Bedrückung noch Raum war oder gerade entstand für die Sorge um sich selbst. Immerhin hatte er, törichterweise, wie er inzwischen wußte, Beno gegenüber Auskünfte verweigert. Welche Folgen konnte das haben? Die beiden Männer vorn schwiegen, aber offenbar absichtslos. Der eine trommelte irgendwo mit den Fingern, während der Fahrer öfter in den Rückspiegel blickte als nötig.

Sie fuhren ihn südwärts aus der Stadt hinaus. Der Schmuggler überlegte, was ihr Ziel sein könnte. Auf keinen Fall wollte er fragen; es schien ihm überhaupt vermessen, in seiner Situation als erster das Wort an die beiden zu richten.

Nach einer halben Stunde Fahrt bogen sie in eine für Zivilfahrzeuge gesperrte Straße ein. Sie war asphaltiert und führte gut sichtbar zwischen die Hügel des hier staubtrockenen Landes.

»Jetzt wirst du was erleben«, warf ihm der Beifahrer plötzlich über die Schulter zu. Nach einigen Sekunden wandte er sich noch einmal um und lächelte den Schmuggler freundlich und ohne jede Verstellung an.

Der wußte nicht, was er davon halten sollte, und lächelte angestrengt zurück. Aber sein Herz begann heftig zu schlagen in Erwartung dessen, was der Mann meinen konnte. Möglich, daß er die ganze Zeit Illusionen darüber hatte, wohin ihn diese Männer brachten: Er sah einen Friedhof vor sich, ein offenes Grab, für sich oder für das Böckchen. Er schaute durch die zweigeteilte Scheibe in die kaum bewachsene Landschaft, auf das vorbeifliegende Dornengestrüpp am Straßenrand, und schwieg, ohne es zu können.

»Das hast du bestimmt noch nie gemacht. Wird dir gefallen.« Der Mann lachte wieder, als wäre das ein Schuljungenspiel, der Schmuggler reagierte nicht mehr.

Hinter einer kahlen Hügelkette schoß der Wagen in eine

gelbbraune Ebene, auf eine Ansammlung größerer Gebäude zu. Überall lagen flache, helle Steine herum, unter denen, wie herausgepreßt, die kurzen Schatten hervorquollen. Stacheldrahtbewehrte Zäune zeigten an, daß sie sich auf Polizei- oder Armeegelände bewegten. Dann wurden zwischen den blechgedeckten Baracken die Helikopter sichtbar, große Militärmaschinen in Tarnfarben und mit überdimensional langen Rotorblättern, die, wie erschlafft, leicht nach unten wiesen. Ehe der Schmuggler das Gesehene begreifen konnte, hielt der Wagen. Vor einem langgestreckten, niedrigen Gebäude stiegen sie aus. Der Fahrer machte eine Handbewegung, und der Schmuggler blieb stehen, wo er war.

Er bemerkte, daß er stark schwitzte, und bemühte sich, seine Konzentration auf die Umgebung zu richten. Er erkannte in den großen Gebäuden Hangare und in den kleinen Verwaltung und Mannschaftsunterkünfte. Antennen durchstießen die Staubglocke und ragten in den Himmel. Männer in Arbeitskleidung, die immer wieder auftauchten, beruhigten ihn ein wenig. Es war jedenfalls kein Gefängnis, wo er sich befand.

Aus dem Gebäude kamen Soldaten. Seine beiden zivil gekleideten Begleiter blieben am Eingang zurück, und jener, der Beifahrer gewesen war, lächelte dem Schmuggler tatsächlich zu und sah ihm noch nach, als die Soldaten ihn mitnahmen. Wahrscheinlich bedauerte er, nicht dabeisein zu können.

Der Schmuggler wurde zu den Helikoptern gebracht und in eines der Ungetüme hineingesetzt. Nie in seinem Leben hatte er etwas auch nur Ähnliches gesehen. Innen gab es unerwartet wenig Platz und nur lukengroße Fenster. Jede Bewegung in diesem Innern hallte blechern. Soldaten stiegen zu, bis es so eng wurde, daß er den Kopf zur Bordwand drehte, um atmen zu können. Dann ertönte das Donnern des Rotors, es steigerte sich, ließ die Fenster blind werden von aufgewirbeltem Sand und riß sie schließlich alle aufwärts, heraus aus der Trübe ins gleißende Licht des Vormittags. Der Schmuggler spürte seinen Magen, stieß mit der Wange gegen die vibrierende Bordwand und fühlte das Gewicht des Soldaten neben sich an seiner Schulter. Im Fenster zogen die Hügel mit ihrem fleckenweise krausen Bewuchs vorbei, und das Blau des Himmels stand seltsam schräg. Der Lärm schien ihm anfangs unerträglich, nach einiger Zeit aber verschmolz er mit der Vibration, und der Schmuggler wurde von ihm durchdrungen wie alles in dem Gehäuse.

Die Stadt sauste heran und unter ihm hinweg. Er versuchte zu verstehen, wie die Gassen und Straßen von oben aus verliefen, immer wieder erkannte er etwas, um es sogleich aus den Augen zu verlieren. Plötzlich aber blieb sein Blick hängen an einer Erscheinung in weiter Ferne, etwas, das sich nicht veränderte und sofort wiederzuerkennen war: Der Fluß war ein türkisblauer Schnitt in dieser hellen, fast hautfarbenen Landschaft. Er kam mehr und mehr heran und blieb doch sein Fluß, breit und träge. Erst als sie direkt über ihm waren, jagten auf seiner Oberfläche Wellenbuckel auseinander. Der Fluß war wie der Rand einer Seite, die der Schmuggler sehr oft und aufmerksam gelesen hatte. Jetzt war sie aufgeschlagen, und er erkannte alles auch aus der Höhe wieder. Zum ersten Mal sah er die ganze Landschaft, die seinen Pfad in sich trug wie eine unsichtbare Narbe. Er preßte das Gesicht gegen das dicke, schmutzige Glas des Fensters und identifizierte nacheinander, was er von unten her kannte, einzelne Gipfel, ganze Bergketten, sogar Bäume.

Wieder spürte er seinen Magen und stieß zudem mit dem Kopf an die Wand, als der Helikopter tiefer sackte und sich leicht schräg gegen die fliehende Erde stellte. Er wollte sich erneut an das Fenster drücken, da spürte er die Hand eines der Soldaten auf der Schulter. Er fuhr aufgeschreckt herum, und der Mann mit grauem Schnurrbart und grauen Augenbrauen kam nah an ihn heran.

»Wo gehst du dort unten? Zeig es!«

Der Schmuggler nickte hastig und wandte sich wieder zum Fenster. Sie flogen sehr tief. Den Gipfeln über der Grenze nach zu urteilen, waren sie zu weit südlich in das Grenzland eingeflogen. Das sagte er dem Soldaten, und dieser gab es nach vorn weiter.

Die Landschaft unten zog abrupt seitwärts davon, und die Gipfel in der Ferne wurden dem Bild, das der Schmuggler von ihnen hatte, tatsächlich immer ähnlicher. Er starrte hinab auf den Erdboden, und plötzlich sah er seinen für jeden anderen unsichtbaren Pfad zwischen Sträuchern und Geröll, erkannte das Plateau und hob ohne zu überlegen die Hand.

Der Soldat rief etwas nach vorn, und alles kippte zur Seite, als der Helikopter in einem engen Halbkreis wieder auf die Stelle zustürzte. Der Schmuggler spürte, wie seine immer noch erhobene Hand ergriffen wurde. Der Grauhaarige preßte sie.

»Zeig, wo du ihnen begegnet bist!«

Es war keine Zeit, etwas zu erklären, zu schnell legte der Helikopter die Strecke zurück, für die er sich Stunden Zeit nahm. Aber er brauchte nicht mehr zu suchen, sondern wies auf die Stelle und beschrieb sie. Erst jetzt sah er, daß einer der Männer vor ihm aufmerksam zugehört und das Beschriebene in eine Karte eingezeichnet hatte. Der ältere Soldat gab ein Kommando nach vorn, und der Helikopter drehte ab.

Der Schmuggler warf einen letzten Blick hinaus auf seinen Pfad, den er wohl nie wieder so zu sehen bekommen würde. Klein und unbedeutend erschien er, und doch hatte er nie stärker als in diesem Moment die Gewißheit, daß er ihm allein gehörte in der Ruhe seiner einsamen Märsche und mit all seinen Schrecken.

Die Soldaten entließen ihn, vom Lärm betäubt, ohne weitere Worte. Auf der Rückfahrt konnte der muntere der beiden aus dem Roten Haus in den ersten Minuten kaum an sich halten. Er rückte auf dem Sitz herum, trommelte wieder mit den Fingern und pfiff durch die Zähne. Dann ruckte sein Kopf herum, und der Schmuggler sah das lachende Gesicht.

»Jetzt willst du dort nicht mehr laufen, wo du gesehen hast, daß es solche Apparate gibt, nicht?« Er lachte noch breiter, und der Schmuggler nickte wieder.

Dieser junge Mann hielt den Schmuggler für einen stumpfen Hinterwäldler, der noch nicht zur Kenntnis genommen hatte, daß die Menschen inzwischen fliegen konnten. Er tat das ohne nachzudenken, einfach aus einem Überlegenheitsgefühl, das alle aus dem Roten Haus und wahrscheinlich auch alle Militärs teilten.

»Sieh doch, wer läuft dort schon noch, wenn man auch fliegen kann. Es gibt noch kleinere davon, die sind wendig und haben große Fenster und können in der Luft stehen. Wir müssen dort nicht laufen, weil es solche Maschinen gibt.« Er wandte sich wieder nach vorn, der Schmuggler hörte mit dem Nicken auf. »Der ist noch ganz benebelt«, sagte der Mann zum Fahrer.

Sie setzten ihn vor seinem Haus ab, wie es ihre Anweisung offenbar forderte, und er mußte zum Roten Haus laufen. Dort wartete er in einem der Korridore, und wie zum Trost sagte ihm Beno, als er endlich einmal bei ihm vorbeikam, er müsse Geduld haben und jetzt, da die Dinge nun einmal so lägen, das Warten lernen. Aber das Warten lernte er nie in all der Zeit. Er und seine Frau taten es einfach, weil ihnen nichts anderes übrigblieb.

Dieses Warten allerdings veränderte sich. Allmählich wurde das, was er anfangs noch für ein Privileg von unschätzbarer Bedeutung, eine echte Chance für seinen Sohn gehalten hatte, zu einem Fluch: die Bekanntschaft mit Beno. Etwa nach dem ersten Jahr wußte er, daß es weitaus besser für ihn gewesen wäre, wenn er niemanden gekannt hätte, der mit dem Verschwinden in Verbindung stand, wenn Nachforschungen ausgeschlossen gewesen wären. Er begann sich zu fragen, was die Innere Sicherheit damit bezweckte, ihm zwar immer wieder Zutritt zu gewähren, ihn aber dann doch hinzuhalten. Gut, dachte er, erst benutzten sie ihn, danach aber hatte es keinen erkennbaren Sinn. Es hatte auch nichts mehr mit Beno zu tun; ihn traf er nur noch selten, die Leute, die mit ihm sprachen, wechselten.

An einem dieser monatlichen Besuchstage, nach etwa einem Jahr, stand er wie immer in einem zugigen Korridor und wartete auf jemanden, der ihn erkannte und auf ihn zukam. Er wich einem dunkelhäutigen Lieferanten aus, der mit einem geschulterten, schmutzigen Leinensack durch den Gang stolperte, betrachtete zwei zivil gekleidete Männer mit gewaltigen, schneeweißen Hemdbäuchen, die Arm in Arm gingen. Er wartete schon lange, und als er die beiden verschwinden sah, wagte er sogar, ihnen nachzugehen. Heute war er sicher, daß es ihm einfach darum ging, etwas anders zu machen als sonst, die immergleiche Prozedur des Wartens und der Enttäuschung zu durchbrechen.

Die beiden Männer waren längst verschwunden, die Gänge wurden immer schmutziger und waren, wo es keine Fenster gab, von matten gelben Lampen beleuchtet. Wem er auch begegnete, er ging mit kurzem Seitenblick an ihm vorbei. Als er so weit gekommen war, daß er vor dem Übergang zu einem weiteren querverlaufenden Trakt stand, musterte er die Tüten, Flaschen und Papierreste, Decken und sogar Schuhe, die überall herumlagen und sich in den Ecken häuften. Da wußte er, daß das Rote Haus nur irgendein Ort war, einer, der in keiner wirklichen Beziehung mehr zu seinem Sohn stand. Die einzige Verbindung zwischen dem Böckchen und dem Roten Haus war er selbst, der Monat für Monat wiederkam. Man empfing ihn nur noch, weil es sich eingebürgert hatte.

Diese Erkenntnis machte ihn auf eine gewisse Weise innerlich stumpf, und aus dieser Stumpfheit heraus kam er dann doch immer wieder. Der Zustand hielt sehr lange an und wich erst einer wiederum anhaltenden Betäubung, als Beno ihm viel, viel später, gleichsam alles abschließend, ein paar Worte zu dem Jungen sagte.

Bis dahin mußten der Schmuggler und seine Frau nicht lernen, sondern einen Weg finden zu warten. Sie bewerkstelligte es, indem sie zu schweigen begann von allem, was den Jungen betraf. Um ihn bei sich zu behalten, tat sie etwas, das sie früher nie getan hatte: sie betete. Es war für den Schmuggler ein ungewohnter und trauriger Anblick, sie fünfmal am Tag am Boden in einer Ecke des Zimmers zu sehen, verhüllt von einem undurchsichtigen Kopftuch, scharrend und wispernd, aufrecht mit gebreiteten Armen und wieder zu Boden sinkend. Sie wirkte dadurch auf ihn gealtert oder auch nur angenähert an die gesichtslose Masse älterer Frauen, die sehr oft zum Glauben fanden.

Er empfand ihr Schweigen von Anfang an als unerträglich, doch er versuchte es auch nie zu brechen. Sie wurde für seine Augen kleiner, seit sie betete, ihr etwas knochiges Gesicht war, umrahmt vom hellen Tuch, noch dunkler. Sie vermied es nun auch, seine Touren zu kritisieren und ihn an die Gefahren zu erinnern, wahrscheinlich, um nicht auch nur eine Ahnung des Vorwurfs aufkommen zu lassen. Er fühlte sich mit jedem Tag ein wenig mehr schuldig, als er es ohnehin war. Und ihr Lächeln veränderte sich. Es legte sich, wenn sie miteinander sprachen, so unabwendbar, so würdig auf ihr Gesicht, daß er das Zimmer verlassen mußte. Dieses Lächeln hatte nichts mehr mit ihm oder dem Böckchen oder ihr zu tun. Es kam von außen; es war fremd und wollte, verhalten und doch zudringlich, kleinmütig und anmaßend zugleich, etwas Unheilbares heilen.

Einige Wochen nach seinem Helikopterritt rollten im Morgengrauen Mannschaftswagen durch die Stadt und in die Ebene hinaus. Im Rücken einer Vorhut von Minenräumern drangen Truppen in das Grenzland ein. Aus Benos Mund hörte der Schmuggler bei einem seiner Erkundigungsbesuche im Roten Haus das Wort für das, was sie dort suchten: Freischärler. Von nun an geisterte dieses Wort herum, und jeder, der es aussprach, schien sehr genau zu wissen, was damit gemeint war.

Der Schmuggler aber konnte nie eine Verbindung herstellen zwischen dem, was jetzt geschah, und jenem zerlumpten Jungen, den er niedergeschlagen hatte. Gewiß, es hieß, die Freischärler würden in Maulwurfsgräben »operieren«, die noch vom Krieg herrührten und vom Feind angelegt worden waren. Er aber war nur auf einen Jungen mit einem jener Holzgewehre getroffen, die von schlecht ausgerüsteten Soldaten zum Exerzieren benutzt werden. Und das machte sein Bild von dem Gegner, der im Grenzland lauerte, vollständig: eine Kinderarmee mit Spielzeugwaffen, schlimmstenfalls.

Er wartete, bis die Aktion beendet war, bevor er wieder losging, und er wartete auf die Rückkehr des Böckchens. Irgendwann schüttelte Beno nur noch wortlos den Kopf, wenn er im Roten Haus auftauchte.

Auch von den Leuten in der Stadt konnte er nichts erfahren. Er begegnete im Teehaus einem gerade entlassenen Sträfling, der in einem der großen Gefängnisse im Süden eingesessen hatte. Die über das Holztischchen und eine Zeitung gebeugte Gestalt fiel dem Schmuggler zunächst nur wegen ihrer befleckten Jacke auf. Ein Regenguß sorgte dafür, daß sich die zumeist dünnen, älteren Männer zwischen Stützbalken und Bänken drängten, sie storchten über am Boden abgestellte Gläser und schwatzten dabei. Die auch am Tage, wann immer es Strom gab, brennende Lampe in dem alten Gemäuer war in Schwingung geraten. Ihr Lichtschein überstrich wie aus Teig geformte Wände und die furchigen Gesichter überall.

Er ließ auch die grauen Bartstoppeln des Mannes aufglänzen, dessen Mund tonlose Worte formte.

Der Schmuggler wußte nicht, woher der Mann kam, aber er ahnte, daß er jene andere Seite gesehen hatte, die sich immer und überall hinter den Alltagsworten und den friedlichen Häusern zeigen konnte. Sie hatte für ihn nur noch mit dem Böckchen zu tun, deshalb setzte er sich zu dem Mann auf die Bank, sprach ihn höflich an und flocht ein, daß es einen sehr persönlichen Grund dafür gab. Der andere schien keineswegs überrascht, er bezog den Schmuggler sofort in seine Gedanken ein, deren er sich offenbar kaum erwehren konnte. Es dauerte etwas, bis ihm die Frage nach seiner Vergangenheit zuzumuten war. Der Schmuggler überbrückte diese Zeit mit aufmerksamem Zuhören und bekräftigenden Kommentaren. Es ging um die Verantwortlichkeit des Auslandes für die gegenwärtige Misere, allerdings wollte sich der Mann das, was er dazu vorbrachte, selbst nicht so recht glauben. Er korrigierte sich ständig, und der Schmuggler meinte zu bemerken, daß er, aus Angst vor der Lösung seines Problems, darum herumredete. Er war vielleicht Mitte Dreißig, ergraute Locken lagen inmitten der dunklen wie feine Rauchkringel auf seinem Kopf, die zarten Hände ruhten wie abgestorben auf der Zeitung.

Schließlich fragte ihn der Schmuggler, seiner Ahnung folgend, ob er etwas über die Gefängnisse wisse. Der Mann riß die kleinen, weit auseinanderstehenden Augen kurz auf wie ein Schauspieler und wedelte den Rauch seiner Zigarette beiseite. Er schüttelte verneinend den Kopf, sagte dann aber doch, sie seien von innen nicht so groß, wie sie von außen wirkten. Wenn er dort jemanden hätte, brauchte er nicht hinzufahren, denn es komme ohnehin niemand hinein und heraus nur, wem das Glück treu sei. Dem Schmuggler fiel keine rechte Frage mehr ein, und so erzählte er ihm einfach von seinem Sohn. Der Mann behielt den von Stimmen und Bewegungen erfüllten Raum im Auge, wirkte abwesend, bis er auf eine unbenutzte Wasserpfeife am Boden starrte. Hochkonzentriert führte er den Zeigefinger seiner rechten Hand an den Mund, befühlte die Innenseite der Unterlippe und seine dunklen Zähne. Als er den Finger aus dem Mund genommen hatte, sagte er, daß er fast zwei Jahre im Gefängnis gewesen sei und daß es dort einen eigenen Trakt für die Politischen gegeben habe. Er sei immer dunkel gewesen und nie, zwei Jahre lang, sei ein Geräusch von dort zu hören gewesen. Von einem Fenster aus habe er jede Woche die Wagenkolonnen der westlichen Kontrollkommissionen vorbeifahren sehen, aber die hätten etwas anderes gesucht. Er blickte den Schmuggler kurz eindringlich an, für einen Moment schien er den anderen wirklich zu sehen, und etwas wie Bedauern lag in seinem Blick. Dann erhob er sich, rollte die Zeitung übertrieben fest zusammen und ging ohne ein weiteres Wort.

Es geschah etwas Seltsames mit dem Schmuggler: Er konnte, vollkommen bewußt wie ein Zuschauer, wahrnehmen, wie er ein Phantom hervorbrachte. Vor dessen Verschwinden hatte er den Jungen etwa drei Wochen nicht gesehen, und es waren diese drei Wochen, über die er nicht hinwegkommen konnte. Nun aber bedeuteten sie nichts mehr, und seine letzte Begegnung mit dem Böckchen fand in jenem Maulwurfsgraben statt; er konnte die beiden, den Dieb und seinen Sohn, nicht mehr voneinander trennen. In der Erinnerung galten die Aktionen der Armee im Niemandsland der Vertreibung seines Sohnes. Aber niemand konnte ihn vertreiben, das wußte der Schmuggler, nachdem er, erstaunt und erschreckt zugleich, erlebt hatte, daß der Junge nicht an eine Person gebunden war. Es war seine tiefste Angst und doch auch die größte Erwartung, ihm wiederzubegegnen.

9

Es war Nacht, als er die Siedlung erreichte. Da nirgendwo Lichter brannten, erkannte er sie zunächst nicht. Er folgte noch blind der Straße unter den Sohlen. Das erste, etwas zurückgesetzte Haus ließ ihn erwachen. Die dunklen Fensterhöhlen schienen sich in den Hang hinein zu öffnen, der tiefelos mit dem Haus verschmolz.

Der Schmuggler bog in eine der Gassen, konnte aber in der grauen Dunkelheit nicht sicher sein, daß es die richtige war. In einigen Metern Entfernung schlug ein Hund an, den er sehen konnte. Das schwache Sternenlicht genügte, ihm die Kontur fein wie in Staub gezeichnet zu zeigen, das Hin und Her der drängenden Bewegungen und eine Ahnung vom Glanz der Augen. Die ansteigende Gasse führte ihn direkt vor das Haus seines Schwagers. Er bewegte sich vor den Fenstern, ging an die Tür und klopfte.

Der Verwandte war eigentlich ein Freund aus den Zeiten vor dem Krieg. Er bereitete dem Schmuggler keinen großen Empfang, umarmte ihn kurz und ging voraus zum Zimmer. Der Schmuggler bedankte sich und entließ ihn aus der für diese Jahreszeit schon kühlen Nachtkammer.

Zwischen den gestapelten Pappkisten der von Zarik herbeigeschafften Geräte, Tüten voll von ausrangiertem Hausrat und einigen wenigen Büchern kauerte er auf der Matratze und fühlte sich ankommen. Mit schwachem Ruck stand er auf und öffnete das kleine Fenster. Es zeigte ihm die Dunkelheit, aus der er gekommen war. Er rauchte, und der junge Soldat an der Grenze fiel ihm wieder ein. Nicht für eine Sekunde war er sich im Unklaren darüber, worin der Grund für seinen überstürzten Aufbruch gelegen hatte. Junge Menschen, vor allem Männer, ähneln sich äußerlich oft mehr, dachte er, als sie glauben. Es sind Bewegungen, Gesichtsausdrücke. Hier war es der Ansatz eines Kinnbartes gewesen, den genau so auch sein Ältester hatte, bevor er verschwand. Dreizehn Jahre, dachte der Schmuggler, in diesem Alter kann man einfach nicht verschwinden. Er glaubte, körperlich zu empfinden, daß zu einem dreizehn Jahre langen Leben das Ende einfach nicht gehörte. Wie ein kräftiger Schlag, ein Wurf konnte es nicht abgefangen werden, es mußte sich in irgendeiner Weise fortsetzen. Der Gedanke, daß es dies nur dadurch tat, daß er immerfort daran dachte, brachte ihn kurz aus der Fassung. Nur seine Erschöpfung schützte ihn vor Aufregung, aber allmählich fühlte er sein Herz schlagen und jeden Atemzug schwer werden.

Er trat dicht vor das Fenster und starrte hinaus, grub seinen Blick in das Dunkle und den Wind. Vor dem Licht in der Kammer wirkte es schwarz, und es wurde nicht heller vom Starren, nur weicher, durchlässiger, ohne etwas freizugeben.

Ausgestreckt auf dem Lager, sah er seinen Pfad dicht vor sich, eine Reihe asphaltgrauer Löcher in grauem Boden. Sie lagen viel dichter beieinander als in Wirklichkeit, und sie bildeten eine gerade Linie. Der Schmuggler fuhr auf, das Geräusch der Tür hatte sich in den Raum gedrängt. Sein Schwager stand vor ihm, in der einen Hand eine Öllampe, in der anderen die Klinke. Der Schmuggler nickte ihm zu und beruhigte sich.

»Hast du inzwischen etwas von deinem Jungen gehört?«

Der Schmuggler blickte den Mann aus großen Augen an und schüttelte den Kopf. Der andere nickte schwach und sagte noch einmal: »Gute Nacht«.

Wieder in der Dunkelheit, fiel dem Schmuggler sein Neffe ein, mit dem er vor Tagen gefrühstückt hatte. Er dachte an dessen Blick, der alles an ihm und um ihn abzusuchen schien. Woraufhin nur, dachte er. Wahrscheinlich suchte sein Neffe Hinweise auf das Leben, die Vergangenheit, vielleicht sogar die Zukunft seines Gegenübers, die der Schmuggler ihm so nicht geben wollte. Er forschte nach dessen Charakter und war sich dabei sicher, diesen auch finden zu können, wenn er nur aufmerksam genug war. Warum war er sich darin so sicher? Alles, was er sehen konnte, beruhte mehr oder weniger auf Zufällen: Das Haus hatte seine ältere Schwester, bei der der Schmuggler vor der Tour Unterschlupf gefunden hatte, erst in diesem Jahr bezogen; auch die Kleidung, die er damals getragen hatte, war, bis auf Mantel und Stiefel, am Tag zuvor gekauft. Selbst die Tatsache, daß der junge Mann vor ihm saß, stellte doch ein zufälliges Zusammentreffen dar. Mußte der Gast, so fragte er sich, nicht wenigstens seine Familie kennen, um etwas über ihn zu erfahren, seine Frau, seine drei, nein, zwei Söhne? Warum sucht er etwas in meinem Gesicht und in den paar Belanglosigkeiten, die ich von mir gab? Weil er glaubt, alles sei in mir versammelt wie in einem Bild. Dieser von fernher kommende Verwandte, fiel dem Schmuggler jetzt auf, tat genau das, was Beno damals zu erklären suchte: Er wollte ihn in seine Ordnung bringen, seine Fragen waren die eines Entdeckers.

Es klopfte wieder. Der Schmuggler richtete sich auf und erwartete Zarik, doch es war seine Schwester. Sie hatte keine Lampe, huschte in den Raum und stand im Dunkeln vor ihm. Er lächelte ihr zu und wußte doch, daß sie es kaum sehen konnte. Er erhob sich, tastete vorsichtig auf sie zu und legte kurz die Arme um sie.

»Laß uns hinausgehen«, flüsterte sie.

Ihm war die Ablenkung willkommen. Als er den Mantel überzog, konnte er die Augen nicht vom Fenster lösen, als wäre es der Ort, wohin sich seine Gedanken zurückgezogen hatten.

Sie schlichen durch das Haus und gingen in den Vorgarten. Er stützte die Unterarme auf das Eingangstor und blickte auf den Weg. Draußen, fiel ihm auf, war die Nacht wieder ganz anders als vom Zimmer aus: Die Gedanken kamen nicht mehr aus der Dunkelheit zu ihm. Er lauschte auf die schleifenden und raschelnden Geräusche, auf das Nesteln des leichten Windes in den Bäumen. Überall war Bewegung, er hätte gesagt: ein langsames, ein verstohlenes Wandern. Nie war sicher, ob man Tiere hörte oder sie nur zusammensetzte aus den Regungen unbelebter Dinge.

Sie fragte wie immer zuerst nach ihrer Schwester und den Kindern.

»Es geht allen gut«, sagte er, ohne sich zu ihr zu wenden. »Sie hat sogar Besuch von weither. Einen Forscher.«

»Wer ist es?«

Er erzählte ihr, was er über den Besucher wußte. Dabei fiel ihm auf, daß es nicht sehr viel war. Für einen Verwandten, auch wenn er ihn zuvor kaum dem Namen nach gekannt hatte, hätte er eigentlich mehr Interesse aufbringen müssen. Es war die Zeit, dachte er, keine gute Zeit. Andererseits hatte es für einen Besuch von außerhalb schon lange keine wirklich gute Zeit mehr gegeben.

Sie stieß ihn sacht an, und er starrte ihr in die Augen.

»Hattest du Schwierigkeiten an der Grenze?«

Er schüttelte müde den Kopf. »Alles wie üblich.«

Nach den Minen fragten ihn weder sie noch ihr Mann jemals. Über diesem Thema lag ein Bann. Darüber reden schien für alle zu bedeuten, das Unglück heraufzubeschwören.

Sie hatte es genügend vorbereitet. »Was ist mit dem Böckchen, hast du irgend etwas erfahren?« Ihre Stimme zitterte leicht.

Er hatte darauf gewartet und schüttelte nur erneut den Kopf. Die Frage nach dem Jungen war gewissermaßen zum Ritual geworden bei den wenigen, die ihn näher kannten.

Sie schwiegen und atmeten in das Gezirpe der Grillen. Dann überkam sie ein Gähnen. Sie preßte den Handrücken vor den Mund und zog das durchsichtige Tuch von den Schultern über ihr Haar. Der Schmuggler sah das schöne Oval ihres Gesichts und die wohlgeformten Lippen, als sie die Hand sinken ließ und auf die Brust legte. Er lächelte ihr zu. In ihrer Nähe fühlte er sich wohl. Alle seine Vorsätze, nichts zu erzählen, wurden hinfällig durch ihr sanftes Beharren. Sie war wieder schwanger, zum drittenmal, und inzwischen konnte man es deutlich erkennen.

Sie fragte ihn nach seiner Frau, und er sagte ihr, daß er sie verlassen habe.

»Wann?« fragte sie als erstes.

»Bevor ich losgegangen bin.«

»Aber nein, das kannst du nicht einfach so tun.« Sie wagte nicht, nach den näheren Gründen zu fragen.

»Natürlich kann ich das tun, wenn ich muß.«

Sie blickte kurz zur Seite und atmete hörbar aus. Weiter wollte sie nicht in ihn dringen. Wie er dastand und über das Tor hinausblickte, signalisierte er eine unausgesprochene Abwehr allen Fragens. Sie kramte in der Tasche ihres Kleides und holte ein Geldbündel hervor.

»Ich geb's dir gleich jetzt, dann bin ich es los.«

Er steckte es in den Mantel. Es war das Geld für ihre Schwester, das sie jedesmal ohne Wissen ihres Mannes auf rätselhafte Weise zusammenbrachte und ihm mitgab.

»Es ist ziemlich viel«, sagte er, fragte aber auch diesmal nicht nach der Herkunft. »Schlägt er dich noch?«

Sie verneinte hastig, als wäre er ihr allzu rasch sehr nahe gekommen. »Schon ziemlich lange nicht mehr.«

»Das ist gut.«

»Du mußt ihn verstehen. Es ist nicht leicht für ihn.«

»Was, um Himmels willen, ist nicht leicht für ihn«, sagte er so bitter, daß sie nicht weitersprechen konnte aus Angst vor seinem Zorn. »Was«, bekräftigte er, ohne eine Antwort zu erwarten, »könnte für jemand wie ihn nicht einfach sein.«

Sie zog sich das untere Ende des Tuches vor das Kinn und wechselte schnell das Thema.

»Ihr habt Schwierigkeiten mit einem der Lieferanten.«

Der Schmuggler war sofort bei der Sache. »Mit welchem?«

»Dem aus der Stadt. Er hat sich mit den Bauern hier angelegt.

Frag Zarik danach. Gute Nacht.« Sie legte ihm kurz die Hand auf den Unterarm, wandte sich um und ging zum Haus.

Der Schmuggler sah ihr nach und schaute dann in die Nacht hinaus. Jetzt war alles wieder wie vorhin am Fenster. Die Dunkelheit stand als eine durchlässige Wand vor ihm, vollkommen geschieden von der unscheinbaren Umfriedung, hinter der er stand. Er hob den Kopf. Ein paar Sterne lagen wie verstreute Krümel auf einem riesigen, dunklen und viel bedeutungsvolleren Stoff.

Am nächsten Morgen frühstückte er nur hastig im Stehen und verließ rasch das Haus, um die Einkäufe zu tätigen. Er ging die Marktstände entlang und hielt als erstes Ausschau nach Werkzeugen. Eine Rohrzange und gute Schraubenzieher verschiedener Sorten waren eher Mitbringsel als Schmuggelware, aber es gab Leute, die sie dringend brauchten. Danach war der Alkohol an der Reihe, Wodka, Whiskey und Anisschnaps. Selbst hier im Grenzgebiet gab es mehr Sorten als irgendwo drüben im Land.

Problematischer war die Menge. Kein Händler wollte ihm mehr als zwei Flaschen verkaufen, weil Lieferungen unregelmäßig kamen. So ging er weit, bis er alle Flaschen beisammen hatte. Zigaretten gab es überall, auch in Großpackungen. Doch das waren die einheimischen Marken. Für die amerikanischen mußte er wiederum laufen.

Die Häuser und Hütten standen dort, wo er in der Nacht angekommen war, dicht beieinander. Der Ort aber erstreckte sich viel weiter hangabwärts in das Land hinein. Von der Straße aus wirkten die Hütten verlassen. Doch je weiter er hinabstieg, desto belebter wurde es. Die nächste wirkliche Stadt war etwa vierzig Kilometer von der Grenze entfernt, und einmal hatte er sie sogar besuchen können, im Auto zusammen mit seinem Schwager. Es war kein sehr aufregender Ausflug gewesen, denn eigentlich sahen alle Städte und Orte im Grenzland gleich aus.

Nach seinem zweiten Einkauf, er hatte gegen Mittag die Flaschen im Haus untergestellt, kam er am Nachmittag zurück und verstaute die Zigaretten. Der Rucksack war damit zwar schon schwer, aber noch nicht voll. Es fehlten noch die Babynahrung und die neuen Minicomputer, deren Verpackungsmaterialien dreimal so groß waren wie die Geräte selbst. Er packte sie aus, legte sie übereinander und band sie mit Paketschnur zusammen, bevor er sie im Rucksack versenkte. Den mitgelieferten Kleinkram tat er in getrennte Tüten, auf die er die Anfangsbuchstaben der Firmennamen schrieb.

Am Spätnachmittag kam Zarik heim, und der Schmuggler fragte ihn nach dem Lieferanten, von dem seine Schwester erzählt hatte. Diese Sache machte ihm Kopfzerbrechen und hinderte ihn zudem daran, sofort aufzubrechen. Für sie alle war der Lieferant der Städter, weil er sich von fernher in diese Gegend verirrt hatte. Dafür gab es allerdings einen handfesten Grund: Der Mann war irgendwann von den Behörden über seinen recht umfangreichen Landbesitz im Norden informiert worden. Wahrscheinlich glaubte er, daraus Kapital schlagen zu können, und machte sich auf den Weg. Als er ankam, mußte er feststellen, daß sein Land bereits seit langem von Bauern bewirtschaftet wurde.

»Dieser Idiot«, stieß der Schmuggler hervor, nachdem ihm sein Schwager in knappen Worten dargestellt hatte, wie der Konflikt eskaliert war. »Aber es ist ihm auch einfach nicht zu helfen. Er weiß alles besser. Welcher verfluchte Verwaltungsmensch kam nur auf die Idee, ihm sein Land wiederzugeben, nach dem er gar nicht gefragt hatte. Was meinst du – sollen wir zu ihm gehen?«

Zarik wackelte unschlüssig. »Er ist jedenfalls noch hier.«

»Eben darum«, fiel ihm der Schmuggler ins Wort. »Ich muß ihn sehen, bevor er weg ist. Er hat Schulden bei mir.«

Der Gedanke, an diesen Mann Geld zu verlieren, versetzte ihn in fieberhafte Aktivität. Zwar war der Städter ein guter Lieferant gewesen, da er regelmäßig pendelte. Aber der Schmuggler betrachtete ihn dennoch grundsätzlich als einen Fremden. Er verachtete dessen Glauben daran, Land besitzen zu können.

Nach seiner Meinung konnte man es einzäunen, verminen oder bepflanzen, aber nicht besitzen. Seit er ihn und sein Problem kannte, reizte es den Schmuggler, den Mann darauf anzusprechen.

Sie verließen das Haus in Eile. Der Schmuggler stampfte die Paßstraße abwärts, während Zarik Schritt zu halten suchte. Er wollte eigentlich alles erzählen, was er gehört hatte – immerhin handelte es sich um den spektakulärsten Zwischenfall seit langem. Doch er spürte, daß den Schmuggler die Ruhe verlassen hatte. So hatte Zarik ihn noch nicht erlebt. Der Schmuggler wirkte, als könnte er von einer Sekunde auf die nächste wütend werden. Zarik schwieg lieber und bekämpfte im Laufen das diffuse Gefühl, als Geschäftsmann versagt zu haben.

Es war ein gutes, festes Haus, in dem der Mann wohnte. Von den Zimmern mußte er einen schönen Blick in das zwar steinige, aber doch wenigstens weite Tal haben. Es hätte einer Familie Unterkunft bieten können, aber der Mann hatte seine Angehörigen in der Stadt gelassen. Erst wollte er seine Angelegenheiten hier regeln, aber wahrscheinlich wären sie ohnehin nur zu Besuch gekommen, um ihr Eigentum zu besichtigen und einen Blick auf die Hinterwäldler zu werfen. Es gab sogar eine kleine Treppe vor dem Eingang. Weit davor, nahe den weinroten Flügeln des Gartentors, hatte er zwei Halbwüchsige aus dem Ort postiert. Sie gaben eine ziemlich jämmerliche Bewachung ab. Über die Beine des einen, der an der Mauer kauerte und nicht einmal hochblickte, mußte der Schmuggler hinwegsteigen. Der andere grinste nur, als er die beiden Ankommenden sah, nahm die Zigarette aus dem Mund und ließ sich spielerisch langsam gegen den Torflügel fallen, wodurch er ihn öffnete.

Der Städter war bereit zur Abreise. Schon von der aufgebrochenen Tür aus sah der Schmuggler die Unordnung. Alles Bewegliche war herumgerückt worden, im Flur lagen Scherben und zertretene Feigen auf dem Boden. Diese Spuren führten im Erdgeschoß bis in das große Zimmer, wo der Mann wie ein verängstigtes Kind kniete.

Das Sortieren seiner letzten Sachen wollte ihm nicht recht gelingen. Der Schmuggler betrat den Raum und blieb vor dem Fenster stehen, an dem sich brummend die Fliegen sammelten. Der Ausblick war in der Tat beeindruckend und wäre es noch mehr gewesen, wenn nicht ein riesiger, feiner Sandschleier das späte Licht getrübt hätte. So verschwand der Talgrund darin und mit ihm der ferne Talausgang, wo die Straße ihn endlich erreichte und zwischen den Bergen hindurch südwärts führte. Es war in dem Chaos, das der Mann in seinem Aufbruch angerichtet hatte, kaum noch zu erkennen, aber der Raum zeigte die Spuren eines Kampfes. Der Schmuggler betrachtete die Holztür, aus der ein eingetretenes Brett hervorstach wie ein geborstener Knochen. Die Türen eines dunklen Kleiderschranks waren eingedrückt worden, eine Vase oder Schüssel, ein Glas und mehrere Teller lagen zerschlagen auf dem Boden. Die Mattscheibe des Fernsehers wies zur Zimmerdecke.

»Willst du verschwinden?« fragte der Schmuggler leise.

»Was soll ich sonst tun«, brüllte der Mann auf und warf das kleine Zeug in seinen Händen zu Boden, um besser gestikulieren zu können.

Er bewegte sich auffallend vorsichtig. In einer seiner großen Geheimratsecken sah der Schmuggler eine dicke, grünlichblaue Beule. An den grauen Haarsträhnen klebte getrocknetes Blut. Die große Nase des Mannes bewegte sich unter wütenden Atemzügen, aber in seinen Augen lag nur Angst. Das braune Jackett war schmutzig, als wäre jemand darübergelaufen.

Der Schmuggler fragte nach und ließ Zarik übersetzen, was er nicht verstand. Er erfuhr Näheres über die Vorgänge der vorletzten Nacht. Zwei Männer, ein junger und ein alter, brachen nicht lange nach Mitternacht die Tür auf und schlichen sich durch den Flur. Einer riß dabei eine Schale mit Feigen vom Wandbrett und brachte damit die ganze Aktion in Gefahr. Nicht nur, daß der Städter bereits wach war, bevor sie das Zimmer, in dem er schlief, erreicht hatten, sie traten auch noch auf die ihnen vorausgekullerten Feigen und rutschten auf dem Steinboden aus. Offenbar verknäulten sie sich am Fuße der Treppe so ineinander, daß sie sich zu beschimpfen begannen. Der Städter war inzwischen nachsehen gekommen. Er erblickte zwei auf dem Boden sitzende Gestalten mit schwarzen Holzmasken vor den Gesichtern und geriet in Panik. Die beiden waren blitzschnell auf den Beinen und jagten die Treppe hoch. Sie traten die Tür zum Schlafzimmer des Mannes ein und zeigten ihm ihre geschwungenen Jagdmesser. Schreiend und über sein Nachthemd stolpernd, stürzte der Mann vorwärts, erhielt aber nur Schläge von den beiden. Sie verfolgten ihn die Treppe hinunter bis ins große Zimmer und hielten ihm dort wieder die Klingen vor das Gesicht. Währenddessen traten sie in den Schrank und zerstörten, was gerade in Reichweite war. Dann kamen sie langsam, sehr langsam auf ihn zu. Als sie bei ihm waren, rangen sie ihn nieder. Der Städter wußte nicht nur, wer sie schickte, sondern sogar, wer sie waren. Aber er ließ es sich nicht anmerken.

Der Mann verstummte und sah zum Fenster.

»Zwei Schnitte, hinten«, fügte er dann schnell an.

Der Schmuggler wartete einen Moment.

»Und jetzt willst du weg?«

»Ich habe um mein Leben gekämpft«, sagte der Mann empört.

Der Schmuggler konnte diese Form von Heroismus einfach nicht ernstnehmen. »Sie hätten dich umbringen können.«

»Ja, und darum gehe ich auch. Du kommst nur ab und an herüber, aber ich habe diese Bauern hier jeden Tag um mich.«

»Die Bauern sind in dieser Gegend überall gleich, egal ob dort oder hier. Das Ackerland gehört dem, der davon lebt. Das war schon immer so. Sie lassen keine Fläche unberührt, nur weil sie jemand anderem gehören könnte, der nicht da ist. Du hättest dich mit ihnen einigen müssen, etwas aushandeln.«

»Nein, nein«, prustete der Mann, »sie haben weder Anspruch auf mein Land noch auf meine Zeit. Ich muß nicht verhandeln.«

»Ich kenne einen, der hat es geschickter angefangen und jedes Jahr ein paar Säcke Linsen bei ihnen abgeholt, obwohl er sie nicht brauchte. Nach und nach haben sie ihn in ihre Pläne einbezogen und irgendwann, mit der Zeit eben, konnte er ihnen sogar Äcker auf seinem Land zuweisen. Wenn sie dich kennen, brechen sie nicht bei dir ein. Du hast ihnen wohl gedroht?«

Der Mann wollte zunächst heftig nicken, hielt vor Schmerz aber inne. »Ich habe ihnen gesagt, wenn sie nicht anerkennen, was ich schriftlich habe, dann komme ich mit Bewaffneten zurück. Und das werde ich auch tun.«

Der Schmuggler schmunzelte. »Du hast Glück gehabt, wirklich. – Wenn du jetzt gehst, was ist dann mit meinem Geld?«

Der andere tat überrascht. »Ich komme wieder und bringe die Geräte.«

»Ich weiß«, sagte der Schmuggler diplomatisch. »Aber es könnte diesmal länger dauern, weil du alles Weitere organisieren mußt. Du weißt, wie ich das meine. Ich brauche das Geld.«

Immerhin kannte er den Städter inzwischen so gut, daß er nicht noch mehr Verrenkungen machen mußte, um ihn das Gesicht nicht verlieren zu lassen. Wann und womit er auch immer zurückkommen mochte, seine Mission hier war gescheitert.

Der Staub im Tal war grau geworden, die Fliegen griffen noch immer die Scheibe an, und es war eine tiefe Genugtuung für den Schmuggler, daß ihm der Mann das Geld zurückgegeben hatte. Er steckte es in die Manteltasche und fühlte sich wie ergänzt um ein kleines, aber wichtiges Stück.

Auf dem Rückweg fiel ihm auf, welcher Zufall es war, daß er so kurz nach dem Überfall hier angekommen war. Er fragte Zarik, warum er nicht sofort selbst hingegangen war, als er davon gehört hatte. Es sei doch Nacht gewesen, bekam er zu hören und zweifelte einmal mehr an den geistigen Fähigkeiten seines Schwagers.

Am frühen Abend war alles erledigt. Nachdem er sich gewaschen hatte, setzte er sich unten zu seinen Gastgebern. Noch vor dem Abendessen zahlte er Zarik aus. Der berichtete ihm bei dieser Gelegenheit, daß er für jeden der Computer fast hundert Kilometer hin und zurück gefahren war. Der Schmuggler hielt diesen Aufwand zwar für übertrieben, aber Zarik war fest davon überzeugt, daß er nur auf diese Weise unauffällig einkaufen konnte. Sein Verhalten, so verstand es der Schmuggler, war Ausdruck seiner Angst nicht nur vor Schwarzgeschäften, sondern vor jeder Art der Abweichung.

Sie saßen am Tisch beisammen, da ertönten von draußen Motorengeräusche. Nicht der dünne Klang von PKW-Motoren. Es begann als tiefes Grollen und verdichtete sich zu einem Getöse. Die Teller und Gläser auf dem Tisch zitterten, Töpfe tanzten auf der kreisförmigen Platte des Kachelofens. Das Geräusch verstärkte sich weiter, bis es einen bestimmten Punkt erreicht hatte, den es nicht mehr überschritt.

Der Schmuggler stand auf und ging zum Fenster. Von der Straße her strahlten bewegliche Scheinwerfer, die Umrisse großer Fahrzeuge zeichneten sich im Dunkel ab. Er öffnete das Fenster, und Abgasgestank schlug ihm entgegen. Den Wortfetzen, die er aufschnappen konnte, entnahm er, daß es sich um die Armee handelte, die sich im Ort festsetzte. Jetzt geschieht das, dachte er, wovor er sich immer gefürchtet hatte: Er geriet in eine militärische Operation der türkischen Streitkräfte, die das Ziel hatte, die kurdischen Freischärler in den Bergen zu vernichten. Wer hätte ihn darüber informieren sollen; höchstens die Soldaten in der Grenzstation. Sie hatten es nicht getan. Er schloß das Fenster, seine Schwester drängte sich heran und zog hastig die Vorhänge zu.

»Was willst du tun?« fragte ihn Zarik, der am Tisch geblieben war. Der Schmuggler antwortete nicht gleich. »Vielleicht dauert es nicht allzu lange. Ich werde morgen mal herumfragen. Du kannst doch hierbleiben – wir warten ab.«

Der Schmuggler blickte auf das verhängte Fenster, sah die Lichter über den Stoff kriechen. »Ich habe nicht das Gefühl, daß sie morgen oder übermorgen weg sind. So ein Aufmarsch dauert länger. Habt ihr das schon einmal erlebt?«

Sie blickten einander an und schüttelten die Köpfe. »Seit dem Krieg nicht mehr«, sagte Zarik. »War drüben etwas?«

Der Schmuggler betrachtete wieder die unruhigen Lichter. »Nichts«, sagte er. »Niemand wußte etwas davon. Sonst wäre ich nicht losgegangen.«

Er dachte an die Geräusche im Niemandsland und wußte doch, daß sie nichts mit der Militäraktion zu tun haben konnten.

Sicherheitshalber schalteten sie erst den Fernseher und danach das Radio ein. Wie zu erwarten war, gab es keinerlei Informationen.

In der Dunkelheit seiner Kammer lag der Schmuggler noch lange wach. Die Motoren draußen waren verstummt, aber Stimmen und Lichter blieben. Er versuchte sich zu erinnern, was er für einen solchen Fall vorgesehen hatte. Er mußte vor allem herausfinden, wie lange sie hier sein würden. Was sie wollten, war weniger wichtig. Sehr wahrscheinlich würde er jetzt Schwierigkeiten am Grenzposten haben. Er rappelte sich noch einmal auf und zählte nervös das verbliebene Geld.

Spät schlief er ein. Im Traum lag er wieder auf dem Plateau. Äußerlich schlief er, aber seine Sinne waren wach. Selbst den Stein, auf dem er lag, konnte er deutlich fühlen. Es war nicht dunkel um ihn, sondern grau wie von Nebel. Er spürte den Wind über sich hinwegstreichen. Dann hörte er abrutschende Schritte vom Pfad her; jemand näherte sich ihm zielstrebig. Er wollte den Unbekannten warnen, aber seine Stimme war ungeübt wie nach langem Schweigen. Es brauchte mehrere Versuche, bis in seiner Kehle ein Laut entstand, der aber ungeformt durch den unbewegten Mund hinausdrang. Als er soweit war zu sprechen, spürte er etwas Hartes in genau die Stelle sinken, an der seine Stimme saß. Sie wurde fortgedrückt. In seinem Gesichtsfeld erschien ein Kopf. Es war der Kopf eines Jungen, den er nicht näher betrachten wollte. Der Junge sprach zu ihm wie zu einem Kind, langsam und deutlich, aber der Schmuggler verstand ihn nicht. Er dachte an die geschlachteten Hammel und ihr Zucken und ihre lebendigen Augen, wenn ihnen die Kehlen geöffnet worden waren, an dieses lautlose, aber erlebte Sterben. Der Junge wollte etwas von ihm. Er setzte immer wieder mit der Rede an, und oft endete eine Passage wie eine Frage. Der Schmuggler wußte, daß er ein Messer am Hals hatte, und wollte dennoch sprechen, doch der andere ließ ihn nicht. Eine schreckliche Pause entstand, nach der ein Zucken durch seine Schulter ging. Ruckartig bewegte der Junge seinen Arm, und der Schmuggler sah ihn sich erheben und aufrecht über sich im Grau stehen. Er konnte jetzt einen Arm bewegen und führte die Hand an seinen Hals. Er fühlte deutlich den Schnitt und die kalte Luft darin, wunderte sich aber, daß alles trocken blieb. Der Junge lächelte und sprach und sprach und wies mit dem Messer hinter sich, wo die dunklen Büsche im Wind tanzten. Dann schob er das Messer in seinen Gürtel und ging. Der Schmuggler umklammerte seinen Hals, dabei krallte er die Finger in das Fleisch, als müßte er seinen Kopf vor dem Herabfallen bewahren. Sein letzter Gedanke vor dem Erwachen galt seiner Wunde; er war sicher, daß sie bald heilen würde.

Natürlich hatte er mehr versucht, als regelmäßig zum Roten Haus zu gehen. Die düstere Stimmung des nachwirkenden Traumes verband sich mit den Erinnerungen an die Suche. Die anfängliche Ängstlichkeit und Vorsicht allem und jedem gegenüber wich in dem Augenblick, da er erkannte, daß das Rote Haus und die Leute dort in keiner direkten Beziehung mehr zu seinem Sohn standen. Diese ernüchternde Feststellung gab ihm Energie zurück, und im nachhinein bereute er seine Naivität im Umgang mit den Offiziellen, die er für wichtiger gehalten hatte, als sie tatsächlich waren. Dadurch hatte er viel Zeit verloren.

Unruhig geworden, setzte sich der Schmuggler im Bett auf und starrte auf den Schrank gegenüber. Er habe, dachte er, nie etwas anderes als diese Mischung aus Zurückhaltung, gelegentlicher Unterwürfigkeit und dabei doch im Grunde dauernder Ignoranz gegenüber diesen Stellen praktiziert. Aber was hätte er auch anfangen können mit einem besseren Wissen über das Funktionieren des Apparates, er, der Schmuggler. Als es ihn durch das Verschwinden seines Sohnes direkt betraf und die Zeit ohne eine Lösung verging, straffte sich etwas in ihm; es war nicht Mut, sondern Hoffnungslosigkeit. Er begann darüber nachzudenken, wen er kannte, der in irgendeiner Weise helfen konnte. Es gab entfernte Verwandte und auch Bekannte von früher, aber sie alle waren, wenn überhaupt, nur sehr weitläufig mit dem Apparat verbunden, der wie ein in dünnen Verästelungen ausstrahlendes Zentrum das Land beherrschte und die Masse der Außenstehenden zu potentiellen Opfern machte. Aber er kam immer wieder auf Beno zurück. Es hätte ihn sehr erleichtert, einen Weg außerhalb von dessen Machtsphäre zu finden, diese endgültige und darum unerträgliche Verbindung zwischen dem Böckchen und ihm wenigstens jetzt zu lösen. Doch es schien nicht möglich.

Er erinnerte sich gut daran, wie er, ganz im Schwung seiner neuen, verzweifelten Aktivität, seine Frau nach möglichen hilfreichen Bekannten fragte. Damals begann er sie zu hassen, als er die für ihr Alter unnatürlich gebückte Gestalt vor sich im Raum sah, ihren müden Blick empfing.

»Warum nur«, fragte er sie, »gibst du so schnell auf?«

Sie machte ein ungläubiges Gesicht. »Schnell?« sagte sie und nestelte an ihrem Kleid herum, als suchte sie Flecken, als müßte sie sich mit ganz Naheliegendem befassen, um die Entfernung zwischen sich und dem Jungen nicht zu spüren.

Jetzt wußte der Schmuggler, daß er sie genau darum nicht mehr ertragen konnte, weil sie diese Entfernung hatte entstehen lassen. Er konnte in ihrer ewig zusammengerafften Gestalt und ihren Verrichtungen tagtäglich die Vorboten, wenn nicht des Vergessens, so doch einer Aussöhnung mit dem Schicksal erkennen. Sie hatte ja noch zwei Kinder und das Haus, und alle Aufgaben versah sie, wie ihm schien, mit größerer Aufmerksamkeit als früher.

In ihm war diese Entfernung nie entstanden, im Gegenteil. Das Verhalten seiner Frau verstärkte seine Entschlossenheit, den Jungen wiederzufinden. Er ging ins Rote Haus und wartete so lange im Flur, bis Beno auftauchte. Es wunderte ihn überhaupt nicht, daß es ihm an diesem Tag sofort gelang, ihn zu treffen. Beno kam auf ihn zu und schien die veränderte Haltung des Schmugglers sofort bemerkt zu haben. Er lud ihn zu sich ins Zimmer und hörte sich an, was dieser zu sagen hatte. Der Schmuggler redete nicht viel herum, sondern bot Beno Geld dafür, daß er selbständig Erkundigungen einzog.

Beno stand am Tisch und hörte zu, während der Schmuggler, ohne ihn anzublicken und mit immer wieder bekräftigendem Nicken, sprach. Danach wartete er einen Moment, ging zur Wand hinüber und stellte sich mit dem Rücken zum Schmuggler vor sie.

»Ich weiß«, sagte er, »daß du das Geld beschaffen kannst. Aber ich bin nicht sicher, ob ich die Informationen bekomme, die du wünschst.«

Der Schmuggler war kurz verblüfft über den sachlichen Ton Benos. Sie hatten schlagartig auf die Ebene der Verhandlungen gewechselt.

Noch immer mit dem Rücken zu ihm, fuhr Beno fort: »Eines kann ich dir gleich sagen: Jemand wie er wird nicht von der Polizei oder Kriminalpolizei aufgegriffen. Und du weißt selbst, wenn die Dienste im Spiel sind, kann ein Toter einen Monat lang mitten im Basar liegen, ohne daß ihn irgendwer berührt.«

Der Schmuggler atmete tief ein. »Ich werde mehr Geld zusammenbringen.«

»Es würde schon reichen, da wir uns ja auch kennen. Aber weißt du auch, worauf du dich einläßt? Es kann dich alles kosten.«

Der Schmuggler erhob sich aus dem Stuhl. Beno drehte sich rasch um.

»Warte, warte«, sagte er und hob die Hände. » Du überschätzt meine Möglichkeiten, wirklich. Was ich tun kann, ist herumhorchen beim – sagen wir: militärischen Dienst. Es ist aber nicht wahrscheinlich, daß die ihn haben, obwohl es vorkommt, gerade in letzter Zeit, daß die Zuständigkeiten durcheinandergehen. Ich versuche es. Ich kann aber das Risiko nicht eingehen, woanders tätig zu werden. Finde jemand anderen, der es tun kann. Höre: Du darfst nicht selbst fragen, denn du hast keine Position. Du mußt auf einem Umweg nach oben fragen, damit von dort aus direkt nach unten gefragt wird. Verstehst du: Eine Ebene muß nur der höheren Auskunft geben. Nur so geht es.«

Daran hatte er schon selbst gedacht und den Händler mit dem Papageien angesprochen, weil dieser ihm von allen seinen Bestellern am zugänglichsten erschien. Der Mann hatte sich die ganze Geschichte angehört und, wie es schien, Anteil genommen am Schicksal des Jungen. Entgegen seinem üblichen Verhalten war er sehr still geworden und hatte sich schließlich, ähnlich wie Beno, bereit erklärt, etwas zu versuchen.

So erfuhr der Schmuggler von Beno zumindest, daß die dem Militär zugeordnete Abteilung nichts von seinem Sohn wußte. Der Händler dagegen konnte ihm von einem Mann in der Hauptstadt berichten, der den Direktor des Gefängnisses kannte, in das die Verdächtigen des größten selbständigen Geheimdienstes gebracht wurden. Die Kontaktaufnahme erwies sich als schwierig und zog sich wochenlang hin. Dann endlich benachrichtigte ihn der Händler von der Bereitschaft des Mannes, sich mit ihnen zu treffen.

Der Schmuggler hatte so viel Geld wie möglich aufgetrieben, auch von seinen Schwestern hatte er etwas bekommen, so daß er mit einer stattlichen Summe losfahren konnte.

Wie mit Beno seinerzeit fuhr er diesmal mit dem Händler über die Überlandstraße. Der Mann war weniger gesprächig, als er erwartet hätte. Aber auch er warnte ihn vor dem, was er im Begriff war zu tun.

»Vielleicht finden wir ihn«, sagte er leise, »aber es ist nicht sicher, daß er noch lebt. In der ersten Woche hat man noch Aussichten, aber danach ...«

Mit dem Händler war seit dem Beginn der Suche die gleiche Wandlung vorgegangen wie mit Beno; er sprach jetzt rücksichtslos offen zu ihm in einer Art Geschäftston. Hatte er, fragte sich der Schmuggler damals, wirklich Illusionen über die Verhältnisse in seinem Land gehabt? Er hatte wohl einfach nie darüber nachgedacht, und jetzt gewann er Einblicke, die er früher wahrscheinlich scheute.

»Wer füttert eigentlich den Vogel auf deinem Dach?« sagte er, um das Thema wenigstens vorübergehend zu wechseln, und der Händler blickte ihn verwundert an.

In der Hauptstadt fuhren sie direkt zu dem Bekannten. Der Schmuggler hielt vor dem Metalltor einer Garage, in der ein Fuhrpark Platz haben mußte. Nie zuvor war er in diesem menschenleeren Viertel mit den vielen Bäumen und den hellen großen Häusern gewesen. Als er vor dem Eingangstor stand und hinaufblickte zu den vorspringenden Obergeschossen des Hauses, sah er Reihen von gewaltigen Fenstern und über jeder breite Leisten aus steinernem Zierat. Unsicherheit überkam ihn. Erst hier wurde ihm bewußt, was er begonnen hatte. Zwar trug er seine beste Kleidung, aber in dieser Gegend mußte er darin wirken wie einer der Bettler in seiner Heimatstadt. Er war nervös, als der Händler, gemütvoll lächelnd, geklingelt hatte und danach den Bauch herausstreckte.

Ein graumelierter Herr in elegantem Anzug kam an das Tor und öffnete es. Er war nicht freundlicher, als er in dieser Situation sein mußte, weder zum Händler noch zum Schmuggler. Sie wurden durch einen prachtvollen, dämmerigen Vorraum bis in den Hof geführt, der so üppig von Bäumen bestanden war, daß auch hier Dämmerlicht herrschte.

Sie nahmen Platz in einem Gästeraum im hinteren Teil des Gebäudes. Eine Glasfront gab den Blick auf den Garten frei, und es fiel dem Schmuggler schwer, hier seine Geschichte zu wiederholen. Aber der Mann wollte sie in allen Einzelheiten hören. Er hatte die Hände zusammengelegt und erhoben, tippte mit den Zeigefingern sacht an seine Unterlippe. Zwischendurch verzog er die Oberlippe, als juckte ihn etwas in der Nase. Wahrscheinlich, dachte der Schmuggler, schätzte er damals ab, wie groß das Risiko für ihn sein würde. Er begegnete seinem Blick und wußte, daß dieser Mann nicht im geringsten berührt wurde von dem, was er erzählte. So behielt er lieber den Garten im Auge, wo in den Lichtflecken der hellgrünen Baumkronen Tauben aus dem Nichts zu entstehen schienen, und brachte seine Rede schnell zu Ende. Er sah den Mann mit noch immer erhobenen Händen warten, holte das Geldpäckchen hervor und legte es wie nebenbei auf den Teetisch vor sich. Kurz danach betrat ein hübsches, noch sehr junges Mädchen den Raum. Sie schüttelte ihr weit mehr als schulterlanges schwarzes Haar und lief lächelnd auf ihren Vater zu. Der nahm ihre Hände und sagte ein paar Belanglosigkeiten über seine Gäste. Das Mädchen ging um den Tisch, um sie mit auffälligem Liebreiz zu begrüßen. Als sie wieder fort war, war auch der Umschlag mit dem Geld verschwunden.

Der Mann erklärte, daß er dem Gefängnisdirektor schon den Namen des Jungen genannt habe, dieser aber in den Unterlagen nichts über ihn habe finden können. Der Schmuggler wurde unruhig, weil er seine Hoffnung schwinden fühlte. Der Mann hob die Schultern und legte die Hände hinter den Kopf. Er ließ ein paar Sekunden vergehen und kam dabei wohl zu dem Entschluß, den Schmuggler so nicht gehen zu lassen. Es könne Namensverwechslungen geben, sagte er. Da bliebe nur, in das Gefängnis zu gehen und sich die Gefangenen anzusehen. Er könne das in aller gebotenen Eile arrangieren. Was blieb ihm übrig, als ja zu sagen, während sich der Mann genußvoll in den Sessel zurücksinken ließ.

So kam es, daß sie am nächsten Vormittag das Gittertor passierten, hinter dem sich ein großer Sandplatz erstreckte. Der Soldat am Tor salutierte vorsichtshalber vor dem Bekannten des Händlers. Der nickte nur im Vorbeigehen. Er hatte sich wie zum Schutz gegen alles einen sandfarbenen Regenmantel übergezogen. Mit wehendem Saum schritt er ihnen voran auf den flachen, weitgestreckten Neubau zu.

Dieses Gefängnis war nicht so groß wie jenes, von dem der

entlassene Sträfling damals im Teehaus berichtet hatte. Hinter Betonpfeilern klafften vergitterte Fenster, alle sichtbaren Türen standen zum Hof hin offen. Der Schmuggler wandte sich um und sah die in der Entfernung harmlos wirkenden Wachen an mehreren Stellen der meterhohen Umfriedung. Dahinter waren zwar Wohnhäuser zu sehen, auf der Straße zwischen ihnen und dem Zaun gab es aber keinen Verkehr. Niemals wäre er allein auch nur in das Viertel gekommen, denn es war, wenn auch von außen kaum als solcher zu erkennen, ein Sperrbezirk. Die Häuser dort drüben zeigten keine Spuren der Anwesenheit, sondern standen leer und sauber da als zivile Attrappen.

Sie kamen an einem kurzen Seitenflügel des Gebäudes vorbei. Durch eine Tür waren im dunklen Inneren Reihen prallgefüllter Wäschesäcke zu sehen. Der Händler begann unter der Anstrengung des Laufens zu schnaufen. Er fühlte sich sichtlich unwohl, sein Kopf zuckte zwischen den hochgezogenen Schultern, als empfinge er ständig leichte Schläge. Ihr Kontaktmann schritt weit aus, hochaufgereckt, erfüllt von der Bedeutung seiner Position. Aber der Wind auf dem Platz hatte seine Haare zu einer unförmigen Tolle gebündelt.

Vor dem langen Mitteltrakt liefen sie an der Front entlang und erreichten den Eingang, eine mit Riegeln und Schlössern übersäte Metalltür, die aber ebenfalls offenstand. Drinnen wischte ihr Führer seinen Mantel mit den flachen Händen ab und sagte zu dem Mann, der wie an einer Hotelrezeption hinter einer Art Schalter saß, er wolle den Direktor sprechen. Der Mann betrachtete die drei Besucher und griff zum Telefon. Wer bis hierher gekommen war, mußte wichtig sein.

Der Direktor erschien nach wenigen Minuten und war überraschend jung. Er begrüßte sie, vor allem aber ihren Kontaktmann, überaus herzlich. Er forderte sie auf, in einen Nebenraum zu kommen, in dem Holzstühle aufgereiht standen wie in einem Klassenzimmer.

Natürlich mußte der Schmuggler noch einmal seine Geschichte erzählen, einfach, weil er da war. Der Händler assistierte ihm dabei, als hätte er eine besondere Beziehung zu dem Jungen gehabt. Ihr Kontaktmann rundete alles ab, indem er auf die Möglichkeit einer Verwechslung hinwies.

Der Direktor bekräftigte noch einmal, daß er niemanden dieses Namens hier hatte. Dann blickte er dem Kontaktmann beinahe schüchtern in die Augen und begann leicht zu nicken. Er öffnete die Tür und gab dem Mann im anderen Raum Befehl, die Wachen aufzufordern, alle, wirklich alle Gefangenen außer den Kranken sofort im Hof antreten zu lassen.

So geschah es. Nach einer Viertelstunde strömten aus allen Trakten Männer in hellbraunen Hosen und Hemden auf dem Hof zusammen. Es war ein trauriger Aufmarsch. Männer jeden Alters waren dabei, halbe Kinder wie das Böckchen und solche, die ihren Gesichtern nach Greise waren. Ihren Körpern merkte man die Unterschiede nicht an; die heraushängenden Hemden und flatternden Hosen gaben allen ein gleiches Alter. Unter den Augen von vier Bewachern stellten sich die Männer in Reihen nahe einer durch weiße Pfähle markierten Stelle auf. Der Direktor forderte den Schmuggler und den Händler auf, sich die Männer aus der Nähe anzusehen.

Als er die Reihen abschritt und in die Gesichter sah, war ihm längst klar, daß er das Böckchen hier nicht finden würde. Alles das kam ihm vor wie eine Schauveranstaltung. Die Gefangenen ließen ihn durch ihre starren Blicke gehen, und nur vereinzelt folgte ihm ein Augenpaar für einen Moment. Er sah diese Gesichter, deren stärkster Ausdruck die Angst war, eine durch die Gewohnheit stumpf gewordene Angst, die sie alle wie betäubt erscheinen ließ. Er betrachtete die schon nach Minuten sandverklebten Augenbrauen und Oberlippen, einer der ganz Jungen konnte das Angeschautwerden nicht ertragen und senkte leicht den Kopf, worauf sofort ein Pfiff des in der Nähe stehenden Bewachers ertönte.

Es waren viele, und von allen konnte der Schmuggler sich später an vielleicht vier Gesichter erinnern. Das Angebot des Direktors, auch noch in der Krankenabteilung nachzusehen, lehnte er ab, was er dann aber doch bereute, denn er hätte gründlich sein müssen.

Der Direktor lächelte maliziös und sagte, dort würden ohnehin nur ein paar alte Männer liegen. Der Kontaktmann hatte sich gekämmt und machte einen zufriedenen Eindruck, weil er für sein Geld etwas auf die Beine gestellt hatte.

»Ich kann mehr Geld bringen«, sagte der Schmuggler auf dem Rückweg zu ihm, als er die Aussichtslosigkeit begriff, mit der er nun heimkehren mußte.

Der Mann warf ihm einen aufgescheuchten Blick zu und schwieg zunächst. Etwas später wandte er sich aber doch an ihn, sagte, er könne es noch weiter versuchen, müsse dann aber an die Leute vom Palast herantreten. Er betrachtete den Schmuggler zweifelnd und fügte an, daß dieser Dienst in mehrere große, voneinander unabhängige Abteilungen zerfalle und es länger dauern werde, auch weil er so hohe Beamte nicht drängen könne. Der Schmuggler unterdrückte seine Ungeduld und bekräftigte seinen Wunsch. So verblieben sie, der Mann mit seinem Auftrag und der Schmuggler mit dem Problem, noch einmal viel Geld auftreiben zu müssen. Der Händler war einsilbig geworden und hielt sich auf der Rückfahrt mit Meinungsäußerungen zurück. Vielleicht hatte er Bedenken wegen des Ausmaßes, das die Unternehmung des Schmugglers in so kurzer Zeit angenommen hatte.

Als dieser wieder zurück war und seine Frau nicht einmal nach den Ergebnissen der Nachforschung fragte, wußte er, daß er sie verlassen würde. Ihn aber erfüllte jetzt eine kalte Entschlossenheit; er wandte sich an alle seine wohlhabenden Kunden, und zwei von ihnen waren bereit, etwas zu tun. Die Besuche im Roten Haus stellte er ein, bis Beno ihn zu sich befahl.

Er hatte von den Aktivitäten des Schmugglers erfahren und war beunruhigt, wollte es sich aber nicht anmerken lassen. Ruhig hörte er ihm zu, der alles als ganz harmlos darstellte. Dann schüttelte er den Kopf.

»Möglich, daß es ein Ergebnis bringt, was du da tust, aber bestimmt ein anderes, als du hoffst ...«

»Es wäre immerhin ein Ergebnis«, unterbrach ihn der Schmuggler. »Warum darf ich nichts über meinen eigenen Sohn erfahren?«

Beno stutzte kurz und schüttelte dann noch heftiger den Kopf. »Weil es lange her ist. Du stocherst in der Vergangenheit herum. Verstehst du nicht: Es gibt hier keine Vergangenheit, jedenfalls nicht für solche wie dich. Keine Vergangenheit und auch keine Zukunft. Für dich gibt es nur die Gegenwart – alles andere ist Sperrgebiet. Das müßte dir doch einleuchten.«

Mit dieser Warnung entließ ihn Beno, aber auch mit dem sicheren Gefühl, daß er etwas begonnen hatte, das Wirkung zeigen mußte.

Am nächsten Morgen war die Stimmung in Zariks Haus gedrückt. Es hatte aufgehört zu regnen, aber der Himmel war noch grau verhangen und die Luft feucht. Beim Essen dachte er an die Löcher im Minenfeld und hatte das Gefühl, sich beeilen zu müssen. Er aß schnell und verließ das Haus, um die Lage zu erkunden.

Auf der hangabwärts gelegenen Straße standen drei gepanzerte Fahrzeuge hintereinander und blockierten alle Wege. Der Schmuggler stieg hinab und lief an der Reihe entlang. Die Soldaten hockten im Morast und tranken Tee. Ihre Köpfe waren geschoren, manche hatten den Oberkörper bis auf Unterhemd und Hosenträger freigemacht. Ihre Blicke folgten ihm. Nachdem er sie und ihre dunklen Uniformhosen gesehen hatte, ahnte er, daß sie zur Terroristenjagd hier waren. Er schaute sich im Ort um, fand aber außer den drei Fahrzeugen keine weiteren. Er ging zu den Händlern. Hier konnte er erfahren, daß in der Nacht Konvois in Richtung Nordosten unterwegs gewesen waren. Es handelte sich, wie er gedacht hatte, um einen Aufmarsch an der Grenze, von dem diese hier nur ein Außenposten waren. Wie immer, wenn so etwas geschah, waren sie offiziell auf der Jagd nach Terroristen, was bedeutete, daß sie im Operationsgebiet praktisch vollkommen freie Hand hatten. Zu diesem Zweck überschritten die Sondereinheiten weiter oben an sicheren Stellen die Grenze und drangen tief in das Nachbarland vor. Soweit er sich erinnern konnte, waren sie aber nie bis hier unten aufmarschiert. Er verfluchte sein Pech und ging einen anderen Weg zurück zum Haus.

Seine Schwester nahm seine Hände und sagte: »Was willst du tun, wenn sie dich erwischen? Niemand kann dir dann noch helfen. Bleib einfach hier, so lange du mußt. Irgendwann werden sie gehen.«

Der Schmuggler nickte und nickte wieder. Sie sprach seine Gedanken aus. Und doch schienen ihm der Ort, das Haus, die Zimmer, der elende graue Himmel hinter den einsamen Pappeln an den Hängen viel zu eng, um sich darin auch nur einen Tag länger einrichten zu können. Er zog seine Hände aus den ihren und verzog den Mund. »Draußen wäre mir wohler. Dort weiß ich, was ich zu tun habe. Und es würde vorwärts gehen.«

Sie trat noch einmal an ihn heran. »Was machen denn ein paar Tage aus. Niemand wird danach fragen. Aber wer immer von denen da aufgegriffen wird, verschwindet wer weiß, wohin. Nicht einmal die Händler können den Ort jetzt verlassen.«

Als sein Schwager an diesem Tag zurückkam, wurde klar, daß sie recht hatte. Sämtliche Straßen in die Ebene waren gesperrt, an den Kontrollpunkten ließ man die Einwohner der Gegend nicht passieren.

»Was ist, wenn sie Hausdurchsuchungen machen? Ich bringe euch in Gefahr, wenn ich hierbleibe«, sagte er zu den beiden.

Sie blickten ihn wortlos an. Zarik hob schließlich die Schultern. »Ich weiß es nicht. Wir haben es noch nie erlebt. Wir müssen uns etwas zurechtlegen. Du bist ein Verwandter auf Besuch. Aber wie bist du hierher gekommen?«

Der Schmuggler überlegte kurz. »Besser nicht lügen. Ich bin am Grenzposten gewesen. Wahrscheinlich haben die dort nichts davon gesagt. Das wäre in ihrem eigenen Interesse. Aber man kann nie wissen.«

Immerhin wußte niemand, wo er war. Er konnte längst ins Tal gezogen sein. Also war es besser, wenn er hierblieb und sich verborgen hielt, um die Aufmerksamkeit nicht auf sich zu ziehen. Falls sie aber kommen sollten, wollte er in der üblichen Weise freundlich sein und freimütig jede Frage beantworten.

Während der nächsten drei Tage und Nächte blieb er im Haus und dort meist in seiner Kammer. Er vertrieb sich die Zeit mit dem Lesen uralter Zeitungen und sortierte seine Waren neu, indem er sie aus dem Rucksack holte, auf dem Bett ausbreitete und wieder einpackte. Am Ende war alles so gut verstaut, daß sogar wieder Platz entstanden war. Der Himmel klarte kaum auf, es blieb diesig. Gerade als er zuversichtlich wurde, erzählte ihm sein Schwager, daß die Soldaten inzwischen einige hundert Meter die Straße hinauf Zelte aufgebaut hatten, genau auf dem Weg, den er zur Grenze hätte gehen müssen. Das nächtliche Gegröle und Geklapper mußte von dorther kommen.

Nachdem er das erfahren hatte, bemerkte der Schmuggler, wie sich die Ungeduld in ihm verstärkte. Etwas trieb ihn hinaus aus dem Haus und dem Ort. Nun hatte er seine Märsche und gerade auch den letzten nicht so genossen, daß er sich jetzt danach sehnen mußte. Es war, wenn er länger darüber nachdachte, nicht so sehr das Bedürfnis nach dem freien Himmel als das nach der Erde und dem niedrigen Gestrüpp, nach dem Geschmack von Sand und dem Geruch der Wurzeln. Aber was konnte er dort finden, außer der Gefahr, in Stücke gerissen zu werden?

Ratlos rief er seine Schwester zu sich in die Kammer und erzählte ihr davon. Er wollte beeinflußt werden, sie sollte ihm seine Unruhe ausreden auf ihre stille und bestimmte Art. Sie stand klein am Fenster und hörte ihm zu, in der einen Hand einen Kochlöffel, den sie auf das Fensterbrett legte, als sie bemerkte, daß ihr Bruder viel zu sagen hatte. Sein Reden löste sich von ihm, es entrollte sich wie ein schwerer Ballen zu einer langen, langen Stoffbahn. Sie lauschte ihm regungslos und mit beinahe träumerischem Blick, als wäre er einer der Geschichtenerzähler auf den Märkten. Als er von dem grünen Pullover berichtete, den er im Grenzland gesehen hatte, wurde sie munter.

»Du suchst ihn«, sagte sie.

»Wen?«

»Ihn, und du solltest damit aufhören. Er bringt dich in Gefahr, wenn du diesen Weg weitergehst.« Der Schmuggler schüttelte schon den Kopf und wollte etwas einwenden, aber sie schnitt ihm das Wort ab. »Zwei Kinder sind mir gestorben, obwohl sie schon atmeten und schrien. Ich weiß, wie es ist, wenn man etwas sucht und nicht finden kann.«

»Er ist doch gar nicht da.«

»Ich weiß auch, wie etwas da sein kann, ohne daß man es sieht. Aber irgendwann beginnt es sich zu verändern, und wenn man es dann noch sucht, ist es gefährlich. Der Junge ist fort. Er wird nie zurückkommen, oder er wird kommen und bleiben oder auch wieder gehen. Wie die Soldaten dort draußen. Suche ihn nicht, folge nicht den Spuren. Laß ihn, wo er ist, und warte. Mehr kannst du nicht tun.«

Der Schmuggler glaubte nicht, daß ihm helfen könnte, was sie sagte. Der Gedanke an seinen Sohn schien ihm nebensächlich, die Sache mit dem Pullover hatte er nur beiläufig erwähnt. Etwas trieb ihn hinaus, soviel war sicher. Die Soldaten konnten noch wochenlang im Ort bleiben. Und warum im Haus warten, bis sie kamen, wenn es keinen wesentlichen Unterschied machte, ob sie ihn hier oder im Gelände erwischten. Daß er ein Schmuggler war und illegal die Grenze überschritten hatte, konnte er in keinem Fall leugnen.

Er zog sich den Mantel an, warf sich den Rucksack über, ging auf alle viere und probierte das Kriechen aus. Auf dem Steinfußboden spürte er die Lächerlichkeit seines Benehmens. Er legte den Rucksack wieder ab und stellte sich vor das Fenster. Die Hänge lagen dunkel unter dem schweren Himmel, das kurze Stück Weg vor dem Haus lockte.

10

Früher als sonst machte er sich am nächsten Morgen auf den Weg. Er war sehr leise, seine Schwester und ihr Mann schliefen noch, und es war ihm recht, daß es keinen großen Abschied gab. Als er seinen Schwager nach einem anderen Weg zum Paß gefragt hatte und ihn sich hatte beschreiben lassen, schärfte er ihm auch ein, seiner Schwester nichts von dem Aufbruch zu sagen. Nach dem Gespräch vom Vortag war er sicher, daß sie sich unnötig sorgte.

Er verließ das Haus und folgte dem Weg hangaufwärts. Etwa dreihundert Meter oberhalb des Hauses konnte er den Trampelpfad, der nach ein paar weiteren Windungen im Geröll verschwand, verlassen und sich auf einem steinernen Kamm bis zu einer sehr niedrigen Baumgruppe vorarbeiten. Von den Soldaten trennten ihn nur gute fünfhundert Meter Luftlinie. Aber er war für sie unsichtbar, und es war günstig, daß er sich über ihnen bewegte. Hinter den Bäumen ging es aufwärts in eine Erdfalte, die im Bogen um die Bergflanke führte. Die feuchte, noch kühle Morgenluft war dem Schmuggler angenehm. Nur noch die Stille beunruhigte ihn, in der seine Schritte zu hören waren wie Schläge. Es war unmöglich, daß die Soldaten ihn bemerkten. Aber in seiner Vorstellung war es ein tonloser Marsch gewesen, den er vor sich hatte, ein Gleiten auf Höhe der Büsche. So hatte er sich gesehen, und jetzt trampelte er auf die Grenze zu, von der er noch nicht wußte, wie er sie überschreiten sollte.

Der Abstieg endete vor Dorngestrüpp, das er auf dieser

Höhe schon von der anderen Seite her kannte. Instinktiv blieb er davor stehen. Er hockte sich nieder und blickte durch das Gewirr von Stengeln auf die trockene Erde. Dem Bewuchs nach zu urteilen, war hier sehr lange niemand gewesen. Aber das bedeutete nichts. Er schaute zurück. Es war unwahrscheinlich, daß dieses Gebiet so nah an der Ortschaft vermint war. Aber unbekümmert konnte er nicht durch das Gestrüpp gehen. Alles in ihm sträubte sich dagegen, nur der Gedanke an das Haus und noch mehr sinnlos vertrödelte Tage trieb ihn vorwärts.

Die Büsche waren mannshoch und oben gebogen wie Fischerhaken. Mit vorgestreckten Armen wühlte er sich hinein. Was ihm erst nebensächlich erschien, wurde rasch zur Plage. Die Haken legten sich um seinen Hals und auf seine Schultern, und der Wirrwarr aus Pflanzenteilen und Insektengekrabbel machte ihn nervös. Er stolperte eine nicht zu schätzende Strecke Wegs voran und brach aus dem Dickicht auf ein großes Felsplateau hinaus, das in sanfter Steigung aufwärts führte. Wo diese Steinfläche den Himmel berühren wollte, mußte irgendwo der Paß sein.

Jetzt war der Moment, über die nächsten Schritte nachzudenken. Er hoffte auf sein Glück. Er wollte sich an die Grenzstation pirschen und zunächst sehen, wer dort war. Möglicherweise waren die Sondereinheiten gerade woanders, und er fand jemanden, der ihn durchschlüpfen ließ. Im schlechtesten Fall konnte er immer noch umkehren. Es ist ein Versuch, sagte er sich, nichts weiter.

Er stieg die Schräge hinauf und behielt den Saum zwischen Himmel und Stein im Auge. Kleine schwarze Vögel schienen hinter dieser Linie emporgeworfen zu werden. Sie stiegen auf und legten sich seitwärts in den Wind, um in weitem Bogen wieder zurückzufallen. Das Gespenstische dieses Bildes veranlaßte ihn zu schleichen.

Am Scheitel angekommen, legte er sich bäuchlings auf den Boden und robbte vorwärts. Er konnte die Baracke sehen, klein und wie beiläufig hingeworfen in die Aussparung zwischen den

Felsen. Zu seiner Überraschung und augenblicklichen Erleichterung waren keine Zeichen von menschlicher Anwesenheit zu erkennen. An diese Möglichkeit hatte er nicht zu denken gewagt. Es konnte ihm gelingen, völlig unbehelligt zu passieren. Er legte die Hände auf dem kühlen Stein übereinander und stützte das Kinn darauf.

Etwa eine Stunde lang beobachtete er die Baracke und jeden Winkel in der Umgebung. Die kleinen schwarzen Vögel stiegen noch immer wie an Fäden gezogen auf, um irgendwo dicht unter dem Himmel wieder fallengelassen zu werden. Das einzige, was dem Schmuggler kurz einmal auffiel, war Hundegebell, von dem nicht zu sagen war, woher es drang. Er kam zu dem Schluß, daß es Hunde aus dem Ort sein mußten. Das Warten hatte ihn schläfrig gemacht. Es fiel ihm schwer, seine Position zu verlassen. Er fingerte noch einmal nach seinem Rest Geld und betete sich in Gedanken vor, was er sagen würde, wenn jemand auftauchte. Dann erhob er sich ächzend und bemerkte erst jetzt, wie schwer der Rucksack auf seinem Oberkörper gelegen hatte.

Der Abstieg verlief problemlos. Je näher er der Baracke kam, desto sicherer wurde er. Der Grenzposten war verlassen, und aus keiner Richtung war irgend etwas zu hören, außer dem ruhelosen Wind, der durch die Felszinnen herandrängte. Unten umkreiste er die Baracke und hielt sogar kurz sein Ohr daran. Zufrieden nickend ging er auf die Senke zu, die zur Wiese führte.

Für einen kurzen Moment hatte er genau das Gefühl, nach dem er sich im Haus gesehnt hatte. Dort hätte er es seiner Schwester nicht erklären können. Wie sollte sie verstehen, daß alle Gefahren, die sie fürchtete, aus der Enge einer Wohnung heraus ganz anders wirkten als hier draußen? Erst im freien Gelände, dachte er, sind die Verhältnisse zurechtgerückt; vieles ist bedrohlich, aber alles ist auch offen, es gibt Lücken, die niemand immerfort schließen kann. Selbst die Sondereinheiten konnten nur Stichproben machen. Diese Lücken, diese

Schlupfgänge zu finden und zu nutzen, das war sein Geschäft und inzwischen wohl auch seine Leidenschaft.

Das Geräusch schreckte ihn auf, als er die Baracke gerade hinter sich gelassen hatte, und sofort zog er sich wieder in die Deckung des Kastens zurück. Was da über die schräge Steinfläche herab auf ihn zukam, war ein Schäferhund, der mehr rutschte als rannte. Seine Läufe gehorchten ihm nicht bei diesem Tempo, und erst, als er das Plateau erreicht hatte und wieder Tritt faßte, begann er zu bellen. Bis er bei ihm war, dachte der Schmuggler noch, er sei vielleicht allein hier. Aber die Zielstrebigkeit und Gewalt, mit der das Tier ihn angriff, ließ ihn Schlimmes ahnen.

Der Hund sprang an ihm hinauf und biß in seinen abwehrend vorgestreckten Arm, blieb kurz daran hängen und fiel wieder hinab. Er ging die Mantelenden an, die sich vor seinen Augen bewegten, und zerrte an ihnen. Zwei Männer waren aus dem Scheitel der Felsschräge emporgewachsen. Sie standen dunkel und breitbeinig dort oben, als würden sie den Himmel abstützen. Sekunden später setzten sie sich in Bewegung, in großen Schritten und dann wieder schlitternd folgten sie dem Hund.

Während er das Tier vorsichtshalber mit nicht allzu heftigen Tritten abzuwehren suchte, sah der Schmuggler, daß die beiden jung waren; er erkannte die dunklen Uniformen und das Lederzeug, das sie über den Jacken trugen. Sie hielten die kurzen Maschinengewehre mit den aufgepflanzten Dolchen vor sich und kamen so Meter für Meter auf ihn zu. Er begann zu sprechen, alles, was ihm einfiel, suchte er zusammen und spie es keuchend aus, denn er wußte, daß nur Worte, die sie verstehen konnten, jetzt noch den schwindenden Raum zwischen den beiden Klingen und ihm wettmachen konnten.

Wenige Meter vor ihm blieb einer zurück, der andere trat an ihn heran. Mit einem scharfen, zischenden Pfiff brachte er den Hund dazu, kläffend zur Seite zu weichen, während er den Gewehrlauf über die rechte Schulter des Schmugglers hob. Der blickte, noch immer stammelnd, in ein Kugelgesicht mit dunklen, unbeweglichen Augen darin. Er sah noch das lässig schräg sitzende schwarze Barett und die glänzende Kopfhaut mit den Stoppeln der frisch geschorenen Haare darin. Dann zog der Soldat den Gewehrkolben mit einer unglaublich schnellen Bewegung durch, und der Schlag, der den Schmuggler auf die linke Gesichtshälfte traf, ließ ihn wissen, daß er zumindest noch die Chance hatte, diese Begegnung zu überleben.

Am Boden wollte er sich aufrichten und fand sich auf allen vieren wieder. Wie ein Stück von ihm lag sein Hut weit entfernt. Sein Gesicht war taub, und Flüssigkeit lief irgendwo in ihm über und zum Mund hinaus. Dicht vor seinem Gesicht war die Schnauze des Hundes mit der heraushängenden Zunge, hellrot wie ein verblichenes Warnsignal. Die beiden setzten ihm die Stiefelsohlen auf den Hintern und den Rucksack und stießen ihn wieder und wieder vorwärts zu Boden. Er wußte nur, daß er nicht liegenbleiben durfte, weil er eine Entscheidung gegen sein Leben herausfordern würde, wenn er leblos erschien. So erhob er sich immer wieder, stützte sich erst auf die Arme und winkelte dann die Knie, um erneut niedergetreten zu werden. Der Rucksack öffnete sich, und Flaschen, Gläschen und Pakete stürzten über seinen Nacken und Hinterkopf hinaus. Er hörte Gelächter von irgendwo oben, und ein Tritt traf ihn an der Schulter, so daß er auf die Seite fiel. Er spürte Hände unter seinen Mantel kriechen. Er öffnete die Augen und machte über seinem Gesicht die Mündung eines Gewehrlaufs aus, daneben aber, gefährlich viel näher, den winzigen, scharfen Bogen der Klingenspitze. Sein Gedanke war, den Kopf nicht aufwärts zu bewegen, was auch geschehen würde. So wandte er sich zur Seite, als ihn der Tritt zwischen die Oberschenkel traf und sein Körper von beiden Enden her zusammengezogen wurde.

11

"Was siehst du?« fragte ihn die eigentlich angenehme Stimme in seinem Rücken zum wiederholten Male. Sie sprachen einfache türkische Sätze, der Schmuggler konnte alles gut verstehen.

Er schöpfte seine ganze Hoffnung aus dem Umstand, daß sie ihm die Augen verbunden hatten, bevor er in den Wagen geladen wurde. Soweit er es wahrnehmen konnte, waren sie nicht allzu lange mit ihm gefahren. Die Räume, in die er dann geführt wurde, rochen wie die leeren Zimmer im Roten Haus.

Jetzt kniete er mit auf dem Rücken gefesselten Händen und wieder sehenden Augen vor einem verdreckten europäischen Klosett. Die Ausbuchtung des Beckens drückte auf seinen Magen. Er blickte in den stinkenden, bräunlich-schwarzen Trichter.

»Ein Loch«, preßte er durch seinen völlig verschwollenen, irgendwie schief sitzenden Mund.

Er versuchte, sich so wenig wie möglich zu bewegen, um seine Schmerzen nicht zu spüren. Seine Gedanken waren: Nie eine Gegenfrage stellen, denn jede Art von Frage ist hier ein Angriff; nie zur Seite oder nach oben schauen; so kurz wie möglich antworten, denn so wollten sie ihn, ohne jede Eigeninitiative und doch am Leben. Des weiteren mußte er darauf achten, daß das Becken unterhalb seines Brustkastens blieb, sich also oben halten, denn die gelegentlichen Tritte von hinten schlugen ihn gegen den Beckenrand. Wenn noch etwas in ihm war, so konnte er sich ohne weiteres erbrechen, denn das gefiel ihnen.

»Was? – Was siehst du, Mann? Du mußt mir sagen, was du siehst, direkt vor dir, da.« Der Schmuggler fühlte die Hand an seinem Hinterkopf und wie sein Gesicht in den Trichter gedrückt wurde. »Es ist wichtig, daß du mir sagst, was du siehst. Also, was siehst du da, da vor dir?« Die Hand löste sich, und der Kopf des Schmugglers schnellte aufwärts.

»Ein Loch.«

»Nur ein Loch? So, ein Loch. Was glaubst du, wozu ich hier mit dir herumquatsche? Damit du mir sagst, du siehst ein Loch? Was siehst du, Mann, was?« Die Stimme dehnte die Worte in gespielter Ungeduld.

Der Schmuggler versuchte, etwas anderes zu finden, das er sagen konnte, hatte aber Schwierigkeiten damit, denn es durfte auf keinen Fall auftrumpfend oder auch nur munter klingen. Er fing wieder einen Tritt ab, blitzartig verkrampfte sich die Muskulatur seines Oberkörpers. Aber es nützte ihm immer nur beim ersten Tritt. Bekam er kurz danach einen weiteren, blieb sein Körper schon viel nachgiebiger, weil der Schreck ihn nicht mehr zusammenzog.

Er hatte etwas Zeit gewonnen, aber jetzt mußte er reden. »Eine... Toilette.«

Für einen kurzen, irritierenden Moment herrschte Stille. Der Schmuggler hoffte auf irgendeine unvorhergesehene Unterbrechung. An der Stimme des anderen aber bemerkte er, daß dieser etwas getrunken haben mußte. Der nächste Tritt war so stark, daß er kurz das Bewußtsein zu verlieren drohte.

»Was siehst du. Sag es mir. Sag mir, was du vor dir, da, ganz dicht vor dir siehst. Also, was siehst du?«

»Ein stinkendes Loch.«

»Ich will wissen, was du siehst, nicht, was du riechst.«

Der Schmuggler hörte die Schritte des anderen. Es kam nicht darauf an, was er sagte. Die Gefahr lag in dem, was der Mann hinter ihm sagte. Bestimmte Wörter lösten bei ihm weitere aus, und dadurch steigerte sich hörbar seine Wut. Dieser Mann konnte den nötigen Haß auf ihn nur durch das Sprechen in sich erzeugen. Er mußte sich heißreden. Dabei durchlief er wie bei einer Sprechübung immer wieder das ganze Spektrum, vom Entgegenkommen bis zum Ausbruch.

»Ich will nur einfach wissen, was du siehst.« Die Stimme war jetzt über ihm. »Glaubst du, mir macht es Spaß, hier zu stehen? Ich will endlich wissen, was du siehst. Ein Loch, ja?«

»Ja.«

»Ein stinkendes Loch, ja?«

»Ja.«

»Eine Toilette, ja?«

»Ja.«

»Und das soll alles sein? Ein Loch, ja?«

»Ein braunes, stinkendes Loch ... mit Rissen und Wasser ...«

Der Tritt kam, weil er zu lange gesprochen hatte.

»Ein Loch, ja?« Der Mann drückte den Kopf des Schmugglers wieder hinunter, ließ los, und der verharrte so, obwohl sein Magen dabei fürchterlich schmerzte.

»Ja«, sagte er und hörte seine Stimme hallen wie aus großer Tiefe.

»Ein stinkendes Loch?«

»Ja.«

»Das ist eine Toilette?«

»Ja.«

»Ein braunes Loch?«

»Ja.«

»Mit Rissen, ja?«

»Ja.«

»Und Wasser, ja?«

»Ja.«

»Und das ist alles. Das ist, was du siehst, ja? Alles, was du siehst?«

Bevor er antworten konnte, wurde dem Schmuggler der Kopf so weit in das Becken gedrückt, daß er seinen Mund über dem Abfluß plazieren mußte. Eine ungeheure Angst um seine Zähne überkam ihn, als sie über das Porzellan schabten. Dann ergoß sich dicht an seinen Ohren das Wasser der Spülung und floß, seine Wangen und die Lippen kurz schmerzhaft benetzend, in die Tiefe des Abflußlochs. Der Mann ließ los.

»Was siehst du?«

»Ein Loch.«

»Ein Loch, ja?«

»Ja.«

Der Tritt kam diesmal ohne Schwung und war leichter zu ertragen.

»Was siehst du noch?« Die Stimme klang plötzlich abgelenkt.

»Braun ...«

»Was?«

»Braun und Wasser.«

»Was noch?«

Der Schmuggler mußte wieder kurz nachdenken. »Blut«, sagte er, und es blubberte dabei.

»Blut, ja.«

»Ja.«

»Ein Loch, ja?«

»Ja.«

»Und Braun, ja?«

»Ja.«

»Und Wasser, ja?«

»Ja.«

Schritte entfernten sich. Der Schmuggler glaubte, es nicht mehr lange durchhalten zu können. Er sackte zusammen und rutschte zurück. Sein Kopf hob sich unwillkürlich aus dem Becken. Plötzlich war die Stimme wieder da, und Faustschläge gingen auf ihn nieder.

»Ich will eine Antwort. Und ich will nicht sagen müssen, was ich will.«

»Ja.«

Wieder entfernte er sich. Durch das Brausen in seinen Ohren hörte der Schmuggler den Mann jetzt reden. Es war noch jemand im Raum, der sich bisher vollkommen still verhalten hatte. Irgend etwas hatten sie abgesprochen.

»Was siehst du?«

»Ein Loch.«

»Was willst du?«

Er konnte nicht antworten und empfing den Tritt.

»Nichts.«

»Was willst du?«

»Nichts.«

»Warum bist du hier?«

Der Schmuggler schüttelte den Kopf.

»Warum bist du hier? Um in das Scheißklo zu glotzen? Bist du hier, um deinen dreckigen Kopf in das Klo zu stecken?«

»Ja.« Eine kurze Pause entstand.

»Was also siehst du?«

»Ein Loch.«

»Und?«

»Ein braunes Loch.«

»Und was willst du hier?«

»Nichts.«

»Weißt du, wo du bist, du Schwein?«

»Nein.«

»Du weißt nicht, wo du bist, aber hast trotzdem deinen Kopf in unserem Scheißhaus?«

»Ja.«

»Also ich stehe hier, ich kenne dich nicht, du weißt gar nichts, aber zielstrebig steckst du deinen Kopf ins Klo.«

»Ja.«

»Was willst du Schwein hier?«

»Nichts.«

»Weißt du, wo du hier bist und deinen Kopf ins Klo hältst?«

»Nein.«

Der Tritt traf ihn von der Seite, auf Höhe des Beckens.

»Hier, wo du aus dem Klo säufst, du Schwein, hier können wir viel machen.«

»Ja.«
»Weißt du, was wir machen können?«
»Nein. Ja.«
»Was?«
»Ja.«
»Ich glaube nicht, daß du es weißt. Willst du es wissen?«
»Nein.«
»Du willst es nicht wissen?«
»Nein.«
»Warum nicht?«
»Nein.« Er versuchte, seinen Kopf andeutungsweise zu schütteln, um seiner Antwort Nachdruck zu geben.
»Warum bist du dann hier, wenn du es nicht wissen willst?«
Der Schmuggler wiederholte die Kopfbewegung und stieß an die Beckenwand.
»Was siehst du?«
»Ein Loch.«
»Und?«
»Blut.«
»Wir können hier alles machen.«
»Ja.«
»Weißt du, was das heißt: alles?«
»Ja.«
»Soll ich es dir zeigen?«
»Nein.«
»Du willst nicht, daß ich es dir zeige?«
»Nein.«
»Woher kommst du?«
»Von drüben.«
»Was willst du?«
»Nichts.«
»Hast du hier irgendwo gewohnt? Bei wem?«
»Nein.«
»Bei wem?«
»Niemand.«

»Seit wann bist du hier?«

Der Schmuggler überlegte kurz. Er mußte die Wahrheit sagen, auch wenn sie seine Aussage unglaubwürdig machte, denn sie kannten sie wahrscheinlich. Wenn er jetzt log, würden sie ernst machen. »Vier Tage«, blubste er hervor.

»Vier Tage. Und du hast im Freien geschlafen?«

»Ja.«

»Vier Nächte?«

»Ja.«

»Weil du hier niemand kennst...«

»Ja.« Zwei Tritte trafen ihn, weil er den Mann unterbrochen hatte.

»Weil du hier niemand kennst, bei dem du deinen Kopf ins Scheißhaus stecken kannst?«

»Ja.«

»Und heute wolltest du zurück.«

»Ja.«

»Und deinen Plunder verkaufen.«

»Ja.«

»Und du kennst den Weg?«

»Ja.«

»Woher?«

»Von der Armee.«

»Vier Nächte, ja?«

Der Schmuggler antwortete und meinte einen leichten Unterton von Nachdenklichkeit in der Stimme des anderen auszumachen. Er konnte nur darauf hoffen, daß dieser ihm glaubte. Dem Himmel sei Dank, dachte er, es ist gerade noch Sommer. Die beiden schienen wieder miteinander zu reden. Momente später fühlte der Schmuggler den Griff unter seinem Kinn. Sein Kopf wurde aus dem Trichter gerissen. Er kniff kurz die Augen zu, hatte aber Angst, die Kontrolle zu verlieren, zu nahe war sein Gesicht dem Becken. Er öffnete die Augen wieder und sah ganz kurz und verkehrt herum das Gesicht des Mannes, bevor er schräg hinauf an die Wand starrte. Es ist wieder er, ging es ihm durch den Kopf, während der andere seinen Kehlkopf quetschte, der Bart ist zwar rasiert, aber das Kinn, die schmalen, listigen Augen, er muß es sein.

»Was willst du tun, wenn ich es dir gezeigt habe? Wirst du irgendwo anders heimlich über die Grenze kriechen? Bis nach Deutschland vielleicht?«

Der Schmuggler schüttelte den Kopf gegen die Hand des anderen.

»Wie wär's? Machst deine Runde. Kriegst Geld. Fickst ein paar blonde Weiber, die warten nur drauf. Und dann, nach einer Weile, kommst du wieder hier an, mmh?«

Wieder verneinte er, und der Mann ließ los. Er schob seinen Kopf zurück in das Becken und wartete. In ihm blieb das Bild des zart grünlichen Wasserrohrs vor einer schrundigen, pilzbefallenen Wand zurück.

»Du Hund bleibst, wie du bist, sonst zeige ich's dir.«

Eine schwere Tür wurde geöffnet und fiel wieder ins Schloß. Lange blieb er in der Stellung und lauschte. Der Gedanke, daß der zweite, der die ganze Zeit über fast lautlos anwesend war, noch da sein könnte, bereitete ihm panischen Schrecken. Es war denkbar, sogar wahrscheinlich, daß er ihn aus der Tiefe des Raumes beobachtete.

Er harrte lange aus. Aber in der Stille begann er seinen Körper mehr und mehr zu fühlen. Anfangs flackerten an verschiedenen Stellen Schmerzen auf, um sich nach und nach zu einem Gesamtschmerz zu vereinigen. Dann wurde sein noch vorgebeugter Oberkörper schwer, als würde die Stille sich auf ihn legen. Er mußte den Kopf schließlich heben, weil sich seine Stirn immer stärker gegen die Beckenwand preßte, dicht über dem Loch, das er längst nicht mehr sah. Der Raum um ihn war nicht so dunkel, wie er vermutet hatte. Wo er sich nun schon bewegt hatte, ließ er sich ganz zurücksacken, so daß sein Hintern die Hacken berührte. Vorsichtshalber hielt er den Kopf weiter über das Klosettbecken. Merkwürdigerweise wurde der Gestank jetzt stärker. Wie eine Glocke blieb er um ihn, auch als er seinen

Oberkörper endlich aufrichtete und, vor Schmerz ächzend, den Kopf in den Nacken legte, um ihn sofort wieder nach vorn sinken zu lassen, weil er befürchtete, ohnmächtig zu werden. Ob nun jemand hinter ihm saß oder nicht – dieser kurze Stellungswechsel schien ihm jede Strafe wert zu sein.

Er blieb minutenlang, wie er war, und wandte dann schnell den Kopf zur Seite. Der Raum war vollkommen leer und zementgrau vom Boden bis zur Decke, wo die in einem Schacht versenkte gläserne Luke für fahles Oberlicht sorgte. Eine schmutzige Neonröhre verlief gleich daneben. Außer dem Spülungsrohr gab es hier nichts Farbiges, selbst die Metalltür war dunkelgrau. Wo er kniete, waren nicht nur die Wände fleckig, sondern auch der Boden. Er bemerkte das leichte Gefälle und ein zweites Abflußloch nahe der Wand. Es mußte eine Art Zelle in einem Keller sein.

Er begann gleichzeitig sein Blut zu schmecken und nachzudenken. Wenn der Schläger wiederkam, würde sich alles entscheiden. Der Schmuggler war nicht wichtig für sie, aber auch darin lag eine Gefahr. Was ihn am meisten beunruhigte, war das Gesicht des Schlägers, das er so gut und so lange schon kannte. Es war kein Zufall, daß wieder er es war, der ihn in ein Erdloch gezogen hatte, diesmal in ein quaderförmiges. Er kniete da und starrte auf das Wasserrohr. Sobald sich an der Tür etwas tat, würde er in Position gehen. Er übte es vorsorglich schon einmal. Wenn sie wiederkamen, würde er alles genauso tun wie vorher. Aber wenn sie ihn irgendwo anders hinbrächten ... daran durfte er nicht denken, er mußte auf die alles verdunkelnde Hülle des Schmerzes rechnen und darauf, daß alles, wirklich alles nur eine Passage ist.

Je länger er wartete, desto qualvoller wurde dieses Warten selbst, am Ende wünschte er sich, daß sie kämen. Er wollte nicht daran denken, was er getan hätte, wenn der lautlose Mann im Raum geblieben wäre. Daß sie ihn alleingelassen hatten, konnte ein gutes Zeichen sein. Er war bestimmt ziemlich uninteressant für sie, und zum Quälen hatten sie noch andere, sicherlich noch viele andere. Wahrscheinlich war dieses ganze Kellergewölbe riesig und voller Leute, die gefoltert werden mußten. Er war nur einer von vielen, einer, mit dem sie ein bißchen Spaß hatten.

Der Schmuggler sah das Licht aus der Luke schwächer werden. Der Raum wurde allmählich schwärzlich und erschien viel tiefer. An seinen Knien glaubte er deutlich die Struktur des Bodens zu spüren. Er hätte es wie nichts anderes gewollt, aber er konnte einfach nicht wagen, seine Beine auszustrecken. Vielleicht ging das auch gar nicht mehr, so taub wie alles unterhalb seiner Knie war. Als das Licht völlig geschwunden war, schien ihm die Zeit nicht mehr fühlbar. Er kniete nur noch regungslos in der Dunkelheit, vergaß allmählich selbst den Gestank und tastete mit der geschwollenen, fast unbeweglichen Zunge seinen unförmigen, engen Mund von innen ab.

Sie kamen mit großem Lärm zurück. Die Tür wurde aufgestoßen, als der Schmuggler seinen Kopf schon wieder tief im Becken und seinen Körper, so weit er es noch konnte, angespannt hatte. Das Neonlicht riß den Raum über ihm auf und ließ ihn selbst noch in der Schmutzkruste des Trichters Einzelheiten erkennen. Hinter ihm füllte sich die Zelle mit mindestens fünf Männern, deren Lachen, Schnaufen und Rotzen auf ihre Jugend schließen ließ. Die Stimme, die er bereits kannte, tönte laut zu ihm herunter.

»Hoppla, was hängt denn da aus unserem Klo. Kaum dreht man sich um, schon kriecht da was raus.« Die Männer feixten und grölten. Der Sprecher kam noch näher heran. »Was meint ihr, sieht aus, als hätte es keinen Kopf.« Das Gelächter hallte wider im Raum. »Na, laßt euch nicht abhalten, den haben wir hier vergessen.«

Der Schmuggler hörte, wie sie sich um ihn versammelten, ihre Stiefel traten seine Beine beiseite. Sein Herz hämmerte, als würde es ihm Schlag für Schlag durch den Hals in den Kopf und zum Mund hinaus rutschen. Er hörte das Nesteln am Stoff und von mindestens zweien übertrieben fröhliches Gepfeife. Dann spürte er Nässe, aus allen Richtungen ging sie auf ihn nieder. Der Trichter, den sein Kopf verstopfte, füllte sich mit Urin, der langsam an seinen Wangen entlang abfloß. Er schmeckte und atmete ihn und blieb doch, wie er war.

»Er sagt, er will nicht hierbleiben«, sagte der junge Mann in bedauerndem Tonfall.

»Uuuhh«, machten einige. Die Urinstrahlen wurden schwächer und kürzer, sie trafen Schultern und Arme des Schmugglers.

»Ich habe dir da noch etwas mitgebracht«, sagte der junge Mann.

Der Schmuggler hörte den Schläger tuscheln. Dann klatschte etwas neben seine Wange in das Becken. Es fühlte sich weich und feucht an, er kniff die Augen zu. Sein Herz raste, als ihm der Kopf nach oben gezogen wurde.

»Nun schau es dir schon an«, sagte der Mann drohend.

Der Schmuggler mußte die Augen öffnen. Im Becken unter ihm lag ein Büschel langer Haare wie von einer Frau. Es waren so viele, wie eine Faust gerade noch greifen konnte, und an einer Seite war Blut zu sehen.

»Was siehst du?«

»Haare.«

»Gefallen sie dir?«

Der Schmuggler schluckte nur.

»Gut, ich werde dir etwas anderes holen.«

»Nein.« Er schüttelte heftig den Kopf. »Sind gut.«

»Du kannst sie dir mitnehmen. Und wenn du das nächstemal herkommst, dann zeigst du sie uns, damit wir gleich wissen, daß wir dich schon kennen.« Der Schmuggler griff mechanisch nach dem Büschel. »Weißt du, solche, die schon mal hier waren, die mögen wir besonders gern. Steck es dir ruhig ein!«

Der Schmuggler hatte die tropfnassen Haare gehalten. Jetzt zog er die Hand zu sich, schob sie in die Hosentasche und ließ das Büschel los.

»Wenn er nicht bleiben will, soll er doch gehen, oder?«

Zustimmung von allen Seiten.

Der Schmuggler wurde beiseite gestoßen und konnte gerade noch rechtzeitig den Kopf heben. Er saß am Boden und sah dunkle Hosenbeine um sich. Jemand packte ihn an der Schulter, er blickte nicht hoch. Die Hand drängte ihn nach vorn, so daß er auf alle viere mußte. Er konnte seine Beine kaum bewegen. Sein Kopf wurde zwischen zwei Hosenbeinen eingeklemmt. Er wartete starr. Jemand zog ihm einen schwarzen Sack über den Kopf.

»Steh auf und geh!« Die Stimme des Schlägers klang vergnügt. »Na, los, steh jetzt auf, Mann.«

Er versuchte sich aufzurichten und verstand, was der Mann wollte. Es gelang ihm erst beim dritten Versuch; er stand im Raum und trug den Schläger auf seinen Schultern. Das grelle Licht drang bis in den Sack. Schemenhaft sah er die fünf anderen vor sich den Weg zur Tür frei machen und setzte sich mit schweren, unsicheren Schritten in Bewegung.

»Wenn du nicht bei uns bleiben willst, mußt du gehen. – Uh, wie der stinkt!«

Hinter den engen Maschen schwankte die Tür heran. Er war es gewohnt, schwer zu tragen, daher machte ihm der Mann auf seinem Buckel nicht viel aus. Aber seine Beine drohten zu versagen. Vor allem: Wie sollte er durch die Tür kommen, er mußte dazu mit dem Gewicht in die Knie gehen. Als er endlich vor der Tür stand, kam einer der Männer dazu, öffnete sie und hielt sie fest. Beim Versuch, sich zu bücken, knickte der Schmuggler ein und ließ sich vorsichtshalber gleich nach vorn fallen, damit der andere nicht etwa nach hinten zu Boden stürzte. Der stellte sich auf die Füße, ließ ihn über die Schwelle kriechen und saß im zugigen Korridor dahinter wieder auf. Der Schmuggler sah überhaupt nichts mehr, er schritt vorsichtig voran, obwohl der Mann ihn unaufhörlich drängte, schneller zu gehen. Er balancierte ihn auf seinen Schultern wie eine beliebige Last und ließ sich darin nicht beirren. Es kommt darauf an, dachte er, alles gehorsam und dabei gleichmütig zu tun; ein Fehler seinerseits würde ihn da oben nur neue Einfälle haben lassen. Während er ging, wurden die Schmerzen im Oberkörper stärker. Es war, als wäre es enger geworden in seiner Brust, die Luft, die er in immer kürzeren Zügen einsog, schien etwas in ihm anzufachen. Ich müßte liegen können, dachte er, bald werde ich liegen können.

»Runter«, brüllte der Mann unvermittelt.

Der Schmuggler blieb stehen, kniete vorsichtig nieder und ließ sich nach vorn auf die Hände fallen. Der Mann gab ihn frei und entfernte sich. Der Schmuggler richtete den Oberkörper wieder auf und verharrte sicherheitshalber in der Stellung, die er schon in der Zelle eingenommen hatte. Mit dem Sack auf dem Kopf mußte er aussehen wie eine der Vogelscheuchen im Grenzland. Sicherlich war es jetzt noch viel leichter, ihn zu schlagen, deshalb spannte er die Muskeln an, die er noch unter Kontrolle hatte.

Lange Zeit geschah nichts. Dann plötzlich waren Männer um ihn, griffen unter seine Schultern und rissen ihn hoch. Er trottete zwischen ihnen voran, bemerkte die kühle Nachtluft um sich und den Kies unter seinen Sohlen.

Sie ließen ihn in einen PKW steigen und fuhren etwa eine halbe Stunde über Buckelpisten, bis sie eine offenbar asphaltierte Straße erreichten. Nach weiteren zehn Minuten hielten sie. Einer stieg aus, riß die hintere Tür auf und zerrte den Schmuggler aus dem Wagen. Bis jetzt hatte keiner der Männer ein Wort gesprochen. Nachdem er ihm den Sack vom Kopf gerissen hatte, sah der Schmuggler den schneeweißen Kragen und das große, rötlichbraune Gesicht eines älteren Mannes in Zivil vor sich.

»Verschwinde«, stieß er hervor und wandte sich dabei noch ab.

Er stieg in das harmlos aussehende Auto, eine ausländische Marke, und sie fuhren davon. Der Schmuggler sah die roten Lichter auf der Überlandstraße verschwinden, sank in sich zusammen und ging zu Boden. Krampfartig führte er die Hand zur Hosentasche, zog das Haarbüschel heraus und warf es von sich. Erst saß er, dann legte er sich in die Böschung am Straßenrand. Aber er konnte sich nicht ausstrecken, wie er es sich die ganze Zeit gewünscht hatte, nicht einmal die Arme konnte er mehr über den Kopf heben. Mit dem Augenblick, in dem er allein war, zog sich alles in ihm an einer Stelle unterhalb der Brust zusammen, und jede Bewegung wurde unerträglich schwer ausführbar.

Er lag auf der Seite, zusammengekrümmt, als wollte er sich erbrechen, als ihn am Morgen die vorbeifahrenden Autos weckten. Langsam faltete er sich auseinander und hob den Kopf weit genug, daß er die Straße sehen konnte. Er fühlte sich so schwach, verschwollen und unbeweglich, daß er anfangs nicht glaubte, auch nur einen Schritt gehen zu können. Als er endlich aufgestanden war, hoffte er inständig, daß die Straße vor ihm jene war, die in die Berge zu seiner Schwester führte.

Wo er stand, war das Land von leichten Bodenwellen durchzogen, in der Ferne sah er die endlose, dunkle Naht der Strommasten. Er taumelte zunächst am Straßenrand entlang, um irgendeinen Hinweis zu finden. Sein elender Anblick ließ die Leute aus den Wagenfenstern starren, und nach einiger Zeit hielt ein Lieferwagen zehn Meter vor ihm. Der Schmuggler stieg ein und sank in den durchgescheuerten Sitz zurück, als hätte er einen Tagesmarsch hinter sich.

12

Der Fahrer bemerkte schnell, daß sein Fahrgast nicht in der Lage war, sich mit ihm zu unterhalten, sondern Schmerzen hatte, die ihn kaum atmen ließen. Er nahm den Uringeruch wahr und die verdreckte Kleidung. Möglicherweise ahnte er, worum es sich hier handelte, jedenfalls erkannte der Schmuggler bei den wenigen Malen, die er ihm ins Gesicht sah, die Angst in dessen Augen. Die Wassermelonen auf der Ladefläche rumpelten und bollerten, und der spindeldürre Mann, der am Steuer wie ein Zwerg aussah, fragte ihn endlich nach seinem Ziel. Der Schmuggler erklärte ihm in Wortstößen, wo er die Stadt vermutete, in der sein Schwager arbeitete. Der Melonenhändler nickte vor sich hin und warf einen kurzen, besorgten Blick auf den zusammengekrümmten Mann neben sich. Wahrscheinlich bereute er seine Freundlichkeit längst und die Neugier, die ihm wie allen Menschen hier eigen war. Über diesen Gedanken schlief der Schmuggler ein, weil es ihm leichtfiel, alle Vorsicht von sich zu schieben, eingezwängt wie er war, in die wunde Hülle seines Körpers.

Wie er vermutet hatte, war er nicht sehr weit von der Stadt entfernt gewesen. Der Händler weckte ihn, als sie in die von halbverfallenen, niedrigen Mauern gesäumten Straßen einfuhren. Mühsam, seine Gedanken mitsprechend, rekonstruierte der Schmuggler die Lage der Werkstatt. Der Mann hörte mitleidig zu und fand den Weg tatsächlich.

Vor den offenen Hallen hielt er auf einem ölverdreckten

Sandplatz, stieg aus, lief um den Wagen und öffnete dem Schmuggler die Tür. Wie einem Kranken half er ihm beim Aussteigen. Er stellte ihn auf die Beine und zupfte an seiner Kleidung, als wollte er, was immer er transportierte, in einwandfreiem Zustand abliefern. Zwei Mechaniker hatten ihre Arbeit, das Ausschlachten eines demolierten, undefinierbaren Pickups, unterbrochen und musterten die beiden Ankommenden und das viele Grün, das sie mitbrachten. Aus den verstreut liegenden Schuppen kamen weitere, und einer löste sich aus ihrem Tändelschritt und lief zielstrebig auf den Schmuggler zu.

Was sollte er seinem Schwager erzählen, gleich nachdem dieser ihn mit ein paar Geldscheinen ausgelöst hatte aus der ängstlich-befremdeten Fürsorge des Händlers, aus einem grün leuchtenden Berg Melonen und seinem ganzen Unglück? Der Schmuggler dachte darüber nach, während der andere ihn zum Haus seiner Schwester fuhr. Die Soldaten waren fort, wie er auf der ansteigenden Piste vor dem Berg sehen konnte, und nichts erinnerte mehr an ihre Anwesenheit.

Sie saß neben seinem Bett wie früher, als er wieder erwachte und sich noch elender fühlte als zuvor. Sie lehnte sich in den Klappstuhl zurück und wartete.

»Er war es«, sagte der Schmuggler und hatte das Gefühl, es endlich losgeworden zu sein. Nur ihr konnte er das sagen, nur sie verstand es, das sah er sofort an ihrem unverwandt aufmerksamen Blick.

»Bleib ruhig.« Sie flüsterte fast und führte die Hand dicht über seine Schulter, wagte aber nicht, ihn zu berühren. »Gleich kommt ein Arzt. Du mußt untersucht werden. Siehst du, jetzt muß ich wieder für dich sorgen, wie früher.« Sie lächelte kurz.

Es war ihm unangenehm, daß er es als angenehm empfand. »Nein, mußt du nicht«, krächzte er und wußte gleich, daß es erst damit genau wie früher war.

Nach einer für ihn fürchterlichen Prozedur, die nur aus dem Hochziehen des Hemdes, dem Herunterziehen der Hosen und sachten Abtasten bestand, stellte der Arzt jede Menge Blutergüsse fest, vermutete gebrochene Rippen und machte sich Sorgen um die Nieren. Der Schmuggler hatte den Eindruck, daß der hochgewachsene Mann auf Anhieb wußte, woher diese Verletzungen stammten. Er fragte nicht mit einem Wort danach. Eine Art leidender Anspannung setzte sich in seinem kantigen Gesicht fest und verließ es nicht mehr, bis er dem Schmuggler auch noch in den Mund geschaut und seine Kieferknochen betastet hatte. Danach wurde er wieder lebendig und fragte ihn, ob er eine Verfärbung seines Urins bemerkt habe. Dem Schmuggler fiel auf, daß er noch gar nicht daran gedacht hatte, auf die Toilette zu gehen. Der Arzt forderte ihn auf, es jetzt zu tun. Alles in ihm sträubte sich dagegen, es war, als wären alle seine Ausscheidungen tief in ihn zurückgedrängt worden, als wäre eine feste Haut, eine Art Hülse um ihn gewachsen, die nichts hinausließ, nicht einmal Worte, wenn nicht gerade seine Schwester neben ihm saß.

Der Arzt stützte ihn bis zur Toilette und blieb an der Tür stehen. Es kostete den Schmuggler viel Mühe, sich über das Loch zu hocken, und die Erinnerungen blieben ihm, zum Sprung bereit, fern, verbargen sich im Geruch und in der Tiefe des Abflusses, weil das Klo nicht europäisch war und der Arzt geduldig wartend vor ihm stand, zum wiederholten Male fragend, ob es gehe oder er nicht doch lieber eine Flasche holen solle. Aber es mußte gehen. Der Schmuggler wollte diesen straff gespannten Faden zum normalen Leben nicht reißen lassen, er kämpfte um einen Status diesseits der Bettlägerigkeit und hatte das Gefühl, die Erinnerung gerade dadurch auf Abstand halten zu können. Es dauerte eine Weile, bis er zwischen schmerzhaften Krampfwellen eine Lücke fand, in die hinein er tröpfelnd wie durch ein viel zu kleines Loch entließ, was sich in ihm staute. Er brachte es nach ein paar Versuchen auf einen mickrigen Strahl und war einigermaßen zufrieden. Bevor er aufstand, fühlte er nach seinen Hoden.

Es überraschte ihn nicht, als sich der Arzt nach kurzer, aber eingehender Betrachtung abwandte und sagte, er habe wohl

Glück gehabt, was das betreffe. Trotzdem müsse er eingehender untersucht werden. Der Schmuggler, wieder im Bett, nickte und sagte zu allem ja, damit der Arzt endlich ging. Er hatte seinen Entschluß gefaßt und war überzeugt, selbst beurteilen zu können, ab wann er sich wieder frei bewegen konnte.

Er verbrachte die Tage mit der immergleichen Prozedur; aufgewacht, fühlte er seinen Schmerzen und Schwellungen nach, schleppte sich, bevor noch sein Schwager erscheinen konnte, zur Toilette und warf auf dem Rückweg einen Blick aus dem Fenster. Morgens kamen beide an das Bett, und jeden Tag versuchte Zarik, ein wenig mehr zu erfahren. Der Schmuggler wehrte seine Fragen ab. Wenn sein Schwager fort war, ließ er sich vorsichtig zurücksinken.

»Die Sache läßt ihm keine Ruhe«, nuschelte er ihr zu. Die Schwellungen in seinem Mund schienen immer noch stärker zu werden, und er hatte Fieber bekommen, das ihn nur mit Mühe bei einem Gedanken bleiben ließ. Alle paar Sekunden fiel er zurück in Erinnerungen und mit ihnen verbundene abwegige Gedankenketten.

»Er hat Angst«, sagte sie leichthin, während ihre Armbänder beim Postieren des Klappstuhls klingelten. »Er meint, daß du uns in Schwierigkeiten bringen könntest. Es ist doch auch so, du mußt ihn verstehen.«

»Ich gehe, sobald ich kann.«

Sie verzog das Gesicht und wandte den Kopf zum Fenster. Der Schmuggler hatte diese Wirkung seiner Worte erwartet. Schon als Kind hatte er sie gezwungen, ihm, nur ihm zuliebe das Außergewöhnliche, das Gefährliche nicht nur zuzulassen, sondern selbst darin verstrickt zu werden. Dieses Verhalten hatte sich bei ihm zu einer Gewohnheit entwickelt. Jetzt, als er sie mager, mit sehr dunklem Haar und dem gleichzeitig leidenden und fröhlichen Blick dasitzen sah, wußte er plötzlich, daß es seine Art war, sich ihrer Liebe zu versichern. Er hatte nie nur ihre Zuwendung gewollt, sondern ein kleines Opfer, etwas, das sie eigentlich nicht geben konnte in der Rolle, die ihr als Frau von allem Anfang an zugewiesen war. Er begriff, wie sehr er sie brauchte und gebraucht hatte, sie, die schon als Mädchen und junge Frau immer zu klug gewesen war für alles, was ihr zustand und zustehen würde in diesem Leben. Gab es auch da eine Ähnlichkeit zwischen ihnen, die er bisher noch nicht bemerkt hatte?

»Das hättest du nicht sagen müssen«, kam es müde von ihr, als hätte sie sich nach ein paar Sekunden durchgerungen, das alte, vertraute Spiel mitzuspielen. »Es ist beleidigend, auch für mich.«

Erdrückt von seinem schmerzenden Fleisch, hatte er in einer Hitzeaufwallung das Bedürfnis, sie diesmal noch näher als sonst an den Rand seines Abgrundes zu ziehen. Er wollte sie herausfordern, seinen Pfad, wenn schon nicht zu gehen, so doch wenigstens zu sehen. Was immer sie dafür tun mußte, glaubte er längst erledigt zu haben.

»Erinnerst du dich noch an den Fluß?«

Sie hob die Hände, legte eine kurz an die Stirn und wandte sich eher symbolisch ab. Ihre dunkle Bluse wirkte jetzt fast blau, und da sie saß, wölbte sich der Stoff sichtbar über ihrem Bauch. Der Schmuggler betrachtete den zarten langen Hals und ihr unverändert mädchenhaftes Profil. Wieder abstürzend in seinen Fieberwahn, betrachtete er ihren Bauch; er glaubte genau die Stelle ausmachen zu können, an der der Kopf dieses neuen Kindes jetzt lag, und er konnte nicht anders, als daran zu denken, wie er dieser Stelle einmal sehr nahe gewesen war.

»Hör auf mit dieser Kinderei. Am Ende erinnerst du dich noch daran, was ihr Jungen aus Jux mit den Eseln tatet. Was taugt das alles für ein Leben, sieh dich an ...«

»Es soll doch gar nicht dazu taugen«, stöhnte er beim Versuch, sich etwas aufzurichten. »Es war nur einfach so, und du willst es vergessen.«

Er erinnerte sich in diesem Augenblick mit ungekannter, beinahe unnatürlicher Deutlichkeit an jenen Nachmittag, und die Schmerzen in seinen Gliedern schienen die Intensität des

Wachgerufenen noch zu steigern. Sie waren in der Hütte. Warum waren sie dort, fragte er sich kurz, weit entfernt von der Stadt, inmitten all der Wiesen, die die Hänge, Wege und selbst die Hütte überwuchern zu wollen schienen? Und warum waren sie dort allein? Er wollte sie danach fragen, aber er ließ es, weil die Erinnerung diese Gründe nicht brauchte. Es begann damit, daß er am kleinen offenen Hüttenfenster stand. Es war in der dunklen Holzwand hell wie ein Licht. In dieser Helle schmolzen die Linien der Hügel. Er riß sich davon los, stemmte den Türriegel auf und lief hinaus. Auf dem Dach der Hütte wuchs das Gras tatsächlich so dicht wie überall draußen. Er blickte in den Himmel wie in ein noch viel größeres helles Fenster und lief, ohne auf seine Schritte zu achten, durch das hohe Gras. In der fiebrigen Erinnerung war er ganz sicher, dieses Gras wieder unter seinen nackten Füßen spüren zu können; es schnitt in seine Haut, die Büschel ließen ihn stolpern. Aber er lief weiter; einen winzigen, einen Kinderhügel hinauf. Von oben blickte er überwältigt auf den Fluß. Die Erde öffnete sich in dieser endlosen Spalte, die erst dunkel aussah, dann aber, mit jedem Schritt, den er sich näherte, ein tiefes, funkelndes Grün zeigte. Er machte große, stampfende Schritte hügelabwärts, und alles, worauf er achtete, war dieses gemütliche grüne Ungeheuer, das ihn noch nicht bemerkt hatte. Diese Schritte, dachte er jetzt, sind wie die alte Fähre Kennzeichen einer Zeit lange vor dem Krieg, vor Beno, vor allem. Er stand für einen Moment ruhig vor dem Fluß und lief dann hinein, bis ihm das Wasser an die Knie reichte. In die Hände geschöpft, war es nicht mehr grün.

Sie kam ihm den Weg über den Hügel nach. Er rief sie zu sich, ohne einen Blick zu ihr, und schon stand sie neben ihm im Wasser. Kurz nur, denn die nassen Knie genügten ihr nicht. Sie stakste tiefer hinein, bis ihr der Fluß an die Brust schwappte. Plötzlich kehrte sie um und floh ans Ufer. »Etwas hat mich berührt«, sagte sie. Er wollte die grüne Wasserhaut mit den Augen durchdringen, und auch ihm wurde unheimlich zumute; er spürte die Kälte des Wassers. Als er sich umwandte und zum

Ufer ging, kauerte sie wie ein verschrecktes Tier inmitten von wildem Getreide. Sie fror, und er hatte das sichere Gefühl, daß es nicht allein vom Wasser kam. Er setzte sich mit nachdrücklichem Ächzen neben sie und legte den Arm um ihre Schulter. Das aber tat er so ungeschickt, daß er sie mit seinem Gewicht niederriß. Sie lagen nebeneinander zwischen Halmen und Himmel, und er bemerkte, daß seine linke Hand auf ihrem Bauch lag. Er spürte die Wärme, die anzudrängen schien gegen die kalte Feuchtigkeit des Kleiderstoffes. Was unter seiner Hand war, führte sanft, aber spürbar abwärts zwischen ihre Schenkel. Alles, was er jetzt zum erstenmal so vor sich sah, schien aus Rundungen und Bahnen zu bestehen. Er folgte ihnen mit der Hand, über die Brüste und wieder hinab zu den Schenkeln, seine Hand geriet unter die kalte, falsche Haut des Kleides und fuhr über ihre wirkliche Haut aufwärts. Sie lag neben ihm wie erstarrt, nicht einmal ihr Atem war noch wahrzunehmen, aber ihr Herz schlug überall an ihren reglosen, festen Körper, als wäre es in ihm gefangen. Er fühlte ihr Schamhaar, senkte zwei Finger hinein und entdeckte die andere schwere und warme Feuchtigkeit weiter unten. Er blickte in ihr Gesicht, ihre dunklen Augen wiesen zum Himmel, sie tat so deutlich nichts gegen seine Neugier, daß er fortfuhr. Er wollte sehen, wo er angekommen war, und zerrte ihr das Kleid über die Schenkel hinauf. Jetzt schlug ihm sein Herz bis in den Hals, und er wußte nicht, warum. Was er sah, war dunkel, er mußte sich dem nähern, und mit jeder seiner Bewegungen öffnete sie sich, aber nur so wenig, daß er es kaum wahrnehmen konnte. Er legte seine Wange auf ihren Schenkel und preßte seine Lenden fest auf den Boden, aber nicht einmal die Erde konnte sein Anschwellen zurückdrängen. Er atmete ihren Geruch, der sich mit dem des Flußwassers mischte, und zog die Finger fort, um die dunkle Falte sehen zu können. Was sollte er jetzt damit tun? Er durfte nicht zögern, sie hätte sich wieder verschlossen, und so versuchte er, sie zu küssen. Er stellte fest, daß sie, anders als ein Mund, schwer zu küssen war, weil alles an ihr nach innen führte. Da ihm seine

Finger irgendwie grob und unpassend schienen, streckte er seine Zunge vor, das einzige, wie er glaubte, das dazu gehören konnte. Und tatsächlich, feucht und weich führte der Weg nach innen, und sie wollte ihn zitternd öffnen, aber sein Kopf behinderte ihr Bein. Er bedauerte, daß seine Zunge nicht länger war, und spürte, wie ihr Schenkel gegen seine Schulter drückte. Da hob er den Kopf, schob ihre Beine auseinander und drängte sich dazwischen. Alles war paßgenau, er näherte sich ihr wieder, und diesmal fuhr er ungehindert mit der Zunge in sie. Über ihren Bauch hinweg sah er zwischen den verhüllten Brüsten ihren rötlich gefärbten Hals, das blasse Kinn und ihr Gesicht, auf das sie die Hände gelegt hatte, als würde sie weinen. Sie schluchzte auch, und das machte ihn unsicher; er zog seine Zunge zurück und wartete einen Moment. Ihre Schenkelunterseiten zitterten. Er glaubte, sie würde frieren und legte sich auf sie. Als sie schließlich die Hände vom Gesicht nahm und tief durch die Nase atmete, waren ihre Augen auf ihn gerichtet, und etwas lag noch dunkler darin, was er nicht kannte, das ihn sich fühlen ließ wie ein dummer kleiner Junge, der etwas angerichtet hatte, ohne zu wissen, was.

»Es war nicht recht, was wir taten, genau wie es nicht recht ist, was du bis heute tust. Vater hat dich damals so sehr dafür geschlagen.« Sie hatte sich aufgeregt und mußte sich räuspern. »Warum kannst du nicht aufhören, an allem herumzuzerren, bis es auf dich niederstürzt. Schau dich doch nur einmal an ...«

Er betrachtete sie. Den Ärmel über die Hand gezogen, preßte sie sich den dünnen Stoff vor Mund und Nase und weinte, ohne dabei das Gesicht zu verziehen. Sie hörte nicht auf das, was er gerade sagen wollte, nämlich, daß ihm noch nie jemand etwas ausgeprügelt hätte, aber es gelang ihm, von einem neuen Fieberschauer unterbrochen, der vom Rumpf aus alle Glieder durchlief, ohnehin nicht, zu Ende zu sprechen.

»Er war wie du. Ja, Böckchen war genau wie du, nur kleiner. Ich war damals auch wie du, ich war dir ähnlich, viel mehr als jetzt. Aber – hör mir zu – du mußt ihn genauso lassen wie mich.

Denn – hör mir zu – wo immer er jetzt ist und was er ist: beim nächsten Mal wird er dich umbringen. Ich weiß nicht, was mit dir los ist, aber es hat mit ihm zu tun. Und du wirst dabei sterben.«

Sie hatte seine ersten Worte also nicht vergessen. Der Schmuggler schwieg zu dem, was sie sagte. Er mochte das nicht hören. Ihre Angst um ihn und ihr verheultes Sprechen in den Blusenstoff erschienen ihm theatralisch. Was verstand sie schon davon, er tat nichts anderes als schon seit Jahren und diesmal hatte er eben Pech gehabt. Es ärgerte ihn, daß sie ihn wie ein Kind behandelte, und augenblicklich fürchtete er die Zeit, die er hier noch zu liegen hatte.

In den nächsten Wochen kam der Arzt noch zweimal gegen Abend und wiederholte die Prozedur des Abtastens. Er ließ Schmerztabletten, Salben und Verbände da. Worauf es dem Schmuggler aber ausschließlich ankam, war seine Beweglichkeit, die er ganz langsam wiederkehren fühlte, wie an verschiedenen Stellen seines Körpers eindringend. Nur der Schmerz in seinem Oberkörper wollte sich nicht verändern und schon gar nicht mildern.

»Du hast Glück gehabt«, sagte der Arzt jedesmal beim Gehen, wie um ihn daran zu erinnern.

Einmal ließ der Schmuggler ihn nicht einfach fort. Er machte ihm ein verstohlenes Zeichen mit der Hand. Der Arzt stellte sich an das Bett und blickte mehr nachdenklich als abwartend zu ihm nieder. Als er merkte, daß der Schmuggler nicht ohne weiteres reden wollte, zog er den Stuhl heran und setzte sich.

»Mein Wagen steht im Parkverbot«, sagte er, ohne das Gesicht zu verziehen.

Der Schmuggler versuchte, über diesen Satz aus dem Fernsehen zu lachen und richtete sich etwas auf. Er wies auf die Medikamente, die am Boden neben dem Bett lagen. »Davon kann man doch sicherlich mehr bekommen«, sagte er.

»Mehr?« Auf dem hellen und immer müde wirkenden Gesicht des Arztes zeigte sich eine Ahnung. »Du bist ein Schmuggler.« Der Mann schwankte auf dem Stuhl. »Ich weiß schon, was du willst.« Er schüttelte den Kopf und stand auf. »Es geht nicht. Ich habe eine Familie. Die Kontrollen sind zu scharf.«

Der Schmuggler fragte sich im gleichen Augenblick, wo die Medikamentenladungen überhaupt herkamen, von denen er wußte, daß es sie gab.

Der Arzt antwortete ihm, ohne die Frage gehört zu haben. »Ich sage dir eines: Auf den Medikamenten liegen viel größere Hände als meine, hier genauso wie drüben. Sie bedeuten Macht. Du hast es doch selbst erlebt – oder du hast bestimmt davon gehört, dieser Mann aus der Stadt: Ich habe ihm den Hintern mit vielen Stichen nähen müssen, weil er wie du nicht ins Kreiskrankenhaus will. Glaubst du, er hatte verstanden, daß er sich an die Spielregeln halten muß? Kein bißchen. Aber wie auch immer, für ihn wird es keine angenehme Fahrt in seine Stadt.«

Als der Arzt sich verabschiedet hatte, fühlte sich der Schmuggler gemaßregelt wie ein Schüler.

Was ihn, neben der wiedererwachten unerträglichen Abneigung gegen das Bett und das Haus, letztlich forttrieb, war das Verhalten seines Schwagers. Er kam nach den ersten Tagen nicht ein einziges Mal mehr herauf ins Zimmer und ließ ihn so seine Mißbilligung spüren. Nur während der Unterhaltung mit dem Arzt war er kurz kontrollierend in der Tür erschienen, wahrscheinlich voller Furcht vor weiteren Verwicklungen.

Manchmal, wenn sich der Schmuggler in Ahnungen verlor, fürchtete er, daß mehr dahinter stecken könnte. Er begann, sich an jede Handbewegung Zariks zu erinnern. Wie erschien er ihm bei seiner Ankunft, war er da nicht unfreundlicher und kürzer angebunden als sonst? Er sah ihn am Tag, als die Soldaten kamen, nervös am Tisch sitzen, die breiten, kurzen Hände ineinander gedrückt und unablässig bewegend. In dem stumpfen, sonnenverbrannten Gesicht sah der Schmuggler nichts als kleinliche Angst. Das war an jenem Abend, gut. Aber hatte es nicht schon längst Zeichen dafür gegeben, daß er eifersüchtig war?

Er stand, noch immer verkrümmt und im Gesicht entstellt, vor der geöffneten Schranktür und versuchte, sein Spiegelbild dem anzunähern, was er gewesen war. Wie ein Greis, dachte er und bedauerte, daß sein Mantel und sein Rucksack fort waren. So würde er sich auch noch Kleidung von diesem Mechaniker borgen müssen. Er hielt sich mit dem Essen zurück, das sie ihm brachte, und abends, wenn Zarik im Haus war, machte er so wenig Geräusche wie möglich.

Seine Geh- und Kriechübungen vollführte er tagsüber. Wenn sie in der Küche stand, krabbelte er unten auf Knien und Händen durch das Zimmer und hinter ihrem Rücken bis vor die Terrassentür. Dann stand er auf, ging wieder zurück und begann von vorn. Seine Glieder fügten sich immer besser in den Bewegungsablauf, und er schätzte mit einem Gefühl der Vorfreude die Zeit ab, die er noch brauchte.

Diese Nachmittage mit ihr versetzten ihn in die Kindheit zurück. Nach Wochen erst bemerkte er, daß er sie genoß. Wenn er zwei Dutzend Male hinter ihrem Rücken vorbeikroch und sie es mit scheuen Seitenblicken registrierte, hatte sie die gleiche Duldsamkeit seinen Eskapaden gegenüber wie damals. Jetzt stand sie, leicht vornübergebeugt, in diesem undefinierbaren, dunklen Kleid wie eine Trauernde, aber sie lächelte, wenn sie ihn sah.

Was er nicht für möglich gehalten hätte, so dachte er, wenn er vom Boden aus an ihr hinaufblickte, ist geschehen; sie ist eine Frau geworden wie alle anderen. Damals war sie keine Frau gewesen, sondern – sie hatte recht damit – ein Teil von ihm. Sie war eine vor der übrigen Welt völlig verborgene, nur für ihn beseelte Spielfrau, ein lebendiges Versprechen, viel zu nah für das Begehren, aber doch fern genug, eine unbeholfen hektisch erwachende Lust zuzulassen. Diese Lust war träge wie der grüne Fluß damals und würde für ihn immer verbunden bleiben mit dem duldsamen Blick, der ihm sagte, daß sie es nicht tat, sondern zuließ – aber allein für ihn.

Erst juckte der Schorf in seinem Gesicht, dann vergaß er ihn und jetzt fühlte er ihn knacken, wenn er eine andere Miene machen wollte. Er lag auf seinem Bett und übte unter Schmerzen Gesichtsbewegungen. Zwei Backenzähne hatten sich gefährlich gelockert, und er fragte sich, ob er seinen Mund jemals wieder weit würde öffnen können. Das Fenster seiner Kammer stand wie immer offen, und ein leichter Herbstgeruch drang mit der Luft herein.

Seine Kriechübungen hatten inzwischen ihren Sinn verloren, weil er sie stundenlang hätte fortsetzen können. Sie hatte ihn darauf hingewiesen.

»Nicht einmal du mußt irgendwo so viel herumkriechen«, sagte sie, nachdem sie eine Weile zugeschaut hatte.

Der Schmuggler war zu ihren Füßen erstarrt und hatte ihr feines Lächeln in der Höhe betrachtet. In dieser Hinsicht bedauerte er seine Genesung, denn jetzt hatte er weniger zu tun.

An einem der letzten Morgen erwachte er von einem Knirschen nah am Ohr. Er setzte sich auf und betastete sein Gesicht. Große Schorfschollen lösten sich davon. Er blies die Wangen auf, verschob den Unterkiefer und spürte die kalte Morgenluft auf seiner neuen, empfindlichen Haut. Dennoch wagte er nicht, die Schorfstücke abzureißen, nur lockern wollte er sie. Seine Schwester atmete kurz erschrocken ein, als sie ihn von der Zimmertür aus sah. Der Schmuggler hielt sich schnell die Hände vor das Gesicht, bis er begriff, daß er das falsche Gesicht verbarg. Da er mit dieser halb gesprengten Schale nicht herumlaufen wollte, zupfte er nun doch so lange daran, bis sie sich löste. Er öffnete den Schrank und blickte in den Spiegel. An der Stirn war die Haut noch fusselig, aber seine Wangen leuchteten rosig bis zum Kinn hinunter.

»Mein Gesicht ist nachgewachsen«, murmelte er und wandte sich zu ihr. »Jetzt kann ich mich wieder auf den Weg machen.«

Sie nickte andeutungsweise. »Geh im Süden über die Grenze wie alle anderen, ich bitte dich darum.«

Der Schmuggler setzte sich auf das Bett und wippte auf und nieder. Dabei ließ er das Fenster nicht aus den Augen.

»Das würde Tage dauern und viel Geld kosten.« Ihm war klar, daß er alle vordergründigen Argumente auf seiner Seite hatte, er brauchte sie nur auszusprechen.

Sie folgte seinem Wippen mit den Augen. »Es geht dir wirklich besser«, sagte sie und verließ das Zimmer.

Der Schmuggler verfolgte das Wiederentstehen seines Gesichts aufmerksam. Nicht nur seine Finger fühlten es, auch das Gesicht fühlte die Finger. Das leuchtende Rosa verblaßte, und für eine kurze Zeit wirkte dieses neue Antlitz wie eine mehlweiße Maske, es war noch im Rohzustand.

Dann war er wieder der alte, bis auf die Schmerzen in seiner Brust und die wackelnden Zähne. Er sah den Pfad vor sich und plante, und er vergaß seine Schwester, den trägen, grünen Fluß und alles, was damals war, lange vor dem Krieg, mit dem sein eigentliches, sein wirkliches Leben begonnen hatte. Sein Leben als Mann unter Männern, sein Leben mit einer wirklichen, fremden Frau, die nicht sein Spielzeug war und darum auch Kinder gebar, die lebten. Bei diesem Gedanken überkam ihn wieder die Unruhe. Sie hatte recht, es hatte mit dem Böckchen zu tun.

Er hörte sie vor dem Haus, sie leerte eine Schüssel aus. Als das Wasser auf den lehmigen Boden geklatscht war, lehnte er sich weit aus dem Fenster. Vielleicht wollte er seine Gedanken vertreiben.

»Was du über die Esel gesagt hast, stimmt nicht. Ich habe so etwas nie getan.« Er zögerte kurz. »Du warst mein Esel.«

Sie schaute stumm, die glänzende Schüssel in den Händen, zu ihm herauf, und er wich vor ihrem Blick zurück ins Zimmer. Was immer es gewesen war, dachte er, jetzt hatte er auch das beendet.

Am Tag darauf begegnete er seinem Schwager wieder. Der Schmuggler stand vor ihm, dessen unruhige Augen dem Anblick seines hell gefleckten Gesichts auswichen. Kleiner und breiter als sonst erschien er, seine Hände beulten die Hosentaschen aus. Alles an ihm drückte den Wunsch aus, der Schmuggler möge sein Haus verlassen. Aber er schwieg und tat so, als wäre er ihm egal.

Der Schmuggler wollte ihn durch banale Fragen zum Sprechen bewegen, etwas in ihm wollte einen Ausbruch provozieren. Schritt um Schritt folgte er dem Mann durch das Zimmer in die Küche, schließlich hatte er sie beide vor sich, sie wichen angsterfüllt zurück, der Raum zwischen ihnen wurde geringer, bis er sein unregelmäßig gezeichnetes Gesicht hinter ihnen im Glas der Terrassentür sah: sie waren umstellt.

Am nächsten Morgen verließ er früh das Haus. Er konnte es nur, weil sie ihm Jacke und Hemd herausgelegt hatte, ohne daß er noch einmal mit ihr gesprochen hätte. Auch Geld lag bereit, er nahm es als geliehen.

Er ging wieder den Weg hinauf und den Steinpfad entlang bis zu den an den Fels geduckten Bäumen. Wieder hörte er seine Schritte so laut, daß er vorsichtiger auftreten wollte. Das Gestrüpp hatte die Schneise, die er geschlagen hatte, beinahe schon geschlossen. Der Schmuggler stand davor und betrachtete das sie umschließende Gewirr von Stengeln. Er ging ein paar Schritte zurück, um seine eigene Spur deutlicher zu sehen, so wie er es vor dem Minenfeld getan hätte. Die Büsche ballten sich zu einem Körper, und seine alte Eintrittsstelle war deutlicher zu erkennen. Er dachte an seine Wunden und ihre langsame Heilung, die auch etwas Befestigendes hatte. Die Büsche taten das gleiche, sie füllten eine Lücke. Als er wieder hindurchbrach, stellte er fest, daß dieses Lückenschließen im Innern viel weiter fortgeschritten war als außen. So mußte er sich wieder mit Wühlbewegungen vorarbeiten und erreichte keuchend das Plateau, das den vorbeiziehenden, grauen Himmel zu rammen schien, ohne dessen Fahrt aufzuhalten. Die kleinen, schwarzen Vögel waren verschwunden. Der Schmuggler nahm es als gutes Vorzeichen und begann den Aufstieg. Oben angekommen, legte er sich auf den Boden. Er schnaufte jetzt schon, das lange Herumliegen hatte ihn weich gemacht.

Zunächst schien die Grenzstation wieder verlassen. Ein paar Stiefel auf dem Treppchen verrieten jedoch die Anwesenheit der Soldaten. Diese Stiefel standen so deutlich sichtbar dort, als wären sie absichtlich postiert worden. Vielleicht waren sie ein Zeichen, dachte er, vielleicht aber stanken sie auch nur besonders stark.

Minuten später wurde die Tür aufgestoßen, aber niemand ließ sich sehen. Der Schmuggler blickte um sich, das ruhige Warten gelang ihm nicht mehr. Dann erschien, im Hemd und barfüßig, einer der Soldaten in der Türöffnung und kickte die Stiefel von der Treppe. Sie beschrieben einzeln einen hohen Bogen und landeten auf dem lehmigen Boden. Aus dem Inneren der Baracke kamen gespielte Entsetzensschreie, ein zweiter Soldat stieß den Mann beiseite, stolperte mit nackten Füßen die Treppe hinunter und sammelte die Stiefel ein. Der Kicker stand oben und rief etwas in die Baracke, zwei weitere Männer in Unterwäsche kamen heraus, und alle zusammen verwehrten dem Stiefelträger den Zugang. Der stand unschlüssig da und begann zu diskutieren. Plötzlich stürmte er los und versuchte sich hindurchzudrängen. Er verfing sich in den sechs Armen, die Stiefel wurden ihm entrissen und flogen wiederum in hohem Bogen von der Treppe. In nicht mehr nur gespieltem Zorn holte der Mann sie ein zweites Mal, doch die anderen wichen nicht vom Platz. So stellte er die Stiefel unten ab und stieg unbewaffnet hinauf. Alle verschwanden in der Baracke, sogar die Tür wurde wieder geschlossen. So sind sie alle, dachte der Schmuggler, Soldaten, wenn man etwas von ihnen will, und Kinder, wenn sie unter sich sind. Andererseits gab ihm die Sache Mut; es herrschte gute Stimmung bei ihnen, die sicher nicht umschlagen würde, wenn er kam.

Er erhob sich, klopfte sich ab und stieg hinunter. Als er unten war, hatte sich die Tür noch immer nicht geöffnet, nur ein Schaben und Poltern kam aus der Baracke. Er ging bis vor die Treppe und blieb stehen. Zunächst hatte er vorgehabt zu warten, bis sie sich angezogen hatten und herauskamen. Die morgendliche

Stille um ihn brachte ihm zu Bewußtsein, daß er noch völlig unbemerkt war. Er sah die Senke in wenigen Metern Entfernung. Wenn er hinter ihr verschwunden war, würden sie ihn sicher nicht mehr entdecken. Es war wichtig, daß sie nicht gerade herauskamen, wenn er darauf zuging. Er hörte sie noch immer und wartete weiter. Von einer Sekunde auf die andere aber ertrug er es nicht mehr. Rückwärts setzte er Schritt um Schritt, zunächst sehr langsam, damit er stehenbleiben konnte, wenn sich etwas regte. Die letzten beiden Schritte tat er rasch und stolpernd, kam auf dem abschüssigen Trampelpfad an, drehte sich um und hastete der Wiese entgegen.

Der ewig an die Felsen brandende Wind brauste in seinen Ohren, und etwas, das er für wilde Kamille hielt, war als leuchtend gelbe Spur über seinen Pfad gestreut, der hier wieder begann und erst in der Stadt enden würde.

Er fürchtete einen plötzlichen Ruf und lief schneller. Erst vor der Wiese wandte er sich noch einmal um und blickte hinauf. Niemand war zu sehen. Der Schmuggler ging vor der Wiese auf und ab, um die Stelle zu finden. Seine Spuren waren verweht, aber von einem Punkt aus sah er, vielleicht fünf Meter weit in der Wiese, eines der Löcher, aus denen er die Minen gehoben hatte. Es war eingesunken, eher eine Delle, aber es war zu deutlich in den Boden gesetzt, um zufällig zu sein. Das war der Punkt, den er suchte. Er kniete nieder und atmete tief ein.

Der Wind war viel stärker als damals, er fegte über das Gras und ließ es knistern. Hinter der Wiese lag das Land in einem merkwürdigen Schleier, den er anfangs für aufgewirbelten Sand hielt. Aber so stark war der Wind wiederum nicht. Im nächsten Augenblick wußte er, daß es Rauch war, was er sah, und jetzt glaubte er ihn auch zu riechen. Ein Buschfeuer hatte es hier oben noch nie gegeben. Sofort dachte er wieder an die Leute, die er gehört hatte. Irgendwer mußte das Feuer entzündet haben. Er kniete am Wiesenrand und beschirmte mit der Rechten seine Augen. Die wenigen, krummen Bäume in der Ferne schienen in dieser Rauchmasse zu hängen wie Spreu. Schwach weißlich lagen die Schleier im Wind, aber so sehr er sich auch bemühte, es war keine Stelle auszumachen, von der her der Rauch kam. Nur eines glaubte der Schmuggler umso deutlicher zu erkennen, je länger er hinschaute: der Rauch bewegte sich auf ihn zu. Er blickte schnell zu Boden. Kurz sah er eine Katastrophe vor sich: die Stadt brannte, alle, die er kannte, seine Kinder waren tot, es gab wieder Krieg mit neuen, größeren Bomben.

Er wurde abgelenkt von den Insekten in der Wiese. Überall sah er Ameisen, mindestens drei Sorten von Käfern und sogar Würmer. Sie waren von Sand überpudert und verklebt, als wären sie gerade aus der Erde ans Licht gekommen. Es sind viel mehr als sonst, dachte er und schob sich unwillkürlich vom Wiesenrand zurück. Ein ungekannter Ekel überkam ihn, aber er zwang sich, ruhig zu bleiben. Ohnehin wäre er auf keinen Fall zurückgegangen, jetzt, da er so viel Glück mit den Soldaten gehabt hatte. Das ist bestimmt normal, sagte er sich, ich bin nur einfach noch nie so früh hier gewesen.

Wieder atmete er tief ein, streckte seine Hände vor, schloß und öffnete sie. Er zappelte wie immer mit den Armen, um das Einschneiden der Rucksackriemen zu verteilen, und erinnerte sich, daß er keinen mehr trug. Die zeichenhafte Bedeutung dieser Tatsache machte ihm kurz Angst. Dann kroch er los.

Der Rückweg war immer unproblematisch. Er kam auch ohne seinen Zettel aus. Jetzt war die Erde, die er auf die Minen geschüttet hatte, zwar schon festgebacken, aber sie hob sich noch immer deutlich genug vom umgebenden Boden ab. Er faßte die Stellen ins Auge, suchte danach jeweils das Loch, aus dem er die Mine gegraben hatte, vertiefte es ausreichend und legte dann die Mine wieder frei. Zum Herausheben kroch er voran und drehte sich vorsichtig um. Er hatte ruhige Hände an diesem Morgen, das Umplazieren verlief ohne Schwierigkeiten. Mine für Mine schloß er den Pfad hinter sich, machte ihn unbetretbar und unsichtbar. Dieser Teil des Rückweges hatte ihm immer eine merkwürdige Befriedigung verschafft, denn hier wurde sichtbar, daß der Pfad sein Eigentum war. Er existierte in seinem Kopf und nirgends sonst.

Der Wind blies heftig und war kühl. Der Schmuggler schwitzte nicht und kam rasch voran. Immer wieder hob er den Kopf und schaute in das rauchüberzogene Land. Die entfernten Berghänge waren kaum noch zu erkennen. Der Rauch hatte sich verdichtet, aber er schien nicht aufzusteigen. Wie eine Flüssigkeit lag er in der Ebene und breitete sich aus. Er kroch weiter und dachte an seine gewohnte Kleidung, die er jetzt vermißte. Wer mochte seinen Mantel tragen, oder hatten sie ihn einfach weggeworfen? Er sah den Mantel plastisch vor sich, auf irgendeinem staubigen Platz liegend. Er vermißte auch seine Uhr.

Die Insekten machten ihm zu schaffen, er wedelte sie beiseite, warf Sand darauf oder pustete sie fort. Aber sie erneuerten sich, sie quollen aus dem Boden, ohne daß er es sehen konnte. Das versetzte ihn in Eile. Er mußte sich zur Ruhe zwingen, weil die »Springer« keine Hektik erlaubten. Ihre fadendünnen, zittrigen Antennen glänzten wie feine Schnitte im milchigen Licht, und der Schmuggler verstand es als Warnung.

Er dachte an das Haus voller Hände aus Farbe und Schmutz, als er mit den eigenen Händen den ersten der Zylinder umschloß. Er hatte es vor langer Zeit besucht, obwohl er solche Orte eigentlich mied. Einmal waren die Wände dieses Hauses leuchtend blau gewesen, aber die vielen schwarzen Finger begannen, das Blau zu zersplittern. Irgendwann gab es an diesen Wänden keinen Platz mehr, an dem eine ganze Hand in das Blau gedrückt werden konnte, und die Hände der Pilger begannen sich zu überlagern, die Finger kreuzten sich, viele Daumenballen übereinander wurden zu dicken, dunklen Flecken. Dann waren die älteren Handabdrücke der Hintergrund, sie erschienen heller als die frischen. Irgendwann, dachte er, war das Seltsame entstanden: Die übrigen verstreuten Krümel von Blau durchstrahlten die dunklen Hände wie aus großer Tiefe; das Blau hatte sich entfernt, obwohl jeder Gläubige mit seinem

Handabdruck die Nähe, die Berührung gesucht hatte. Als er damals in den Raum getreten war, wirkte dieser unbestimmbar groß, und wenn er seinen Abdruck hätte hinterlassen wollen, wäre ihm nichts übrig geblieben, als ihn auf andere Hände zu pressen, mitten hinein in das Gedränge. Über ihm ertönten Falkenschreie, weit oben, stufenweise herabsinkend.

Der grünliche Fleck erschien am Ende der Wiese, er war plötzlich da und gehörte doch genau in das Zentrum der Rauchwand, die näher kam. Der Schmuggler sah ihn aus dem Augenwinkel, als er sich wieder in Kriechrichtung drehte. Aber er schaute nicht genauer hin. Er wollte seine Arbeit zu Ende bringen, genau so, wie er es im Kopf vor sich sah. Jede Handbewegung folgte dieser Vorstellung, und er war nicht bereit, jetzt eine Störung zuzulassen. Er bewegte sich voran und wußte, daß er irgendwann hochblicken mußte, über den Zeitpunkt aber konnte er noch für etwa zehn Meter bestimmen. Auf diesen letzten Metern bedrängten ihn Gedanken, die er glaubte, zum letzten Mal denken zu können. Er sah seine Schwester vor sich, sie hielt die blanke Metallschüssel in den Händen und schaute nicht erstaunt, nur aufmerksam zu ihm hoch. In ihrem Blick lag die alte Ruhe des Geschehenlassens, die er von ihr kannte und die sie nur verlassen hatte beim Anblick seiner Wunden. Warum hatte er das verborgene Band durchtrennen müssen? Während er die letzten beiden Tretminen verscharrte, erkannte er, warum; er begriff, wie sehr er dieses Geschehenlassen auch an ihr haßte, weil es ihn zu einem Ereignis machte wie alle anderen, die kamen und gingen. Und doch mußte er dieses Ereignis immer wieder für sie sein, damit sie ihn immer wieder liebte, sich sorgte und ihn pflegte. Ich will es nicht mehr sein, dachte er, das muß enden. Sie würde ihr Kind bekommen und, wenn es diesmal leben sollte, mit ihm zusammen Teil jener schrecklichen Gegenwart werden, von der Beno gesprochen hatte und die, wie er es sah, nicht nur das war, was ihnen allen blieb, sondern damit auch das, was immer viel stärker war als alles Vergangene. Diese Gegenwart war für ihn nicht mehr zu unterscheiden vom Vergessen. Auch wenn seine Schwester recht hatte – und sie hatte immer recht in allem, was ihn betraf – so gehörte auch das dazu und mußte ebenso enden.

Er war am Ende der Reise angelangt und starrte noch immer auf seine Hände nieder, die flach auf dem Boden lagen. Er beobachtete, wie die Schnecken über seine Handrücken krochen, wie vielfarbige Schweißtropfen brachen sie aus den Poren der Erde und wurden fest. Zum erstenmal seit vielen Jahren sah der Schmuggler freilebende Tiere im Hügelland, es waren die kleinen Gemsen, die er aus seiner Kindheit kannte. Friedlich trotteten sie dahin, als hätten auch sie alle eine sichere Route. Sammelten sich die Tiere hier aus Angst vor dem Feuer?

Endlich konnte er die Hände vom Boden lösen und war nicht erstaunt, auf die Schuhe des Jungen zu starren, der vor ihm stand und auf ihn niederblickte. Es waren dieselben Schuhe, die er damals getragen hatte, er hatte sie ihm mitgebracht. Er hob den Kopf und mußte lächeln, ohne daß er es wollte. Der Junge hielt die Hände in den aufgesetzten Taschen des grünen Wollpullovers vergraben. Auch diesen hatte der Schmuggler für ihn gekauft. Mit mildem, unkindlichem Blick betrachtete der Junge ihn. Sein Kinnbart war noch immer dünn und hell wie damals. Der Schmuggler musterte nervös das Gesicht, die schmalen Augen, die leicht abstehenden Ohren und das feste, verfilzte Haar, das in Zacken vom Kopf abstand. »Böckchen«, keuchte er, »wo bist du gewesen?« Auf das Erstaunen folgte beim Anblick des regungslosen Jungen der Zorn, nicht auf ihn, sondern auf die Jahre der Angst und des Wartens. Aus dem Magen stieg dem Schmuggler dieser Zorn auf, so stark, daß er aufstehen mußte, sich in die Höhe strecken, um Platz für ihn zu schaffen und seine Arme freizubekommen, die er brauchte, um den Jungen zu schlagen, zu packen und wieder hineinzuzwingen in die Ordnung, in alles das, was sein sollte. Doch der Junge wich zurück. Achtlos tat er Schritt um Schritt rückwärts. Der Schmuggler folgte ihm, aber der Junge verließ den Pfad. Der Schmuggler wollte ihn warnen, er hob die Arme und bedeutete ihm stehenzubleiben. Der Junge wandte sich ab, einmal noch blickte er zurück und lächelte, dann schritt er weit aus, das Grün wurde dunkler.

Der Schmuggler hastete auf seinem Pfad hin und her wie ein angeleintes Tier, aber diesmal konnte er keinen Eintrittspunkt finden. Kurz machte er den Versuch, dem Jungen zu folgen, aber der unbetretbare Boden wollte seine Schritte nicht tragen, er wies sie ab, und so mußte er stehenbleiben.

Seine Hand berührte die Hosentasche und fühlte etwas darin. Er konnte nicht sofort hineingreifen; seine Gedanken waren noch bei dem Jungen. Das papierne Knistern in der Tasche war so real und greifbar, daß es einer anderen Welt anzugehören schien. Es drängte sich in aller Wiedererkennbarkeit auf und zog seine Aufmerksamkeit von dem Jungen ab wie ein Schmerz, der in einen Traum dringt. Hastig, um es hinter sich zu bringen, holte er das von seiner Schwester versteckte Geldbündel hervor. Er starrte auf die übereinanderliegenden Köpfe und Zahlen und wollte sich nicht fragen, wie sie es geschafft hatte, ihm noch einmal eine solche Summe mitzugeben, denn indem er das tat, verlor er das Grün aus den Augen, das unberührbare Grün inmitten des ganzen unberührbaren Landes.

Die Sätze Benos fielen ihm ein, Sätze, die er nicht recht verstanden, sondern nur aufbewahrt hatte, bis jetzt: »Der Junge, ja – ich glaube, du hast ihn verloren, und, vertrau' mir, bei Gott, ich weiß nicht, wie. Auch du konntest dich nicht immer durchzwängen. Sieh es so: Du mußtest ein Opfer bringen für deinen Pfad.«